Akin, der Fischer

In Liebe für meinen Sohn Julian.

Christoph Wachter

Akin, der Fischer

Bibliografische Information der Deutschen Nationalbibliothek:
Die Deutsche Nationalbibliothek verzeichnet diese Publikation in der Deutschen Nationalbibliografie; detaillierte bibliografische Daten sind im Internet über http://dnb.dnb.de abrufbar.

TWENTYSIX – Der Self-Publishing-Verlag
Eine Kooperation zwischen der Verlagsgruppe Random House und BoD- Books on Demand

© *2015 Christoph Wachter*

Herstellung und Verlag:
BoD – Books on Demand, Norderstedt

ISBN: 978-3-740-70848-1

Titelbild: Christoph Wachter / Öl auf Leinwand 2014

Dieses Buch ist ein Roman. Namen, Personen, Organisationen, Orte und Geschehnisse sind entweder der Fantasie des Autors entsprungen oder werden fiktiv verwendet. Jede Ähnlichkeit mit lebenden oder toten Personen, mit bestimmten Ereignissen oder Orten, ist rein zufällig.

Sardinien, Costa Smeralda 15. September 2011

Die tief stehende Septembersonne zauberte goldfärbige Licht - und Schattenspiele auf die sanften Wellenbewegungen des Mittelmeeres, vor der Küste Sardiniens. Die Costa Smeralda ein bezaubernder Küstenstreifen im nördlichen Teil der Insel, vor allem für die Reichen und Schönen dieser Welt. Hier findet man: Einige der geschmackvollsten privaten Villen der Welt, direkt am tiefblauen Meer und natürlich mit gesperrten Privatstränden. Die teuersten Hotels, die begehrenswertesten und exorbitantesten Jachten und nicht zuletzt die angesagtesten Partys des internationalen Jetsets. Aber vor allem ist man, als mehr oder weniger prominente Persönlichkeit unter seinesgleichen. Dem vierzigjährigen Akin war diese Welt des Glitzers und Glamours vollkommen unbekannt. Er war, seit seiner abenteuerlichen Flucht aus seinem Heimatdorf Noumghar in Mauretanien, als Strandverkäufer auf den öffentlichen Stränden Sardiniens unterwegs, um den weißen Menschen Waren zu verkaufen. Die heurige Saison ging nun langsam zu Ende, aber heute war für ihn ein erfolgreicher Tag gewesen.

Das Wetter war leicht wolkig und nicht mehr so heiß wie noch im Hochsommer und das waren die besten Voraussetzungen für volle Strände, den ganzen Tag lang. Die in der milderen Sonne badenden Menschen waren gutgelaunt und kaufwütig, wie selten zuvor, als er mit seinen harmonischen Rhythmen, die er seiner Trommel unentwegt entlockte - eben jenen, kleinen Trommeln die er den Menschen feilbot. Akin fragte sich immer wieder. „Glaubten diese Menschen tatsächlich es wäre so einfach, solche Rhythmen zu erlernen?" Er wurde schließlich schon als Kind und über Jahre hinweg, zuerst von seinem Großvater Elimo und später von seinem Vater Uzoma, darin unterrichtet. Damit war aber nicht die rein körperliche Tätigkeit des Trommelspieles gemeint, vielmehr war es der spirituelle Zugang zu einer anderen Welt. Großvater beherrschte diese hohe Kunst wohl in Perfektion, denn er lockte mit seinen magischen Händen die größten Haie des Meeres oder Delphine an den Strand ihres Heimatdorfes. Ein kurzer Augenblick des Wehmutes überkam ihn bei diesen Gedanken. Der Umstand, dass er sein heutiges Soll bei weitem übertroffen hatte und dass er, wenn Allah es so wollte, bald nach Hause zurückkehren würde, zauberte wieder ein sanftmütiges Lächeln in sein männliches Gesicht. Kurzerhand entschloss er sich, heute einen Umweg zum Sammelpunkt der Strandverkäufer zu nehmen und schlüpfte aus seinen Sandalen, um den feinen, lauwarmen Sand unter seinen müden Füßen zu spüren. Jedes einzelne Korn fand beim Gehen den Weg durch seine vollkommen geraden Zehen und ersetzte ihm beinahe eine vollständige Massage seiner müden Füße. An solchen Erlebnissen, die für die meisten Menschen unbeachtet bleiben, klammerte sich seine ganze Existenz.

„Ich fühle mich gut und heute ist ein guter Tag!"

Das war es, was er sich hier in Europa immer wieder einzureden versuchte. Nicht immer waren seine Tage wie der heutige. Ganz im Gegenteil.

Es gab in den zwölf Jahren, seines illegalen Aufenthaltes hier auf Sardinien keinen Tag, keine Stunde, an dem er sich nicht mit jeder Faser nach Hause, zu seiner Familie sehnte.

Wie mochte es seiner Frau Malenga und den Kindern ergehen. Reichte das Geld, das er - durch einen teuer bezahlten Boten - nach Mauretanien gesandt hatte aus, um ihnen ein menschenwürdiges Leben zu ermöglichen? Wie mag wohl sein jüngstes Kind aussehen, dessen Geburt er nicht mehr miterleben durfte. Stets umkreisten ihn dieselben Gedanken, wenn er am frühen Morgen im Lager der Strandverkäufer erwachte, bis er nach einem harten Tag schließlich dort wieder einschlief. Wann wird er endlich wieder einen Brief, durch die dunklen Kanäle aus seiner Heimat, von seiner Familie bekommen. Es waren immer dieselben Gedanken und diese Sehnsucht hatte sich niemals geschmälert. Nicht einmal nach all den Jahren. Bisher waren es zwei Briefe, die er von seiner Frau bekommen hatte und immer bei sich trug - sie hütete, wie einen Schatz. Er griff an seine Brust und spürte voll Wärme die leichte Erhebung der Briefe, die sich, samt einem Foto und gut verpackt, in einer wasserfesten Folie befanden. In seinen Gedanken versunken, bemerkte er erst jetzt den hohen Zaun mit der Aufschrift „Proprietà privata, vietato dalla banda!" der ihm seinen weiteren Weg versperrte. Sein Blick schweifte vom Strand über einen sanft ansteigenden Hügel hinauf zu einem gepflegten Park aus Pinien, Palmen und Olivenbäumen. Zwischen den massiven Stämmen konnte er die Silhouette eines prächtigen, weißen Hauses erkennen. Es muss enorm groß sein, wenn ich das Dachgeschoss von hier unten erkennen kann, dachte er und im selben Moment erblickte er eine banale Möglichkeit seinen Weg doch noch fortzusetzen. An der linken Seite des Hügels, der zum Anwesen hinauf führte, prangte ein etwa ein Meter großes Loch im Zaun. Das müsste genügen, denn er ist ja kein draller Mann und sollte hier leicht durchkommen.

Er blickte sich um und überlegte kurz ob er es riskieren sollte, denn etwa zweihundert Meter entfernt, lagen in der Abendsonne noch hunderte Menschen am Strand. Sollte nur einer seine Aktion beobachten, könnte das große Schwierigkeiten mit sich bringen. Sein Name war Akin; das bedeutet Krieger, Held und mutiger Mann. Danach richtete sich schon sein ganzes Leben - und was war ein Zaun, oder das Privatgrundstück eines Namenlosen zu betreten schon gegen das, was er bis heute durchleben musste. Es dauerte keinen zehn Sekunden und Akin verschwand lautlos im Privatgrundstück eines reichen Europäers.

*

Olaf Svörensen, erfolgreicher, dreiundfünfzigjähriger Reeder, gebürtiger Stockholmer, gehört zweifellos zu jenem auserlesen Kreis, der sich den Luxus einer privaten Villa an der Costa Smeralda Sardiniens leisten kann. Svörensen übernahm nach seinem Schiffsbau - und Maschinenstudium an der Uni Kiel, das er mit summa cum laude abschließen konnte, die Traditionswerft seines Vaters. Diese baute er in nur wenigen Jahrzehnten zu einem börsennotierenden Imperium aus. Jede noch so riskante geschäftliche Entscheidung sollte sich für ihn als gewinnbringend herausstellen. Alles was er anfasste, wurde unter seinen Händen und hochriskanten Entscheidungen zu Gold. Heute sind seine Beteiligungen an verschiedensten Unternehmen, darunter auch Banken, Immobiliengesellschaften, geschätzte zwei Milliarden Euro wert. Auch die Wirtschaftskrise der letzten Jahre war nicht imstande sein Vermögen bedrohlich zu schmälern. Die satten Verluste, etwa aus den Immobilienbeteiligungen, konnte er mit enormen Zuwächsen in seinen eigenen Werften kompensieren. Das Portfolio dieser Aktien kletterte Tag für Tag stetig nach oben. Und das hatte durchaus einen plausiblen Grund. Die Nachfrage nach Fisch wächst in Europa seit Jahrzehnten ungebrochen, aber vor allem ohne eine absehbare Stagnation. Zweifellos ein Glücksfall für den Reeder Svörensen und seine Werften. Denn wie reagierten die großen Fischfangländer, wie Italien, Spanien und andere auf diese Nachfrage, die es zu stillen galt. Sie orderten immer mehr und immer größere Trawler, die noch dazu von der Europäischen Union gefördert wurden. Ein moderner Fischkutter schafft zweihundertfünfzig bis dreihundert Tonnen Fisch. Pro Tag, versteht sich.

Einigen seiner Geschäftspartner und Freunden war die Finanzkrise jedoch weitaus schlechter bekommen. Sie erkannten die Zeichen der Zeit nicht rechtzeitig und verloren mehr oder weniger alles. Svörensen half mit dem Kauf der schneeweißen, im mediterranen Stil erbauten Villa auf Sardinien, einem seiner engsten Freunde aus einem vorübergehenden finanziellen Engpass, in dem er diese kurzerhand erstand. Etwa fünfzehn Hektar mediterraner Garten umgeben die herrliche Villa mit ihren sechs Schlafzimmern, drei Bädern, Büro, zwei Pools, Hubschrauber Landeplatz und einem Privatstrand mit genau zwei Kilometern Länge. Dies waren die Eckdaten des Vertrages, für ein Schnäppchen um läppische fünfunddreißig Millionen Euro. Freilich, die Kaufsumme alleine war an sich sehr günstig. Hinzu kommen die jährlichen und nicht unerheblichen Kosten für die Instandhaltung und das Personal. Zwei Gärtner, ein Skipper, ein Zimmermädchen, eine Köchin, Poolreiniger und etliche weitere Handwerker für die Werterhaltung seines Domizils. Wenn auch das Personal hierzulande etwas billiger war, als etwa in Schweden oder Deutschland, so kann man die Kosten dieser Villa, inklusive Betankung der Luxusjacht, mit etwa einer Million Euro pro Jahr beziffern.

Für Akin wäre ein solcher Reichtum einfach nicht vorstellbar, denn in seiner Heimatsprache gibt es nicht einmal ein Wort dafür. Auch die Größe dieses prachtvollen Hauses, die er erst jetzt, da er in Sichtweite gekommen war, erfasste, ließ ihn erstaunen: die feinen, aufwändigen Stuckarbeiten an der Fassade, die seltsam schlanken marmorierten Säulen, die in dieser Ausführung eigentlich unter der Last der großen Terrasse zusammenfallen müssten. Alles wirkte ausgesprochen harmonisch und fügte sich schließlich zu einem kleinen Innenhof zusammen.

In diesem plätscherte Wasser aus einem reich verzierten und mit gepflegten Blumen überwachsenen Brunnen. Auch ein Pool musste in diesem Innenhof eingebettet sein, das verriet ihm das goldene Lichtspiel des Wassers an den zierlichen Säulen. In diesem Moment erinnerte er sich an den Brunnen in seinem Heimatdorf Noumghar. Dieses einfache Bauwerk war mit diesem

hier nicht zu vergleichen, aber er war das Lebenselixier ihres kleinen Dorfes. Der Treffpunkt aller Frauen und Mädchen, die das Wasser in schlanken Krügen auf ihren Köpfen in die kleinen Hütten ihres Dorfes trugen. Aber auch Versammlungspunkt der Männer ihres Dorfes. Genau an diesem Brunnen hatte er damals seine Malenga das erste Mal angesprochen. Diesen Tag wird er sein Leben lang nicht mehr vergessen. Lange zögerte er, ob er es wagen sollte. Schließlich gewann aber seine Neugier für dieses schöne Mädchen Oberhand und er fragte sie: „Bist du nicht Malenga, die Tochter von Adik, oder täusche ich mich?"
Im selben Moment wollte er sich auf die Zunge beißen, denn in so einem kleinen Dorf, wie Noumghar, kannte eigentlich jeder jeden. Das Mädchen schien ihm aber in keiner Weise arg zu sein. Ganz im Gegenteil, denn sie antwortete mit ihrer wohlklingenden, hellen Stimme:

„Ja, und ich weiß, dass du Akin, der Sohn von Uzoma bist. Und ich habe dich mit den anderen jungen Männern um die Wette laufen sehen."
Das Eis war gebrochen und Akin voll des Stolzes, denn er war der schnellste Läufer des ganzen Dorfes. Zuerst waren sie nicht alleine und redeten über Allah und die Welt. Immer, wenn er sich sicher war, dass Malenga nicht zu ihm sah, versuchte er einen Blick in ihr wunderschönes Gesicht und ihre dunklen Augen zu

erhaschen. Einmal bemerkte sie ihn und wandte ihr Gesicht schüchtern, aber mit einem herzlichen Lächeln von ihm ab. Irgendwann, sie hatten es beide nicht bemerkt, waren sie die einzigen, die noch am Brunnen standen. Das bläulich, düstere Licht und der vom Atlantik heranziehende Nebel, veranlasste sie schließlich zusammen nach Hause zu gehen. Es war das erste Mal in seinem Leben, dass er sich wünschte, dass ihr Dorf doch größer und damit der Weg nach Hause länger sein möge, denn sie waren schnell, viel zu schnell am Ziel. Er verabschiedete Malenga vor der Hütte ihrer Familie mit der Bitte, sie mögen doch das Gespräch von heute bald fortsetzen.

Malenga nickte erneut etwas schüchtern, schenkte ihm noch einmal ihr wundervolles Lächeln und er verbrachte seine erste schlaflose Nacht in seinem jungen Leben.

Das bersten eines Astes riss ihn aus seiner sehnsuchtsvollen Erinnerung. War ihm jemand vom Strand hinauf gefolgt oder hatte ihn, einer der Menschen, die hier in diesem Haus lebten, entdeckt, fragte er sich erschrocken und rannte so schnell er konnte los. Mit jedem seiner Atemzüge sog er die herrlichen Düfte dieser anmutigen Vegetation in sich auf, und mit jedem weiteren Atemzug entspannte er sich wieder. Denn er wusste: Keiner konnte so schnell laufen wie er. Nach etwa zwei Minuten wilder Flucht endete die Vegetation abrupt und eine Felsenklippe, die sich etwa zwanzig Meter über den weißen Strand emporhob, versperrte ihm jede weitere Fluchtmöglichkeit. „Jetzt sitze ich in der Falle", schossen die Gedanken, wie ein Blitz, in den Sinn. „Bleib ruhig, vielleicht hast du dich vorhin getäuscht und es war nur ein Tier, das im Dickicht auf Beutefang gegangen war", beruhigte er sich wieder und mit jeder Sekunde ließ seine Anspannung nach. Nach einigen Minuten vollkommener Stille war sich Akin sicher, dass er nicht verfolgt wurde.

Ohne sein willentliches Zutun nahm er seine Trommel zur Hand und entlockte ihr einen himmlischen Rhythmus. Sein nachdenklicher Blick schweifte langsam zum endlosen Horizont in die Richtung seiner Heimat, Mauretanien. Ein Wolkenband verwehrte ihm den direkten Blick auf den glühend gelben Ball, der sich in wenigen Minuten scheinbar mit dem Meer vereinigen würde. Plötzlich spürte Akin einen feurigen Schmerz in seiner linken Schulter und noch im selben Moment schien er zu schweben. Losgelöst von der Schwerkraft der Erde und eingehüllt in eine vollkommene Stille war alles beschwingt und unbekümmert.

Nichts mehr erinnerte ihn an seine Gegenwart, sein trauriges Leben, das er seit seinem Aufbruch von Zuhause führen musste. Er war frei und für einen kurzen Moment war er wieder jener junge Mann, der mit seinem Vater auf das Meer hinausfuhr, um Fische zu fangen.

Noumghar, Mauretanien, September 1988

„Akin, steh auf!", flüsterte Uzoma seinem Sohn ins Ohr und rüttelte ihn sanft an seiner rechten Schulter. Akin öffnete seine Augen und sah seinen ergrauten Vater etwas unscharf vor sich. „Ja Vater?", entgegnete er verschlafen und mit heiserer Stimme. „Komm, lass uns hinaus auf das Meer fahren, vielleicht ist Allah uns heute wieder gnädig und wir können viele Fische fangen!", sprach Uzoma, lächelte seinem Sohn zu, blinzelte etwas nervös mit seinem rechten Auge, während er sich wieder vom Bett seines Sohnes erhob. Akin sah seinem Vater nach wie er die kleine Kammer etwas verkrampft und stöhnend verließ. Es tat ihm weh, jene Gebrechlichkeit, die seinen Vater in den letzten Jahren so beunruhigend schnell heimsuchte, immer deutlicher wahrzunehmen. Wie beinahe jeden Tag, gab es zum Frühstück, das rund um die offene Feuerstelle eingenommen wurde, Fladenbrot, Fisch und dazu einen ungesüßten Pfefferminztee. Als hätte sein Vater eine Vorahnung gehabt, was heute an diesem nebligen Septembertag seinen Lauf nehmen würde, verspürte dieser keinerlei Appetit und machte sich daher daran die reparierten Netze in das kleine Segelboot einzuladen. Gewissenhaft überprüfte Uzoma schließlich, mit einem geübten Blick, die gesamte Gerätschaft an Bord und war zufrieden. „Es ist alles an Bord, was wir benötigen, jetzt sollte Akin kommen", dachte er glücklich in Vorfreude auf den Tag mit seinem Sohn. Seine stechenden Magenschmerzen, die er schon in der Nacht verspürt hatte, schob er gedanklich beiseite. Schon jetzt, vor Sonnenaufgang, war die Luft erdrückend schwül. Nur der kalte Kanaren Strom vor der Küste brachte etwas Abkühlung, aber auch die charakteristischen Nebel für diese Jahreszeit mit sich. Als Uzoma und Akin endlich das kleine Segelboot zu Wasser ließen, konnten sie nur einige wenige Meter weit sehen und nach einigen Minuten Fahrt, waren sie umgeben von dichtem Nebel und vollkommener Stille. Nur der schwache Wind in den gesetzten Segeln, ließ den Masten des Bootes ein wenig knarren, ansonsten war der Atlantik heute gespenstig ruhig. Als hätte jemand alle Wellen dieses riesigen Ozeans gestohlen und über das Wasser eine glatte Folie gespannt, entfernten sie sich auf dieser glatten Fläche beinahe lautlos von der Küste. Nach etwa einer Stunde Fahrt wollte Akin von seinem Vater, der aufrecht stehend das Boot mit seinem rechten Fuß steuerte, wissen, warum sie heute so weit hinaus fahren um zu fischen. Uzoma blickte gutmütig in das fragende Gesicht seines Sohnes als er antwortete: „Akin, heute ist ein besonderer Tag. Für dich und für mich.

Es wird dir vielleicht nicht entgangen sein, dass mein Körper nicht mehr das ist, was er noch vor einem Jahr war. Ich spüre, dass meine Tage als Fischer gezählt sind und ich möchte dich, mein Sohn, auf deine Zukunft gut vorbereiten. Heute fangen wir damit an." Akin trafen die Worte seine Vaters nicht gänzlich unvorbereitet, denn er wusste dass dieser Tag einmal kommen würde. So wie damals, als Großvater Elimo seinem Vater die Verantwortung für die Familie übergab und so wie er es einmal seinem Sohn gleichtun würde. Großvater war zu Lebzeiten in Noumghar so etwas wie der Dorfoberste, wenngleich er es niemals jemanden spüren ließ. Elimo - sein Name bedeutet Wissen - und dieses teilte Großvater mit dem ganzen Dorf. Noumghar

befindet sich an einem Horn, das westwärts und in Form eines unregelmäßigen Dreiecks in den Atlantik hinaus ragt. Dieses idyllisch und direkt am Meer gelegene Fischerdorf besteht aus genau fünfundfünfzig Häusern, oder besser beschrieben sind es doch eher Hütten, denn keines davon hatte eine Treppe, die in einen ersten Stock führt. Die Gebäude untereinander gleichen sich in ihrer einfachen Bauweise auffallend.
Würde man als Fremder durch das Dorf flanieren, so könnte es passieren, dass man glauben würde, an diesem Haus doch schon vor einiger Zeit einmal vorbei gegangen zu sein.

Von oben betrachtet bilden die Gebäude ein gleichmäßiges Rechteck. An dessen nördlichen Ende befindet sich eine kleine Schule, in der alle Kinder des Dorfes bis zum sechzehnten Jahr unterrichtet werden. Nur etwa fünfzig Meter von der Schule entfernt und durch einen kleinen Garten verbunden, steht das einzige Gebäude, das man als durchaus schön bezeichnen könnte. Die Moschee von Noumghar. Obwohl hier die täglichen Gebete zelebriert werden, findet man gleich daneben einen nicht unbedeutenderen Ort. Den Dorfbrunnen, als Treff – und Versammlungspunkt der Einwohner von Noumghar. Ja, man kann es ruhig so sagen, dass ihr Dorf eine wunderbare Gemeinschaft, über Jahrhunderte hinweg, war. Alle hier lebten vom Fischfang an dieser Küste Mauretaniens und so gab es bis heute keinen nennenswerten Neid unter den einzelnen Familien. Wer sollte vom anderen etwas wollen, da dieser ja schließlich gleich viel hat und ebenso vom Fischfang lebt? Auch wenn der Atlantik, vor Mauretanien, so manche Gefahren für die Fischer barg, die im Laufe der Geschichte auch einigen den Tod brachte, so war dieses Meer auch gesegnet mit einem unerschöpflichen Fischreichtum für alle. Alles andere wurde untereinander geteilt. So einfach war das in Noumghar - und auch für den alten Elimo.

Akin konnte sich noch recht gut an seinen Großvater erinnern, aber eine Begebenheit war ihm besonders gut in Erinnerung geblieben. Es war ein heißer Oktobertag und er, Akin, war noch ein kleiner Junge von fünf Jahren. Großvater nahm ihn an der Hand und führte ihn an einen Ort an der Küste, nördlich des Dorfes. „Akin, kannst du meine Bewegungen nachmachen?", fragte er, als sie sich im warmen Sand des Strandes niedergelassen hatten. Großvater trommelte mit weichen und geschmeidigen Bewegungen auf die Tierhaut der Trommel und es dauerte nicht lange, ehe er in eine Art Trance verfiel. Akin versuchte sein Bestes, aber er konnte beim besten Willen diesem, immer schneller werdenden Rhythmus, nicht folgen. Als er schließlich und nur ungern aufgeben musste, blickte er Großvater von der Seite, mit den Augen eines Kindes, fasziniert an. Elimos Gesicht spiegelte all sein Wissen um Natur und dieses Leben hier wider. Aber es war vor allem seine vollkommene Zufriedenheit mit dem Leben, die er in diesem Augenblick zu sehen glaubte.

Seine Aura verströmte einfach nur Liebe und Wohlwollen mit allem und dies spürte auch der kleine junge Akin. Die Schläge steigerten sich von Sekunde zu Sekunde, Schweiß rann über sein faltiges, sonnengegerbtes Gesicht, als er plötzlich stoppte und seine Augen öffnete.

Vollendete Stille umhüllte den Großvater und seinen Enkel. „Sieh hinaus auf das Meer!", sprach Elimos geheimnisvoll. Akin drehte seinen Kopf Richtung Meer und glaubte seinen Augen nicht zu trauen. Es muss eine Schule von etwa dreißig Delphinen gewesen sein, die elegant im seichten Wasser vor den beiden Menschen schwammen. „Geh zu ihnen und lerne!", sprach er neuerlich und Akin konnte sein Glück kaum fassen. Diese großen Tiere zeigten keinerlei Scheue vor ihm, auch als er immer tiefer in das Wasser stieg und schließlich zu ihnen schwamm, flüchteten sie nicht vor ihm. Im Gegenteil einer von ihnen schwamm direkt auf den kleinen Jungen zu, um ihn mit seiner glitschigen Schnauze zu stupfen. Sie ließen es zu und er durfte mit ihnen schwimmen. Der kleine Akin heftete sich mit

seinen Händchen an die Rückenflossen beinahe aller Tiere, und glitt mit ihnen sanft durch das Wasser. Er hatte kein Zeitgefühl mehr, es war wie in einem wunderbaren Traum. Immer wieder erblickte er, in einem kurzen Moment, diese sanften und geheimnisvollen Augen der Delphine. Plötzlich aber, wie von einer Schnur gezogen, schwammen sie alle davon, hinaus auf das offene Meer. Großvater beobachte seinen Enkel Akin, der seinen neuen Freunden traurig nachblickte und sprach: „Akin, komm zu mir.
Du wirst sie eines Tages wieder sehen, aber dann wirst du sie mit deiner Trommel an den Strand locken. Das verspreche ich dir". Der kleine Junge war damit zufrieden und kehrte zu dem alten Mann zurück. „Nun, was hast du gelernt"? Akin überlegte, doch es wollte ihm einfach nichts einfallen. „Es hat einfach Spaß gemacht", dachte er. Elimo nahm seinen Enkel, setzte ihn auf seinen Schoß und sprach: „Ich sag es dir mein Junge. Sei immer offen für jedes Wesen dieser Welt und begegne jedem Lebewesen mit Respekt. So lässt du jedem Wesen auch die Wahl und Freiheit, dir mit Respekt begegnen zu wollen." Als kleiner Junge konnte er nicht ahnen, dass es diese Lehre seines Großvaters sein wird, die ihn als Erwachsener in einem fremden Land zu einem der Besten unter seinesgleichen machen sollte. Während Uzoma das Segel einholte, sprach er zu

seinem Sohn: „Akin, du kannst jetzt ein Netz auswerfen!" Und holte mit seiner Anweisung den Zwanzigjährigen aus seinem Tagtraum zurück in die Realität. Akin hob sachte ein Netz vom Boden des Bootes und warf es gekonnt in einem Halbkreis in das Wasser. Nun galt es noch eine Boje daran zu fixieren, doch als er das tun wollte, gebot ihm sein Vater mit einer Geste Einhalt. „Nein Akin, bei diesem dichten Nebel müssen wir heute wohl mit einem Netz vorliebnehmen und noch einige Leinen dazu auswerfen. Die Gefahr das Netz in diesem dichten Nebel nicht mehr zu finden ist heute viel zu groß." Vater hatte natürlich recht. Als Akin jedoch die erste Leine samt Köder im Meer versenkte und am Kiel des Bootes fixieren wollte, brach die tief stehende Sonne durch den Nebel. Er blickte hoch, blinzelte durch das plötzlich blendende Licht und sprach: „Vater, hörst du das?"

„Ja." Das seltsame Geräusch wurde immer lauter und ihr kleines Boot fing langsam an zu schaukeln. Zuerst waren es nur kleinere Wellen, die aber mit jeder Sekunde immer größer wurden und damit auch das Schlingern des Bootes. Beide hefteten sich schließlich mit aller Kraft an die Reling ihres kleinen Segelbootes. „Was kann das sein?", wollte Akin verängstigt von seinem Vater wissen, doch dieser wusste mit der unbekannten Situation ebenfalls nichts anzufangen. „Es

klingt wie Maschinen, gewaltige und große Maschinen!", rief schließlich Uzoma zu seinem Sohn, denn jetzt war das leise Geräusch zu einem ohrenbetäubenden Lärm angeschwollen. „Schnell Akin, setz das Segel!"
Akin nahm das Seil, mit dem er das Segel aufziehen und schließlich setzen konnte und vertraute es gekonnt am hölzernen Poller der Reling. Zufrieden mit dem Ergebnis blickte er wieder hoch und sah durch ein Nebelfenster ein gigantisches Schiff, das sich von ihnen entfernte. Auch Uzoma hatte es bereits erspäht, das verriet sein offener Mund, sein ungläubiger Gesichtsausdruck. Uzoma setzte sich mit unverändertem Gesichtsausdruck nieder und blickte zu seinem Sohn. „ Also stimmt es doch!"

Was Uzoma und sein Sohn jedoch nicht wissen konnten, war der Umstand, dass dieser kolossale Trawler, der sich etwa drei Kilometer von der westafrikanischen Küste Mauretaniens, von ihrem kleinen Fischerboot entfernte, eine gigantische Fischfabrik, unter chinesischer Flagge, war. Obwohl diese hier an der Atlantikküste Afrikas keinerlei Fangrechte besaßen, fischte eine Besatzung mit gigantischen Netzen zweihundertfünfzig bis dreihundert Tonnen Fisch und eine nicht unerheblichere Menge Beifang aus dem Meer. Tag für Tag. Der Beifang wurde von den gut vermarktbaren Fischen getrennt und nach erneutem Ausfahren der Netze wieder tot oder halb lebendig, zurück ins Meer geworfen.

Scharen von Möwen waren ständige Begleiter und die einzigen Nutznießer dieser Natur vernichtenden Fischereimethode. Diese schwimmenden Fabriken müssen nicht einmal anlanden, denn diese können mehrere Monate durchgehend auf See bleiben. Mit etwa sechstausend Tonnen Frostkapazität kann die in Asien heiß begehrte und teuer bezahlte Ware sofort zum Endprodukt verarbeitet, gekühlt und gelagert werden.

Was Akins Vater nur als Gerücht von einem anderen Fischer vor kurzem gehört hatte, sollte sich an diesem Septembertag als wahr erweisen. Aber damit nicht genug. Was keiner der kleinen Fischer an der Küste wusste, war der bittere Umstand, dass Mauretanien schon im letzten Jahr mit der Europäischen Union ein Fischereiabkommen vertraglich besiegelte hatte, das dem Staat mehre Millionen Euro jährlich einbringen sollte. An der Lebensgrundlage der Fischer, bereicherten sich, neben den illegalen Fischkuttern Asiens, auch legal, jene der europäischen Staaten. Auch an jener aus dem Dorf Noumghar.

Die Nachricht Uzomas hatte wie eine Bombe eingeschlagen und der kleine Platz um die Zisterne von Noumghar war an diesem Abend berstend voll. Uzoma schilderte eindrücklich allen Anwesenden ihr heutiges Erlebnis. Mehrmals zupften Akin, insbesondere die jüngeren Männer unter den Anwesenden, am Ärmel, weil sie wissen wollten, ob das stimmt, was sein Vater da eben behauptete. „Ja", erwiderte er, „ihr kennt doch meinen Vater, würde er sich mit so einer ernsten Begegnung einen Scherz erlauben?", antwortete er geduldig, wobei er kein Wort seines Vaters versäumen wollte. Trotz der angenehmen Temperatur des Abends war die Stimmung frostig und gedrückt und das spürte wohl jeder hier. Aber was sollten *sie*, diese unbedeutende Gruppe Fischer, konkret unternehmen. Was konnten sie denn schon ausrichten? Nach mehrstündiger und konstruktiver Diskussion hofften alle Männer inständig, dass es ein Zufall war, der dieses gigantische Schiff vor ihrer Küste kreuzen ließ. Eine andere Alternative als abzuwarten wie sich die Dinge entwickeln, blieb ihnen in diesem Moment nicht. Jeder einzelne aber wurde angewiesen, jede kleinste Veränderung, jede Beobachtung, egal ob es sich dabei um einen großen Kutter oder sonstige Auffälligkeiten handelt, sofort der Gemeinschaft mitzuteilen.

Uzoma, ermahnte eindringlich und zum Abschluss der Diskussion noch alle aktiven Fischer. Sie sollten doch sehr genau auf ihre Fangquoten achten und sprach: „Allah, möge alle Zeit bei uns sein, lasset uns zur Moschee gehen und beten!" Akin fand nicht so recht ins Gebet. Der Grund war weniger das heute erlebte, sondern vielmehr eine Frau, namens Malenga. Immer wieder wollte er bei seinem, aber vor allem bei Malengas Vaters, vorsprechen. Doch als er dazu schon einmal eine gute Gelegenheit gehabt hätte, verließ ihn der Mut. Malenga hatte ihn schon mehrmals zu einem Gespräch mit ihrem Vater gedrängt und auch er wollte nun endlich seine große Liebe allen mitteilen. Er fasste sich ein Herz und bat Adik, den Vater Malengas, nach dem Abendgebet zur Zisterne, um (einen kurzen Augenblick und) ein Gespräch unter Männern. Adik, war bedeutend jünger als sein Vater und saß ihm ruhig und entspannt gegenüber. Es vergingen einige Minuten, in denen keiner der beiden nur ein Wort sprach, jedenfalls kam es Akin so lange vor. Adik musste sich ein Lächeln versagen, denn er wusste schon seit längerer Zeit von den verliebten jungen Leuten und hatte deshalb Akin in seinem Tun sehr genau beobachtet. Er befand, dass er ein rechter Mann war und dieser sollte ihm als Schwiegersohn willkommen sein.

Nun aber tat ihm dieser junge Mann schon fast ein wenig leid, denn er erkannte seine Nervosität am Gesicht und der Haltung, als er schließlich freundlich sprach: „Akin, auch ich war einmal jung und verliebt in ein junges Mädchen aus unserem Dorf und ich hatte das außerordentliche Glück dieses Mädchen zu meiner einzigen Frau zu nehmen. Damals schwor ich mir, dieses Glück auch meinen künftigen Kindern nicht vorzuenthalten, egal welche Interessen ich auch immer hegen sollte." In Akin entzündete sich die Flamme der Hoffnung, ob dieser Worte, mit denen er nicht im Geringsten gerechnet hatte. „Dann, heißt das....", stotterte er noch immer verlegen. „Ja, du kannst meine Tochter Malenga zu deiner Frau nehmen, unter einer Bedingung!" Akin erschrak ein wenig und fragte schließlich schüchtern: „Und die wäre?"

„Mach sie glücklich, denn sie ist mir bis heute eine wundervolle Tochter."

„Ja, des werde ich, jawohl das werde ich!", sprudelte es nur so aus Freude aus ihm heraus!

Die beiden Männer standen auf und machten sich auf den Weg zu ihren Hütten. Jetzt war der Bann gebrochen und sie unterhielten sich, als wären sie schon lange Zeit Freunde gewesen, bis sie sich vor dem Haus von Adik freundlich mit „Gute Nacht und gehe mit Allah", verabschiedeten.

Akin konnte sein Glück noch immer nicht fassen, denn was das Gespräch mit seinem Vater betraf, hatte er jetzt keinerlei Bedenken mehr. Und so kam es auch, dass am nächsten Tag bereits die Hochzeit von Akin, Sohn des Fischers Uzoma mit Malenga, Tochter des Fischers Adik bekannt gegeben wurde. Über die Höhe der Brautgabe waren sich die Väter bald einig, denn beide Familien lebten vom Fischfang und eine hohe Summe wurde hier in Noumghar noch niemals als Brautgabe veranschlagt. Auch die Morgengabe, die Akin seiner Braut schenken würde, hatte hier eher einen symbolischen Charakter, denn einen realen Wert. Akin entschied sich für einen Delphin, den er in den kommenden Wochen für seine Malenga aus Elfenbein schnitzen würde. Schließlich war der große Tag für die Liebenden gekommen und es sollte ein schönes Fest werden, dem das ganze Dorf beiwohnte. Nach der einfachen Trauung, die nach Maßgabe der Scharia erfolgte, nahm die bunte Feier ihren Lauf. Begleitet vom rhythmischen Trommeln der Dorfjugend, feierte man in Noumghar mit dem jungen

Brautpaar bis zum Morgengrauen. Aber niemand im Dorf konnte ahnen, welch Unheil sich zur selben Zeit vor ihrer Küste anbahnte.

Mauretanien, Noumghar, Juli 1989

Die negativen Meldungen der Fischer überschlugen sich in den letzten Monaten geradezu. Scheinbar mit jedem Fang nahm auch die Anzahl der Fische in ihren Netzen ab. Nur an ganz wenigen Tagen kamen die Männer auf die gewohnten Tagesmengen von fünfhundert bis sechshundert Kilogramm. Auch die Begegnungen mit großen Fangflotten verschiedenster Länder, vor der Küste, häuften sich Monat für Monat. Zuerst waren es vor allem die großen Fische, wie etwa der Thunfisch, dessen Ertrag sich für jeden Fischer sichtbar schmälerte. Einige behaupteten aber, auch bei den Kopffüßlern schon einen deutlichen Rückgang zu bemerken. Konnte die Fischereigenossenschaft von Noumghar, der Akins Vater Uzoma als Obmann vorstand, früher einmal wöchentlich ihren beliebten Trockenfisch, den schon seit Urzeiten die Frauen des Dorfes zubereiteten, an Fischhändler verkaufen. So waren es im Moment gerade mal alle zwei Wochen, obwohl alle Männer ihre Netze länger als früher auswarfen. Eigentlich holte jeder Fischer, schon seit Urzeiten, nur so viel Fisch aus dem Meer, wie er zum Leben benötigte. Dazu gehörte aber auch der Verkauf ihres Trockenfisches.

Damit konnte sich das fragile Gefüge ihres Dorfes alle anderen, zum Überleben notwendigen Lebensmittel, Werkzeuge, Holz für die Boote und vieles mehr, kaufen. Somit war der Ertrag in nur neun Monaten bereits drastisch zurückgegangen. Dies veranlasste den Obmann der Fischereigenossenschaft eine Versammlung einzuberufen.
„Brüder, wir müssen handeln", ermahnte Uzoma die versammelten Männern am Brunnen, als gerade seine Frau Kehinde, nur für ihn sichtbar, herankam. Uzoma deutete mit einer Handbewegung seinem Sohn, er solle doch zu seiner Mutter gehen und alle Blicke der anwesenden Männer wandten sich zu Kehinde um. Es war Frauen nicht gestattet an solchen Zusammenkünften teilzunehmen, so befürchtete er ein Unglück, denn ansonsten hätte es seine Frau niemals gewagt hierher zu kommen. Auch der Umstand, dass sich Akin und seine Mutter schnell von der Zisterne entfernten, nährte seine Befürchtung und er musste sich mit aller Kraft ermahnen, diese schweren Gedanken beiseite zu schieben, denn diese Versammlung hier könnte für ihre weitere Existenz von entscheidender

Bedeutung sein. Während die Versammlung ihren Lauf nahm, eilten Akin und seine Mutter zu ihrer Hütte. Als seine Mutter ihn von der bevorstehenden Geburt berichtete, bekam er beinahe weiche Knie, obwohl er natürlich wusste, dass es nicht mehr allzu lange dauern konnte. Als sie schließlich die kleine Hütte erreichten, ging Kehinde hinein. Er aber blieb vor der Türe stehen, denn die Schreie Malengas waren auch hier draußen nicht zu überhören. Anders als im Landesinneren, wo trockenheißes Wüstenklima herrscht, liegen die Temperaturen an der Küste, bedingt durch den kalten Atlantik, weit darunter. Auch heute waren diese wieder angenehm, bei etwa fünfundzwanzig Grad und das sollte Malenga die Geburt doch etwas erleichtern, dachte Akin und blickte hinaus aufs Meer.

Wieder durchdrangen Schreie, schmerzerfüllte Schreie, das dünne Gemäuer ihrer Hütte und auch für ihn wurde das Warten, ohne etwas für seine Frau tun zu können, von Minute zu Minute unerträglicher.

Unterdessen ging die Versammlung mit bereits erkennbaren Zukunftsplänen weiter. Über zwei wichtige Punkte, hatte man zuvor abgestimmt und es wurde einhellig die Hand erhoben. Erstens wird Uzoma als Obmann des Fischereiverbandes versuchen für das

Dorf einen besseren Preis bei ihren Fischhändlern aus zu verhandeln. Zweitens sollte so bald wie möglich eine Delegation, bestehend aus drei Männern, in die Hauptstadt Nouakchott gesandt werden, damit sie mehr Informationen über diese mächtigen Fangflotten vor ihrer Küste bekamen. Wer waren sie, woher kamen sie, wusste ihre Regierung davon und vor allem, wann würden sie wieder gehen? Alles Fragen, die es galt baldigst herauszufinden. Noch war die Situation ihres fragilen Dorfes nicht allzu beunruhigend, aber würde sich die Fangsituation nicht bessern, geschweige denn noch verschlechtern, könnten auch ihre spärlichen Reserven kaum helfen. Dann ging es für alle hier nur mehr ums nackte Überleben. „Ihr wisst doch alle, dass wir seit Urgedenken nur jene Menge aus dem Meer fischen, die wir für unser Leben brauchen!", sprach Uzoma mit fester Stimme zu den versammelten Fischern. Der eine oder andere nickte dabei mit dem Kopf, um seine Worte zu unterstreichen. „Diese monströsen Boote aber, die wir schon mehrfach gesichtet haben, fischen des Geldes wegen, und nicht um zu überleben. Dabei achten sie aber nicht auf die Natur des Meeres!" „Ja, so ist es!", rief ein empörter junger Mann. Dessen Vater schrie entsetzt: „Allah, stehe uns bei!" So vermutete es jedenfalls Uzoma und die Zukunft wird ihm Recht geben. „Also Brüder, ich denke wir sind uns einig über unsere Strategie.

Nun bitte ich um drei Freiwillige, die morgen noch vor Sonnenaufgang nach Nouakchott segeln werden", sprach Uzoma, blickte in die Runde, in der alle rechten Hände der Männer in die Höhe gingen. Stolz und nicht zuletzt etwas Hoffnung überkam den alten Mann und er wählte drei geeignete Männer aus. Sie würden, bei den momentanen Windverhältnissen, mehre Tage für die etwa einhundertsechzig Kilometer entlang der Küste benötigen. Zum Abschluss wurde noch besprochen, wie die fehlende Arbeitskraft dieser drei Männer unter allen anderen des Dorfes aufgeteilt werden konnte, denn einen zusätzlichen Verlust wäre in ihrer derzeitigen Situation nicht tragbar. Alle willigten in den Vorschlag des alten Fischers Uzoma ein, der lautete: Den jungen Männern des Dorfes etwas mehr Verantwortung und Arbeit zuzumuten. Und damit war ihre Zusammenkunft beendet.

Die Schreie Malengas steigerten sich von Minute zu Minute und im selben Augenblick, als diese für Akin kaum mehr zu ertragen waren, herrschte plötzlich eine unheimliche Stille. Nichts mehr war zu hören und Akin wartete sehnsuchtsvoll auf den Schrei eines Babys, doch er kam nicht.

Die Zeit schien still zu stehen. Nichts rührte sich. Auch seine Mutter wollte sich nicht an der Türe blicken lassen. Er fasste seinen ganzen Mut und ging auf die Hütte zu, als endlich der befreiende Schrei eines Babys durch die Türe drang. Tränen liefen über seine Wangen, als er die Türe zur kleinen Küchenkammer öffnete. Sein Herz schlug ihm bis zum Hals. „Was würde es sein? Ein Junge, ein Mädchen?", fragte er sich und betrat die Kammer, in der seine Malenga, schweißnass gebadet im Bett lag. Um die junge Mutter stand seine Mutter, die alte Heurika und die Mutter Malengas, die Malenga wohl bei der Geburt ihres Kindes geholfen hatten. Alle drei lächelten glücklich und Malenga hauchte schwach: „Akin, es ist ein Sohn, unser erster Sohn!" Er trat an die Bettstatt, küsste seiner Frau auf die heiße Stirn und nahm seinen Sohn zum ersten Mal in seinem Leben an sich. Im selben Moment hörte das Kind auf zu schreien und er blickte in ein zufriedenes, ja beinahe, so glaubte er zumindest zu sehen, lächelndes Gesicht. Langsam öffnete das Baby das rechte Auge und blickte seinem Vater direkt in die Augen. Dies war jener Atemzug seines Lebens, den er niemals vergessen sollte. „Ich bin dein Vater", stotterte Akin mit heißerer Stimme und musste sich dabei einen weiteren Ausbruch seiner Tränen versagen. „Dein Name soll Mabili sein. Mabili, mein Sohn bedeutet:

Der Ostwind bringt Glaube und Kultur und dieser Name soll dir Glück bringen in deinem Leben. Ich jedenfalls werde alles dafür tun, dass es dir hier bei uns gut geht." Akin setzte sich schließlich zu Malenga an die Bettkante. Die drei Frauen verstanden die Situation und verließen schmunzelnd und leise die Kammer der jungen Familie. Akin umarmte Malenga und legte Mabili sanft an ihre Brust. Der kleine Erdenbürger begann sofort zu suchen und fand. Auch Akin hatte gefunden wonach er gesucht hatte, wären da nur nicht diese Zeichen einer ungewissen Zukunft.

Schweden, Stockholm, am selben Tag

„Mr. Svörensen, ihre Frau ist auf Leitung drei", tönte die blecherne Stimme seiner Sekretärin aus dem kleinen Lautsprecher der Telefonanlage. „Sagen sie ihr, ich habe jetzt keine Zeit, ich werde sie zurückrufen!", antwortete Olav Svörensen, der gerade in einer Besprechung mit wichtigen Partnern war, kühl. „Aber es scheint sich um einen Notfall zu handeln!", ermahnte ihn nochmals dieselbe blecherne Stimme. „Tun sie einfach das, was ich ihnen gesagt habe und stören sie mich bitte in den nächsten Stunden mit keinem weiteren Gespräch!", antwortete der genervte Boss und kappte die Leitung Nummer eins. „Entschuldigen Sie bitte, meine Herren, wo waren wir stehen geblieben?" „Beim Fischereiabkommen mit Mauretanien", antwortete Dr. Leimer, einer der drei Herren, die Svörensen gegenüber saßen. „Ach ja, das ist in der Tat eine sehr erfreuliche Entwicklung für die gesamten europäischen Fischfangflotten nicht wahr." Die drei Männer im dunklen Anzug pflichteten ihrem Gegenüber mit einvernehmlichen Nicken bei.

„Mr. Svörensen, lassen Sie uns doch zum eigentlichen Grund unseres Besuches kommen. Wie soll ich sagen? Der Auftrag unserer Mandanten ist von äußerster Dringlichkeit, denn jeder Tag an dem chinesische

Trawler vor den Küsten Afrikas ihre Netze ins Meer werfen, kostet den europäischen Staaten eine Menge Geld. Es ist unser Bestreben die Präsenz dort unten enorm zu verstärken, schließlich sind es doch wir, die europäischen Staaten, die für ihre Fangquoten bezahlen und nicht die Asiaten. Das heißt im Klartext, wie steht es mit der Lieferzeit der aktuellen Aufträge und wann könnten Sie noch weitere Trawler liefern?" Svörensen glaubte sich eben verhört zu haben, noch weitere Trawler? Wie viele sollten es diesmal wohl sein? Er sah jetzt schon die Schlagzeilen vor sich: *Svörensens Werft expandiert weiter und verdoppelt die Anzahl der Mitarbeiter…* Aber vor allem der enorme Gewinn, den er mit weiteren Schiffen machen konnte! Ihm wurde beinahe schwindlig bei dieser Vorstellung. „Meine Herren, bezüglich der laufenden Aufträge ihrer Mandanten kann ich Sie beruhigen, es läuft alles nach Plan. Wie Sie ja sicherlich wissen, haben wir die Produktion der Einzelteile in Hinsicht auf die im Vertrag festgehaltene Lieferzeit exorbitant erhöht. Auch die dafür notwendigen Fach- und Hilfskräfte konnten wir, aufgrund unseres ausgezeichneten Rufs, auf dem Arbeitsmarkt bekommen. Etwas Kopfzerbrechen macht uns nur noch der beste Standort für die Endfertigung der Schiffe. Aber auch hier kann ich von einem bevorstehenden Vertragsabschluss berichten.

Was weitere Aufträge betrifft, von welcher Summe reden wir hier?"

„Dieselbe Anzahl, die in den aktuellen Aufträge steht", antwortete erneut Dr. Leimer. Olav Svörensen ließ sich seine Freude nicht anmerken, denn er war ein abgebrühter, aber auch äußerst verlässlicher Geschäftspartner und das wusste er.

„Dieselbe Menge an Schiffen also", bemerkte er, beinahe beiläufig und fragte: „Nun, und ich nehme an, dieselbe Lieferzeit?"

„Ja, dieselbe Lieferzeit, aber die Konditionen müssen neu aus- verhandelt werden, die Ausschreibung erfolgt natürlich EU – weit, denn die EU subventioniert ja schließlich diese Schiffe."

Bei den letzten Worten von Dr. Leimer wechselte Svörensen seine Sitzposition und sprach wiederum: „Selbstverständlich, meine Herren!" Was hatte er zu befürchten, er besaß immerhin die größten Werften im europäischen Raum und mit diesem neuerlichen Auftrag könnte er sein Unternehmen an die Weltspitze katapultieren.

„Meine Herren, ich kann Ihnen nur sagen, wir sind bereit!"

„Dann können wir unseren Auftraggebern berichten, dass sie die vertragliche festgesetzte Lieferzeit in jedem Fall einhalten werden und für einen weiteren Auftrag zur Verfügung stehen?"

„Ja, meine Herren, das können Sie und ich lade Sie herzlich ein, die Arbeitsfortschritte bei einer Besichtigung in unserem Kieler Werk zu kontrollieren."
Die Herren nickten zufrieden und der Wortführer entgegnete: „Gerne, Mr. Svörensen."
„Nun, dann. Es ist alles vorbereitet und wir haben schon vorsorglich einen Learjet für morgen gebucht. Am Kieler Flughafen erwartet sie eine Limousine mit meinem Assistenten, der sich bestens um sie kümmern wird. Cognac, Scotch oder unser Nationalgetränk einen Kaffee für die Herren?", fragte der agile Geschäftsmann, der vor geraumer Zeit eben mit diesen drei Herren sein bisher größtes Geschäft abgeschlossen hatte. Der enorme Gewinn würde es ihm ermöglichen auch abseits seiner Werften zu investieren, schließlich weiß man ja nie was für Zeiten auf einen zukommen. Vater wäre bestimmt stolz auf mich, dachte er, als er beim Verlassen seines Schreibtisches das Portrait seines verstorbenen Vaters an der Wand mit einem Blick streifte. Diese zwei Anwälte und der Schiffsbauingenieur, hinter sich ein Rudel von Angestellten, vertraten immerhin die wichtigsten europäischen Fischereistaaten und waren für sein Geschäft enorm wichtig.
Aber er wusste wie man solche wertvollen Kontakte vertiefen konnte, das machte er schon seit Jahren und

auch heute Abend bei einem gemeinsamen Essen im besten Restaurant Stockholms.

Das Ambiente im „Les Olive`n" war gediegen, wie die meisten der Gäste. Begleitet von unaufdringlicher Pianomusik, genossen die vier Herren einen exklusiven Service, einschließlich drei Hauben Küche. Hauptattraktionen der Küche waren, wie sollte es anders sein, allerlei Getier aus dem Meer. Als die vier Herren im dunklen Anzug gerade ihre etwas komplizierten Bestellungen dem Kellner ansagen wollten, eskalierte ein Gespräch am Nachbartisch. Dort saß eine Familie. Vater, Mutter, Sohn und die etwas jüngere Tochter. Der Vater jedenfalls, schien schon sehr verzweifelt, ob der immer lauter werdenden verbalen Angriffe seines Sohnes ihm gegenüber. Das Wortgefecht wurde jedoch immer lauter und musste irgendetwas mit Fischerei zu tun haben, so viel konnten mittlerweile schon die am Eingangstisch sitzenden Gäste, feststellen. Kurzer Hand stand dieser junge Mann auf und schwang eine Rede an das gesamte Lokal in dem er fragte:

„Glauben die betuchten Herrschaften denn wirklich, dass ihr Hecht, der Shrimps oder die märchenhaft zubereiteten Kalmare auf ihrem Teller aus der unmittelbaren See stammen?" Der junge Mann, offensichtlich ein etwas grünlich angehauchter Student, machte eine kurze Pause, um seine Frage wirken zu lassen. Außer, dass das Piano verstummt und sich der Oberkellner gefährlich schnell dem jungen Mann näherte, kamen aber keinerlei Antworten aus seinem Publikum. „Nein, meine Damen und Herren, denn da hätten sie um einige Jahre früher hierher kommen müssen. Immer mehr und immer öfter, stammt nämlich dieser Fisch, eben nicht aus der Nordsee, Ostsee oder anderen europäischen Gewässern, denn diese werden zusehends überfischt!" Nun trat der Oberkellner an den Tisch des jungen Mannes und ersuchte ihn höflichst seine Rede einzustellen und sich doch bitte wieder zu setzen. Auch dessen Vater, der seinen Kopf mittlerweile mit seiner linken Hand stützen musste, schien die Angelegenheit äußerst peinlich zu sein.

Den jungen Mann konnten auch die zarten Versuche des Oberkellners nicht stoppen, im Gegenteil seine Rede wurde immer eindringlicher, als er fortsetzte: „Die Fangflotten sind viel zu groß und deren Subventionen ebenso.

Nüchtern betrachtet würde ich behaupten, dass jeder Europäer seinen Fisch praktisch zweimal zahlen muss. Einmal durch die Steuern und das zweite Mal im Laden oder im Restaurant." Mit dieser Feststellung entlockte der junge Mann einige empörte Zurufe der Gäste. Nachdem er diese, ohne jede scheinbare Regung entgegen genommen hatte, setzte er munter fort: „Natürlich haben diese düsteren Prognosen für die Zukunft der Fischerei in Europa auch ihre Kehrseite. In diesem Fall sind es, wie so oft, die vielen Arbeitsplätze. Etwa jene der Fischerei oder jene der Menschen die in dessen Verarbeitung tätig sind. Würde die EU die Fanquoten kürzen und dies auch auf See kontrollieren, gingen damit auch viele Arbeitsplätze sprichwörtlich unter."

„Eben, was soll das dann!", schrie ihm ein älterer Herr, der am Eingangstisch saß, zu. Der junge Mann drehte sich zu ihm um und schrie ihn förmlich an:

„Ja, verstehen Sie den nicht oder wollen sie es nicht verstehen. Wem würde es in Zukunft denn nützen, wenn keine Regelungen erfolgen und sich der Kreislauf immer munter weiterdreht, bis es schließlich keinen Fisch und somit keinen, der ihn fischt, mehr gibt." Nun reichte es dem Oberkellner und der junge Mann wurde, vor den Augen seiner Familie, und von zwei Kellnern aus dem Lokal verfrachtet.

Alle Blicke ruhten auf dieser peinlichen Szene, auch jene der vier Geschäftsmänner. Hätte der junge Mann gewusst, wer sie waren, was hätte das für ein Theater abgegeben, dachte Svörensen und er überlegte auch, wie er diese peinliche Angelegenheit irgendwie überspielen kann. „Ein mutiger junger Mann, das muss man ihm lassen", sprach er nach einer kurzen Pause und mit hochgezogenen Augenbraue zu seinen Gästen und wusste, der heutige Abend würde ihn noch viel Kraft kosten, bis er die Gespräche dieses Tisches wieder in jene Bahnen, die für ihn einträglich waren, gelenkt hatte.

*

Einige Stunden später, an der Bar des Restaurants, war vom Zwischenfall des Abends nichts mehr zu spüren und Svörensen verabschiedete sich schließlich höflich von seinen Gästen, die im angrenzenden Fünfsterne Hotel nächtigten. Als sein Chauffeure den schweren Mercedes beim roten Signal der ersten Kreuzung zum Stehen brachte, erinnerte er sich an den Anruf seiner Frau. Schnell tippte er die achtstellige Nummer in sein C-Netz Autotelefon und nach wenigen Sekunden hörte er das Freizeichen Signal. „Bei Svörensen", ertönte eine Frauenstimme, aber es war nicht die seiner Frau. „Elena, was machen Sie um diese Zeit noch bei uns?", fragte er etwas verwirrt. „Ah, Sie sind es, Mr. Svörensen. Gott sei Dank, endlich melden Sie sich! Madam und Jens sind im Hospital, im Krankenhaus!" Svörensen erschrak sichtlich, denn er wusste mit dieser

Nachricht im Moment nichts anzufangen. „Was, im Krankenhaus? Elena, weißt du in welchem, hat Britt dir das gesagt?" Obwohl in ihm die Frage nach dem Grund brannte, wollte er seine Gesprächspartnerin nicht danach fragen. Das würde mit Bestimmtheit so lange dauern, wie der Weg ins Krankenhaus.

„Nein, aber sie hat es auf einen Zettel geschrieben", ertönte abermals die harte, beinahe männliche Stimme Elenas. „Warten Sie bitte". Es raschelte in der Leitung, bevor sie sich erneut meldete.

„Sie sind im Karolinska University Hospital." Mit einem knappen Danke verabschiedete er sich von seiner russischen Haushälterin, legte den Hörer auf und wunderte sich darüber, dass Elena den Zettel seiner Frau überhaupt entziffern konnte.

Wann hatte Ihre Haushälterin eigentlich deutsch lesen gelernt? Egal, dachte er bei sich und wies seinen Chauffeur an, ihn zum gehörten Ziel zu bringen. Der junge Mann, wendete sogleich und noch direkt auf der gerade grün werdenden Kreuzung und verursachte dabei beinahe einen Zusammenstoß mit einem Bus. „Sind Sie von allen guten Geistern verlassen, Sie sollen mich zum und nicht ins Hospital bringen!", fluchte Svörensen, der sich mit aller Kraft gegen die Seitentür des Wagens stemmen musste. „Ich bitte um Verzeihung, Sir", antwortete der junge Mann gelassen. Viel zu gelassen, für den Geschmack seines Chefs. Nach etwa fünfzehn Minuten Fahrt ohne weitere Vorkommnisse, hielt der Mercedes direkt vor dem Haupteingang des großen und hell beleuchteten, Gebäudes. Der Chauffeur öffnete seinem Chef die Türe und dieser stieg mit den Worten: „Noch eine solche Aktion und sie sind entlassen", aus dem Wagen und verschwand im Gebäude.

Svörensen ging direkt zum Nachtportier und erkundigte sich, ob eine gewisse Britt Svörensen und ihr Sohn eingeliefert worden waren und wenn ja, wo sie denn zu finden seien.
Der etwas müde wirkende Portier, blätterte in - für Svörensens Kennerblick - unordentlichen Papieren, hatte den Namen seiner Frau aber bald gefunden. „Dritter Stock, Zimmer 509, Sir", antwortete der korpulente Mann und lächelte dabei ein wenig. „Danke!", entgegnete Svörensen und machte sich auf den Weg durch das - nach Putz und Desinfektionsmitteln riechende - Gebäude. Obwohl dieses von außen hell beleuchtet schien, waren die Gänge menschenleer. Auch keinerlei Geräusche oder Stimmen vernahm Olav auf seinem Weg zu seiner Frau. Als er den Lift erreichte, blickte er auf seine Armbanduhr. „Was, bereits zwei Uhr? Ja dann", dachte er und drückte auf die Ziffer drei der Anzeigentafel. Während der kurzen Fahrt kamen ihm nochmals die

Geschehnisse dieses Tages in den Sinn und er verließ lächelnd den Fahrtstuhl, um schließlich an die Türe mit der Nummer 509 zu klopfen. „Was wollen Sie um diese Zeit hier?" Svörensen blickte sich um, um zu erfahren von wem dieser rüde Ton kam und erblickte eine Nachtschwester, die im Laufschritt auf ihn zukam. „Mein Name ist Olav Svörensen. Meine Frau und mein Sohn sind hier" antwortete er, noch bevor ihn die Schwester erreichen konnte. „Ach Sie sind Mr. Svörensen!", kam es vorwurfsvoll aus dem Munde dieser anmaßenden Nachtschwester. „Na, dann kommen Sie mit, aber leise, wenn ich bitten darf!" Wieder war es ein ungeheuerlich barscher Ton, den er von dieser Frau zu hören bekam und er spielte gerade mit dem Gedanken, welche Konsequenzen dies wohl für die Arme bald haben könnte, als er seine Frau an Jens Bett erblickte. Sie war wach, aber ihr Blick war traurig, als sie ihn erblickte. „Hatte sie geweint?", fragte er sich und ging zu ihr, um sie auf die Wange zu küssen.

„Hallo, mein Schatz, es tut mir leid, dass ich erst jetzt kommen konnte. Aber heute war ein enorm wichtiger Tag für unser Unternehmen, du weißt ja was im Moment los ist," sprach er mit samtiger Stimme, legte seine Hand auf ihre Stirn und blickte zu seinem zweijährigen Sohn, dessen Gesicht beinahe zu Gänze verbunden war. Es dauerte eine Weile, die die

Nachtschwester nutzte, um aus dem Zimmer zu verschwinden, als seine Frau sprach: „Olav, weißt du, was heute bei uns los war, ja? Jens stürzte über eine steile Böschung am Seeufer, fiel in den See und wäre beinahe ertrunken. Was, um Gottes Willen, war für dich wichtiger, als mein Anruf im Büro?"
Britt schob seine Hand energisch von ihrer Stirn, um ihren Kopf weinend auf die Seite zu drehen.
„Aber ich konnte doch nicht ahnen, dass es sich um einen Unfall unseres Sohnes handeln konnte, oder?", brachte Olav zu seiner Verteidigung hervor.
„Ich habe doch deiner Sekretärin erklärt, dass es sich um einen Notfall handelt, und hättest du mein Gespräch entgegen genommen, dann hättest du davon erfahren. Aber dir sind deine Maschinen ja scheinbar wichtiger als wir. Olav, das hier ist das Leben, nicht deine Schiffe oder deine Firma. Ich hätte mir einfach gewünscht, dass ich in einer solchen Situation nicht alleine sein würde, dass du zu uns stehst. Aber es lässt sich nun nicht mehr ändern."
Während Britt ihre letzten Worte sprach, kam der diensthabende Arzt in das Zimmer und begrüßte den Vater seines kleinen Patienten. „Mr. Svörensen, ich bin Doktor Lingensöm, schön, dass wir uns kennen lernen."
„Herr Doktor", entgegnete Olav und setzte fort, „wie steht es um Jens?"

„Nun, als Jens hier ankam, hatte ich gerade meinen Dienst angetreten und er war bereits wieder ansprechbar. Nach den Untersuchungen zu urteilen, hatte der Kleine unheimliches Glück. Wir können davon ausgehen, dass keinerlei bleibende Schäden zu erwarten sind. Das ist leider nicht immer so bei solchen Unfällen."
„Danke, danke vielmals, Herr Doktor!", sprach Olav erleichtert.
„Nein, danken Sie nicht mir, sondern ihrer Frau. Sie hat Jens das Leben gerettet, nicht ich. Hätte sie ihn nur einen Moment später aus dem Wasser gezogen und ihn nicht vorbildlich erstversorgt, wer weiß was für eine Leben Jens und ihnen dann bevor gestanden wäre!"
Olav blickte dankbar zu seiner Frau, die Jens gerade seine Hand zärtlich tätschelte und nahm sich vor, mehr Zeit mit seiner Familie zu verbringen. Seine Geschäfte aber gewannen schon im kommenden Monat wieder die Oberhand und sein zwar redlich gemeinter Vorsatz platzte wie eine Seifenblase.

Mauretanien, Noumghar, August 1989

Die Freude über die gesunde Heimkehr der Delegation aus der Hauptstadt war äußerst groß. Ein Junge aus dem Dorf kam aufgeregt und außer Atem zu Uzoma gelaufen, um vom bevorstehenden Ereignis zu berichten. Die Sonne war gerade untergegangen, als die drei Männer am Horizont auftauchten. Die meisten der Fischer von Noumghar saßen noch am Strand beisammen, um über den heutigen Fang zu diskutieren, als Uzoma sich zu ihnen gesellte. „Brüder, die Delegation aus Nouakchott wird in wenigen Minuten im Dorf eintreffen, hoffen wir auf gute Kunde aus ihrem Munde", sprach Uzoma und die Männer machten sich auf den Weg zum Brunnen. Es dauerte nur wenige Minuten bis die drei Weitgereisten das Versammlungszentrum am Brunnen erreichten. Die versammelten Brüder begrüßten sie stürmisch mit: „Willkommen seid ihr Brüder", oder, „Dank sei Allah, für die gesunde Wiederkehr unserer Brüder!" Uzoma umarmte alle drei, dankte ihnen für die Mühe, die sie auf sich genommen hatten und bat schließlich alle

Männer sich im Kreis zu setzen. Akin kam gerade noch rechtzeitig, um den Bericht der Männer aus Nouakchott zu hören, denn er wollte, nach seinem zehn Stunden dauernden Arbeitstag, noch unbedingt seinen Sohn Mabili sehen. Der Junge gedieh prächtig und der erste Monat mit seiner kleinen Familie war für ihn beinahe zu schön um wahr zu sein. Dieses Glück, das ihm sein Sohn und seine Frau schenkten, spiegelte sich in seinem zufriedenen Gesicht. Keine noch so große Mühe des Alltages, seiner körperlich schweren Arbeit, konnte seine Hochstimmung schmälern. Auch die vielen Arbeitsstunden, die er und auch andere junge Männer des Dorfes für die drei zurückgekehrten Männer verrichten mussten, taten Ihm keinen Abbruch. Schließlich wusste er ja, für wen er das alles tat. Jetzt war er aber äußerst gespannt, was die Männer zu berichten hatten. Jeder Blick der Fischer haftete nun am Ältesten der Delegation namens Elaim, denn dieser informierte sie, dass er und seine zwei Weggefährten auf ihrer Reise in die Hauptstadt jeweils in den Fischerdörfern an der Küste freundlich aufgenommen wurden, obwohl auch diese, in derselben schwierigen Situation wie Noumghar waren. Es taten sich, in ihren freundlichen Gesprächen, zahlreiche Parallelen zur ihrer eigenen schwierigen Situation auf. Dazu aber kam noch eine beunruhigende Nachricht, die sie kurz vor ihrer Ankunft in der Hauptstadt ereilte. Nämlich, dass sich im Landesinneren eine katastrophale Dürre ankündigte, denn die Regenzeit sei bis zu ihrer Abreise aus Nouakchott ausgeblieben.

Dies würde unweigerlich auch auf die Dörfer an der Küste, in Form von weit erhöhten Preisen für Getreide, Hirse, Reis und vielem mehr, Auswirkungen haben.

Uzomas Magen verkrampfte sich, als er diese Worte vernahm, denn auch sein Gespräch mit zwei wichtigen Fischhändlern war nicht erfolgreich verlaufen. Ganz im Gegenteil. Die Gewinne der wenigen Fischhändler Mauretaniens gehen stetig zurück. Was natürlich auch Konsequenzen mit sich brachte. Eine davon war der Abbau von tausenden Mitarbeitern in der Fischverarbeitung und die zweite für das Dorf entscheidende, war der Umstand, dass die Firmen einfach nicht mehr zahlen konnten.

Der Vertreter sprach in klaren Worten zu Uzoma, als er feststellte: „Sie sollten froh sein, dass sie nur aufgrund ihrer exzellenten Qualität nicht mit Kürzungen des Ankaufpreises für den Trockenfisch rechnen mussten."

Sollte sich die Situation im Landesinneren in naher Zukunft bewahrheiten, dann steuerten sie auf eine unberechenbare Katastrophe zu. Das war dem alten Mann durchaus bewusst und er befürchtete, dass ihm das Ganze über den Kopf wachsen würde.

Uzoma hatte einfach nicht mehr die Kraft für diesen Kampf, dem sich sein Dorf gegenwärtig und wohl auch in Zukunft stellen musste.

Inzwischen war der Erzähler mit dem Verlauf seiner Rede in der Hauptstadt des Landes angelangt und schilderte in bunten Farben diese pulsierende Metropole. Jeder, im Besonderen aber die jungen Männer der Dorfes, entdeckten in seiner feurigen Rede sofort die Bewunderung dieses Mannes für das Leben in einer Großstadt. Uzoma blieb dies nicht verborgen und es beunruhigte ihn. Was wäre ihr Dorf ohne die jungen Männer. Aber er wollte den Berichtenden in seiner Rede nicht unterbrechen. Nachdem dieser seine Schilderung über das fabelhafte Leben mit den technischen Errungenschaften einer Großstadt zu Ende brachte, sprach er ohne eine Pause weiter über die Informationen, die sie bezüglich der großen Schiffe vor der Küste bekommen konnten. Es wurde ihnen berichtet, dass ihre Regierung bereits vor zwei Jahren mit den europäischen Staaten ein Fischereiabkommen getroffen habe. Dieses wiederum, erlaubte eben diesen Mitgliedsstaaten das Auswerfen ihrer Netze vor der Küste Mauretaniens. Freilich wird dies mit Millionen von Euro auch vergütet.

„Ja, aber das ist doch ungerecht, wie sollen wir, mit unseren kleinen Segelbooten mit solch riesigen Schiffen denn konkurrieren können. Warum macht unsere Regierung so etwas, ohne uns zu fragen?", brachte ein empörter Fischer, mittleren Alters, in die Menge ein. „Nun, unsere Regierung hat keinerlei technische Möglichkeiten irgendeine Flotte in unseren Gewässern zu kontrollieren, geschweige denn diesen Einhalt zu gebieten. So war es wohl das kleinere Übel diesem Vertrag zuzustimmen, denn so fließt wenigstens Geld in unser Land", antwortete Elaim, der Wortführer der Delegation. Einige Zeit herrschte bedrückte Stille auf dem Platz, ehe sich Akin zu Wort meldete. Zuerst etwas schüchtern, begann er festzustellen: „Wenn nun diese Länder für den Fischfang vor unseren Küsten bezahlen, wer stellt dann eigentlich fest, ob diese Summen auch dem Wert ihrer Fangquoten entsprechen? Und noch wichtiger für uns, warum haben wir bis heute noch keinen Ouguiyas bekommen? Einen Teil dieses Geldes sollten doch wohl wir bekommen, denn unsere Lebensgrundlage ist es, die untergraben wird!" Je länger Akin sprach, umso eindringlicher wurde sein Tonfall. Als er endete, jubelten alle Männer und pflichteten ihm mit Akklamation bei. Als sich die Fischer wieder beruhigt hatten, antwortete Elaim:

„Kein Fischer an der ganzen Küste - von Nouakchott bis zu uns - hat je einen Ouguiyas bekommen, das haben wir auf dem Rückweg in Erfahrung bringen können."
Währenddessen war es Nacht geworden und Uzoma beendete müde und abgeschlagen die Versammlung. Gleich morgen wollte er den Rat der Ältesten einberufen, um eine Lösung für ihre triste Lage zu finden. Doch es sollte noch schlimmer kommen.

Der Rat der Ältesten von Noumghar tagte immer wieder, um nach einer Lösung zu suchen. Doch in einer solchen Lage befand sich ihr Dorf noch niemals seit Menschengedenken. Ende Dezember war Uzoma wie vom Erdbeben verschluckt. Seit einigen Tagen schon wurde er im Dorf nicht mehr gesehen. Über Ursache, den Grund seines Verhaltens spekulierten die meisten des Dorfes. Aber keiner wusste wirklich etwas Genaues über den Verbleib ihres Obmannes. Mehrmals erkundigten sich die Männer bei Akin über den Zustand seines Vaters. Dieser antwortete stets, nach der Anweisung seines Vaters, mit denselben Worten: „Vater braucht etwas Zeit, er ist krank und wird euch wissen lassen, wie es weitergehen soll. Mehr kann ich euch im Moment nicht sagen." In Wahrheit war es um Uzoma nicht gut bestellt. Krank und von Sorgen gebrochen, konnte er seine Bettstatt nicht mehr verlassen und hatte nur mehr einen Wunsch: Die letzten Tage seines langen Lebens im Kreise seiner Familie, insbesondere mit dem kleinen Mabili, zu verbringen. Eines Abends schien es ihm wieder besser zu gehen und er bat Akin zu sich ans Bett. Er nahm die warme Hand seines einzigen Sohnes in die seine und blickte müde in seine dunklen Augen. Akin war der größte Schatz, den er auf dieser Erde hatte, denn es gab eine Zeit in seinem Leben, in der er den Glauben verloren hatte, dass ihm Allah einmal ein

Kind schenken werde. Es waren lange Jahre, in denen aber keiner, weder Kehinde noch er, mit Allah über das auferlegte Schicksal haderte. So geschah es dann, als keiner es mehr für möglich gehalten hatte, dass ihm Kehinde einen gesunden Sohn gebar. Die folgenden Jahre waren die schönsten seines ganzen Lebens. Uzoma dachte liebevoll und mit Wehmut an die vielen wunderbaren Erlebnisse mit seinem Sohn, als er schließlich mit leiser, brüchiger Stimme sprach: „Akin, in der letzten Nacht sah ich das Licht in das ich bald gehen werde. Ich bitte dich, nach meinem Tod für unsere Familie zu sorgen. Es tut mir leid, dass ich dich nicht mehr alles lehren konnte, was ich dich lehren hätte sollen. Und es tut mir leid, dass ich euch jetzt - in dieser unruhigen Zeit - verlassen muss. Aber ich habe Vertrauen in deine Stärke und in dich als Mensch. Dies macht es für mir leichter zu gehen." Er sprach ganz gefasst, ja beinahe erleichtert und blickte immerfort in die Augen seines stattlichen Sohnes, denn er wusste, Akin würde alles Menschenmögliche für das Wohlergehen seiner Sippe und des Dorfes tun.

„Nach meinem Tod, sollst du auch den Ältestenrat einberufen, dieser wird einen Nachfolger für mich bestimmen, so wie es immer war, hier in unserem Dorf. Aber noch etwas bitte ich dich, ihnen mitzuteilen. Sie sollen nochmals eine Delegation in die Hauptstadt senden und diese möge bei der Regierung vorstellig werden, damit sie unsere Situation vortragen können. Vielleicht kann uns die Regierung helfen, damit das Leben hier weiter gehen kann. Das ist alles, was ich noch für Noumghar tun kann. Alles andere mein Sohn, liegt in den Händen Allahs", schloss er und machte Anstalten noch einmal sein Bett zu verlassen, um mit seinem Sohn gemeinsam zu beten.

Es sollte das letzte gemeinsame Gebet werden, denn in der Nacht verstarb der alte Fischer. Akin verspürte einen noch nie gefühlten Verlust in seinem Herzen. Als sein geliebter Großvater starb, war er gerade mal acht Jahre alt und somit noch zu klein, um zu begreifen, was das Sterben eines Menschen bedeuten mag. Sein Vater wurde, wie es die muslimische Tradition verlangte, von seinen nächsten Verwandten gewaschen und schließlich der Leichnam mit mehreren Leinentüchern umhüllt. Seine letzte Ruhestätte befand sich genau im rechten Winkel zur Richtung von Mekka und in diesem wurde Uzoma noch am selben Tag in einer festgelegten Zeremonie auf die rechte Seite gebettet. Damit sollte es ihm möglich sein, den Aufweckungsruf am jüngsten Tag zu hören. Auch sein Gesicht wurde Richtung Mekka gerichtet, sodass er auch im Tod, mit seinen muslimischen Brüdern verbunden war.

Nach der Beisetzungszeremonie, an der ausnahmslos das gesamte Dorf teilgenommen hatte, und in der Gebete gesprochen und einzelne Suren aus dem Koran vorgelesen wurden, tagte der ältesten Rat, um einen geeigneten Nachfolger für Uzoma zu finden. So wollte es die Tradition von Noumghar. Am frühen Morgen des nächsten Tages wurden alle Fischer des Dorfes zum Brunnen geladen, um den Vorschlag des Rates zu hören. Enkori, der Älteste des Rates, hangelte sich mühsam an seinem Stock hoch, seufzte und sprach mit erstaunlich fester Stimme zu den Fischern: „Nach eingehender Beratung hat sich der Rat entschlossen, der Tradition dieses Dorfes auch in Zeiten wie diesen treu zu bleiben und somit ist es unser Bestreben, die Position des Obmannes an Akin, den Sohn unseres verstorbenen Bruders Uzoma, weiterzugeben. Trotz, oder vielleicht gerade wegen seines jungen Alters von einundzwanzig Jahren, glauben wir in ihm die Zukunft dieses Dorfes zu sehen." Enkoris Handknöchel, mit denen er sich an seinem Gehstock klammerte, waren weiß geworden. Erst jetzt, als er sich wiederum setzte, schoss das Blut scheinbar wieder durch die Adern seiner transparenten Haut. Auch Akin beobachtete diese Erscheinung des hohen Alters eines Menschen, doch bald galten seine Gedanken wieder seinem Vater, der ihm eine große Last aufgebürdet hatte. Alle Blicke der Männer hafteten nun auf dem jungen Mann.

Würde er die Empfehlung des Rates annehmen? Denn erst dann konnten die Fischer einen eventuellen Einspruch machen. So wollte es ebenfalls die Tradition

des Dorfes. Akin stand auf, blickte durch die Männer, die um die Zisterne saßen und sprach: „Als ich im Juli des letzten Jahres Vater eines Sohnes wurde, wusste ich, dass mit diesem Tag auch eine enorme Verantwortung in mein Leben getreten war. Doch zieht man diese Verantwortlichkeit von jenem ab, was man dafür erhält, was ist es dann, das zählt?"
Er blickte wieder in die Runde der Fischer und sah auf ihren Gesichtern durchwegs Ratlosigkeit. Bei einigen auch ein weinig Verblüffung als er fortsetzte: „Es gibt nichts Schöneres, als Verantwortung für einen Menschen zu übernehmen. (auf dass es diesem wohl ergehen möge, und man bekommt diese tausendfach zurück.) Das ist es, was zählt. Alles was wir jungen Menschen heute hier haben, verdanken wir eurer Verantwortung!" Er blickte zum Rat der ältesten Männer und setzte fort: „Darum werde ich mich der Verantwortung und eurer Empfehlung nicht entziehen und mein Bestes für Noumghar geben." Noch immer herrschte durchwegs Ratlosigkeit in einigen Gesichtern, doch als der Erste begann zaghaft in die Hände zu klatschen, folgten bald die nächsten, bis der ganze Platz applaudierte und somit Akin, als neuer Obmann bestätigte wurde. An diesem Tag konnte Akin, nicht einmal in seinem schrecklichsten Alptraum erahnen, was diese Wahl wirklich für ihn bedeuten würde. Es sollte seine Zeit als Vorsteher sein, in der das fragile

Dorfgefüge von Noumghar endgültig zerfallen wird. Den Anfang nahm jene Reise der zweiten Delegation nach Nouachkott, denn diese stand unter keinem günstigen Stern und die Männer kehrten nach über einem halben Jahr und unverrichteter Dinge wieder zurück. Die mächtige Regierung in der Hauptstadt hatte die Männer immer wieder aufs Neue vertröstet. Jedes Mal, wenn ein Termin für eine Fürsprache näher rückte, kam eine Mitteilung, dass dieser aus immer neuen und immer kurioser werdenden Gründen nicht haltbar wäre. Schließlich, nach fünf Monaten geduldigem Wartens, entschloss sich die Delegation für eine eilige Rückkehr in ihr Fischerdorf. Die Stimmung im Dorf war nach der Rückkehr der Männer an einem Tiefpunkt angelangt, dennoch machte niemand ihrem neuen Mann an der Spitze einen Vorwurf, denn alle hier waren ratlos, wie es weiter gehen sollte. Durch die immer weiter sinkende Fangquote war man mittlerweile schon gezwungen, Rationierungen beim Fisch einzuführen, damit man wenigstens für alle Dorfbewohner dieses Grundnahrungsmittel zur Verfügung hatte. Getreide, Obst, Mais oder gar Datteln gab es schon länger nur mehr auf Ration, denn für neuerliche Anschaffungen im heurigen Jahr, war kaum Geld vorhanden. Die Dürre im Landesinneren des letzten Jahres, hatte die Preise dermaßen in die Höhe getrieben, dass beinahe die gesamten Ersparnisse ihres

Dorfes aufgebraucht wurden, um wenigstens die Hälfte der sonst üblichen Mengen einzukaufen.

Frankfurt, Juli 1991

Olav Svörensen beendete das äußerst angenehme Gespräch, in- dem er den Telefonhörer sachte auf die Sprechanlage legte. Er ging zum Panoramafenster seines großen Büros und blickte zufrieden mit sich und seiner Welt auf die pulsierende Metropole. Vor zwei

Monaten leaste er eine ganze Etage im höchsten Bürokomplex Frankfurts für seine Firmenzentrale, denn hier war der Flughafen in wenigen Minuten erreichbar. Und ab heute, wartete im privaten Bereich ein nagelneuer Learjet, samt Besatzung auf den ersten Einsatz. Das hatte er eben am Telefon erfahren. Somit war die wöchentliche Heimreise wesentlich angenehmer und er konnte den ganzen Sonntag mit seiner Familie verbringen. Wenn Svörensen seinen Mitarbeitern einiges abverlangte, so war doch er es, der mit Abstand am meisten von allen arbeitete. Ein zwölfstunden Tag war eher die Ausnahme, und auch der Samstag gehörte seinem Firmenimperium. Diesen Tag im Büro genoss er besonders, weil keine sonst so störenden Anrufe hereinkamen und er alles, was während der Woche liegen geblieben war, in Ruhe abarbeiten konnte.

Sein Blick schweifte über die Türme dieser faszinierenden Finanzmetropole, in der er mittlerweile schon beträchtliche Aktienpakete ansässiger, aber auch internationaler Unternehmen besaß. Alles lief nach Plan. Seine Basis, die Werften, aber auch die Immobilien und Bankbeteiligungen brachten jährlich steigende Renditen. Wenn die gute Konjunktur der letzten Jahre anhalten sollte und er so weiter wirtschaften konnte, dann würde er das verdiente Geld in seinem verbleibenden Leben nie wieder ausgeben können. Selbst wenn er es wollte. Was für ein enormes Startpaket an Firmen sein Sohn doch einmal übernehmen dürfe, wenn er dann so weit sein wird. Obwohl immer ein aktuelles Foto seiner kleinen Familie auf dem schweren, dunklen Eichenholz Schreibtisch stand, wollte er Britt und Jens nicht mit nach Frankfurt nehmen, denn hier hätte er ohnedies keine Zeit für sie. Somit würde er auch kein schlechtes Gewissen haben. Abends, ein täglicher Kontrollanruf, ob alles in Ordnung sei und am Sonntag gehörte er ja schließlich ganz ihnen, bevor er am frühen Montagmorgen wieder nach Frankfurt fliegen musste. Svörensen machte sich schleunigst wieder an die Arbeit an seinem Schreibtisch. Er blickte auf das Familienfoto, lächelte zufrieden und stürzte sich in eine wichtige Kalkulation für die Kieler Werft.

Freilich fehlte es dem kleinen Jungen an nichts. Auf Drängen seiner Frau Britta, lebten sie nun etwas außerhalb von Stockholm in einem fantastischen Haus mit großen Garten, direkt an eine herrlichen See. Haushälterin, Gärtner und Kindermädchen waren sehr angenehme Hilfen für seine Frau und seinen Sohn. Olav hatte wirklich an alles gedacht und für alles gesorgt, damit es seiner Familie gut ging, während er nicht zu Hause war. Doch am kommenden Sonntag sollten sich die Weichen seines Lebens in eine Richtung stellen, die

er später einmal gerne rückgängig gemacht hätte. Es war ein wunderbarer Sommermorgen, als Olav mit seiner Frau im Garten das Frühstück zu sich nahm. Die Sonne stand schon im Zenit und wärmte einfach herrlich das blasse Gesicht Olavs.
Er zog sich sein Sakko aus und stellte fest: „Ist das nicht herrlich, hier zu leben! Na, das war doch eine gute Entscheidung von uns, oder Britt?"
„Was meinst du?"
„Na, dass wir hier hinaus aufs Land, zu diesem See gezogen sind." Britt kramte für einen kurzen Moment lang in Ihrer Erinnerung und antwortete schließlich: „Seit wir hierher gezogen sind, warst du genau an fünf Tagen hier. Nein, entschuldige, mit dem heutigen sind es immerhin sechs. Wie kannst du in so kurzer Zeit sagen, dass es gut ist, hier zu leben?"
Olav griff zum Kaffee, trank verärgert einen Schluck und verbrannte sich dabei die Zunge.
„Verdammt, warum muss der Kaffee immer so heiß sein!", schrie er und nahm sofort einen Schluck kalten Orangenjuice, um seinen Mund zu kühlen. Mit der rechten Hand griff er an seine Backen und nuschelte:
„Worauf willst du hinaus? Dieses Thema haben wir doch schon zur Genüge diskutiert und wenn ich mich recht erinnere, warst du doch auch der Meinung, dass es für euch besser wäre, hier zu bleiben!"
„Ja schon, aber…"

„Was aber?", warf Olav kopfschüttelnd ein.

„Dein Sohn braucht dich Olav, jeden Tag mehr. Maria ist ein wunderbares Kindermädchen und ich verbringe ebenfalls viel Zeit mit Jens. Aber er braucht auch einen Mann in seinem Leben, und was ist hier näher liegend, als sein Vater. Du Olav." Britt liebte trotz mancher Enttäuschung ihren Mann und legte zärtlich ihre Hand auf die seine, als sie fortfuhr: „Ich weiß, dass du nicht zuletzt auch für uns hart arbeitest, aber wann ist genug. Wir hätten doch auch von den zwei Werften, die dir dein Vater vermacht hatte, sehr gut leben können. Oder?"

„Britt, du verstehst das nicht, ich musste diese unglaubliche Konjunktur einfach ausnützen, um unser Unternehmen wachsen zu lassen und denk bitte auch an die vielen Arbeitsplätze, die ich damit geschaffen habe."

„Olav ja, ich weiß und schätze das, aber wo bleibt da unsere Familie?" In diesem Moment betrat Maria, das Kindermädchen, mit Jens den perfekt gepflegten Rasen vor dem großen Haus. Olav drehte sich um und rief: „Jens, mein Junge, dein Papa ist hier, komm her zu mir!" Jens blieb stehen und klammerte sich an Maria, die sich zu ihm runter bückte und beschwichtigend auf den Jungen einredete: „Aber Jens, es ist doch dein Vater. Geh doch hin zu ihm!"

„Siehst du, Olav, genau das ist es, was ich vorhin meinte", sprach Britt, stand auf und ging zu ihrem Sohn, der sie sich freudig mit seiner Mutter an der Hand entfernte.

Noumghar, April 2000

Das einstige stolze und eigenständige Fischerdorf an der Westküste Mauretaniens gab es im eigentlichen Sinne nicht mehr. Zwar standen noch alle Hütten und dort wohnten auch einige alte Menschen, Frauen und nicht wenige Kinder. Aber außer Akin, dem Obmann des einstigen Fischereiverbandes, war kein einziger junger Mann mehr im Dorf. Um ihren Familien ein Überleben in irgendeiner Weise zu sichern, machten sich die jungen Männer auf den Weg in eine ebenfalls ungewisse Zukunft. Die ersten zehn Männer versuchten es in der Hauptstadt Nouachkott, dazu hatte sie Elaim, der einstige Führer ihrer ersten Delegation überredet. Trotz Proteste einiger Frauen. Er war schließlich schon einmal dort und sah in dieser Stadt gute Möglichkeiten, Geld zu verdienen. So versicherte er es jedenfalls den beunruhigten Frauen. Was er nicht wissen konnte, war das Dilemma, dass sie nicht die einzigen Fischer waren, die es in der Hauptstadt versuchen wollten. Und so landeten die zehn Männer, nach einer kräfteraubenden Odyssee entlang der Küste, in einem der Gettos von Nouachkott. Dort kämpften, legal oder illegal, die einst stolzen Fischer ums nackte Überleben.

Eine Nachricht oder gar ein Bote mit Geld aus der Hauptstadt traf in Noumghar nie ein. Ebenfalls keine Nachricht bekamen jene Eltern, Frauen und Kinder, deren Männer oder Söhne mit zwei Segelbooten über den Atlantik ins gelobte Europa aufbrachen. Dies konnte auch nicht geschehen, denn niemand der Männer sollte dieses Wagnis überleben und niemand wusste davon. Nicht einmal die Europäer. Diese beiden Boote jedoch sollten nicht die letzten sein, die sich auf eine gefährliche Reise Richtung Europa wagten. Und tatsächlich, nach zwei Jahren, bekamen einige Familien des Dorfes durch einen fremden Boten, der mit einem Jeep in Noumghar eintraf, Briefe und etwas Geld überbracht. Mit diesen Boten, der auf den Namen Paki hörte, kam auch ein kleiner Funken an Hoffnung ins Dorf, auch für Akin. Malenga hatte Akin inzwischen noch einen gesunden Sohn und eine gesunde Tochter geschenkt. Seine Mutter war drei Jahre nach seinem Vater verstorben und so lebten sie nun alleine in dem kleinen Haus, direkt am Meer. Inzwischen war Mabili elf Jahre alt und der ganze Stolz seines Vaters, denn trotz seines zarten Alters, war er beinahe schon ein vollwertiger Fischer geworden. Irgendwie war es Akin, den alten Männern und einigen Frauen immer wieder gelungen, dem Meer gerade so viel abzuringen, das die noch Verbliebenen überleben konnten. Keiner im Dorf konnte ahnen, dass allein der Beifang eines einzigen Trawlers vor ihrer Küste – dessen Besatzung diesen wieder in das Meer kippten, ausgereicht hätte, um alle in Noumghar mit dem notwendigen Eiweiß zu versorgen. Als Malenga schließlich Akin das freudige Ereignis einer erneuten Schwangerschaft verkündete, wurde auch ihm bewusst, dass es so nicht mehr lange gut gehen konnte. Er musste nun endlich eine Entscheidung treffen. Daher bat er den Fremden, nachdem dieser den Frauen ihr Geld und auch Briefe ihrer Männer ausgehändigt hatte, am Abend in sein Haus.

Der hungrige Gast nahm das dürftige Mahl, bestehend aus Fisch, Fladenbrot und Tee mit den drei Kindern an der Feuerstelle der Küche ein. Für die Gastgeber reichte die Ration des heutigen Tages nicht mehr, aber Akin konnte es ohnedies kaum erwarten, bis sein Gast das Abendmahl beendet hatte und er ihm über die fremde Welt berichten würde. Nach einem gemeinsamen Gebet begaben sie sich wieder an die Feuerstelle und Akin brannte förmlich darauf, alles von seinem Gast zu erfahren. „Nun, die Sache ist so", begann dieser seine Erzählung, „deine Freunde hatten unermessliches Glück bei der Überfahrt nach Europa. Wären sie nicht von einem Frachtschiff, das zufällig die Route der Männer kreuzte, aufgenommen worden, hätten auch sie diese Tortur mit Bestimmtheit nicht überlebt. Die jungen Männer waren allesamt kraftlos, dehydriert oder einfach gesprochen, in einem erbärmlichen Dämmerzustand. Nur Allah allein und natürlich die Männer selbst wissen, was diesen auf der langen Reise alles widerfahren sein musste. Immerhin sprachen sie davon, dass ihre Odyssee vor Wochen, hier an dieser Küste und ohne jegliche Verpflegung, begonnen hatte. Nur etwas Wasser hatten sie mit an Bord, doch auch dieses reichte bei weitem nicht!" Akins leerer Magen verkrampfte sich bei den Worten und der Geschichte seiner Freunde noch mehr und er dachte liebevoll an die vielen gemeinsamen Erlebnisse mit ihnen. Was war das noch für eine unbeschwerte Zeit, als sie noch kleine Kinder waren. Akin seufzte und sprach: „Danken wir Allah, dass dieses Abenteuer gut ausgegangen ist." Der korpulente Gast nickte bejahend und setzte fort mit seiner Erzählung. „Wie gesagt, trotz allem, hatten die Flüchtlinge immenses Glück. Diese Seemänner auf dem Frachter entsprachen so gar nicht dem Klischee ihrer Zunft. Ganz im Gegenteil, sie kümmerten sich rührend um die schwachen Männer und sorgten dafür, dass sie wieder zu Kräften kamen. Ein solches selbstloses Verhalten ist heute sehr selten geworden, das kann ich euch sagen. Normalerweise geht es in den reichen Staaten doch mehr um Profit, als um Menschlichkeit. Und glaubt mir, ich weiß wovon ich spreche, denn auch mir erging es in Europa nicht gut, bevor ich meine Frau Cassandra kennen lernte. Aber lasst mich wieder zurückgehen zur Geschichte eurer Männer. Nun ja, wie gesagt, war damit aber noch nicht Genüge getan, riskierten diese Matrosen auch einiges, indem sie die flüchtigen Männer nicht in irgendein Lager stecken ließen, sondern sie schmuggelten sie in ihrem Zielhafen Cagliari ein. Ihr wisst, wo Cagliari ist?"

„Natürlich, es ist die Hauptstadt von Sardinien!", antwortete Mabili, fasziniert von der Geschichte des Fremden.

„Ganz genau, die Hauptstadt Sardiniens und somit komme ich nun ins Spiel. Ich verdiene mein Geld damit, dass ich für einen Chef - den ich nicht einmal persönlich kenne – Waren nach seiner Vorgabe kaufe. Diese werden dann in der Saison an den Stränden von

Sardinien an reiche Urlauber verkauft. Das meiste Geld dieser verkauften Waren bekommt natürlich der Chef. Deine Freunde, also die Strandverkäufer und ich, erhalten eine kleine Provision davon. Diese reicht, um dort zu leben, ja sogar um etwas Geld nach Hause zu schicken, was wiederum meine Aufgabe ist."
Paki schien müde zu sein, gähnte und genoss die Gastfreundschaft Akins. Aber er erzählte ihm nicht die ganze Wahrheit.
Zwar überbrachte er tatsächlich jedes Jahr etwas Geld und Briefe an die Familien, aber das meiste Geld streifte er persönlich ein. Es gab auch keinen ominösen Chef, denn er war es, der über das gesamte Geschäft mit den Strandverkäufern wachte, indem immer mehr der Schmuggel von Menschen eine Rolle spielte. Zum einen konnte er durch diese Schmuggeltätigkeit den verzweifelten Männern ihr letztes Geld aus ihrer Tasche ziehen und zum anderen, wuchs seine Mannschaft an Strandverkäufern jährlich und somit auch sein enormer Gewinn. Dieser wiederum erlaubte ihm und auch seiner Frau ein sehr annehmliches Leben auf Sardinien zu führen. Auch im heurigen Frühjahr hatte er hier schon eine Menge Männer getroffen, die in das gelobte Europa gelangen wollen, um von dort aus für ihre Familien zu Hause zu sorgen. Für jene, die noch Geld besaßen, hatte er schon eine passende Überfahrt in einem großen Frachter organisiert. Dessen gebuchter und enger

Frachtraum aber, würde auch heuer berstend voll sein und nicht alle dürften wohl diese Strapazen einer langen Überfahrt überleben. Eine Quote von zehn Prozent, die es nicht überlebten, war für ihn erträglich. Schließlich würde eine Überfahrt im eigenen kleinen Segelboot ja den sicheren Tod bedeuten. Paki wusste sehr wohl, warum ihn dieser Mann zum Abendessen geladen hatte und er machte sich schon Gedanken, wie er von ihm profitieren könne, als er sprach: „Natürlich besitze ich sehr wertvolle Kontakte, nicht nur hier, sondern auch in Sardinen. Du musst wissen, dass ich durch die Heirat mit Cassandra die italienische Staatsbürgerschaft besitze, also EU – Bürger bin. Somit ist mir die Ein – und Ausreise, in beinahe jedes Land gestattet."

In Akin brannte schon lange eine wichtige Frage, die er dem Mann unbedingt stellen musste und er nutzte ein neuerliches Gähnen des Mannes, dies jetzt zu tun. „Aber sagt mir doch, wie stehen die Chancen, wenn ich es schaffen sollte nach Cagliari zu gelangen, könnte ich ebenfalls als Strandverkäufer dort arbeiten?" Der müde Besucher kratzte sich nervös an seinem rechten Ohr und wollte von Akin wissen:

„Wie willst du denn dort rüber kommen, etwa mit einem Segelboot?"

„Ja, wie denn sonst?", antwortete Akin.

„Also, wenn du meinen Rat haben willst, dann kann ich dir nur sagen, dass du drüben zwar mit Sicherheit als Strandverkäufer arbeiten könntest, was noch dazu ja illegal ist, aber die Überfahrt mit einem kleinen Boot, niemals mein Freund! Selbst wenn du diese überleben solltest, was leider in den meisten Fällen nicht so ist, landest du in irgendeinem Auffanglager und wirst dann irgendwann wieder hierher zurück verfrachtet!
Also ich würde mir das zweimal überlegen." In Akins Gesichtszügen manifestierten sich seine ausweglosen Gedanken in einem nachdenklichen Gesicht, als er Paki neuerlich fragte: „Und es gibt keine andere Möglichkeit dorthin zu gelangen?"
Nach einem kurzen Augenblick antwortete sein Gast: „Ja, aber…..", brach den Satz aber mit einem Blick zu den Kindern ab. Akin erkannte seinen Vorbehalt sofort und wies Malenga an, die Kinder doch zu Bett zu bringen, schließlich sei es doch jetzt Zeit dafür. „Aber Vater, das ist doch so spannend, was der Mann erzählt", protestierte Mabili vergebens und ging nur widerstrebend mit seiner Mutter und seinen beiden Geschwistern in die kleine Kammer, neben der Küche. Als die beiden schließlich alleine, im kleinen von Rauch erfüllten Raum waren, schenkte Akin seinem Gast etwas Tee nach und blickte ihn fragend an, um nun endlich zu erfahren, was er vorhin sagen wollte. „Akin, es gibt tatsächlich noch eine weitere Möglichkeit, um

nach Sardinien zu gelangen. Aber, gleichwohl du mit dieser Art zu reisen in ein paar wenigen Stunden dein Ziel erreichen könntest, ist die Chance, dass du es lebend erreichst, ebenso aussichtslos, wie wenn du mit deinem Segelboot den Atlantik überquerst." Der dicke Mann, ließ seine Worte nun im Nebel des Raumes stehen um die Reaktion seines Gesprächspartners abzuwarten. Sah er da einen Funken von Hoffnung in den Augen dieses athletisch gebauten Mannes. „Wenn dieses lebensgefährliche Abenteuer einer schaffen müsste, dann wohl dieser Mann, im besten Alter, der ihm gerade gegenüber saß!", dachte er und nahm einen weiteren Schluck des köstlichen Tees.
„Sag mir trotzdem, wie es möglich wäre", fragte Akin, während Malenga gerade wieder die Küche betrat.
„Nun, es gibt in der Tat nur wenige Menschen, die es geschafft haben. Aber so wie ich deine körperliche Verfassung einschätze, könntest du vielleicht einmal zu diesen gehören. Zudem, weiß ich, wie wir das Risiko für dein Leben minimieren könnten. Hast du Geld?"
„Nein, leider nicht", antwortete Akin zerknirscht.
„Nun gut, pass auf. Ich selbst fliege in drei Wochen mit einer großen Linienmaschine von Nouakchott nach Cagliari. Diese Maschine ist ein Airbus A 330 und fliegt - soviel ich weiß - in einer Reiseflughöhe von zirka dreißigtausend Fuß, also das sind etwa neuntausend Metern. Die Luft dort oben ist zu dünn, um gänzlich

ohne zusätzlichen Sauerstoff zu überleben. Dazu kommt aber eine eisige Temperatur von etwa dreißig bis vierzig Grad Minus, als Unsicherheitsfaktor, die ich leider nicht genau vorhersagen kann. Somit müsste ich zwei Dinge besorgen, die dir das Überleben ermöglichen sollten.
Erstens: eine tragbare Sauerstoffversorgung und zweitens: Enorm warme Kleidung." Akin blickte ihn verwirrt an, als er nachfragte: „Ja, aber wie schaffst du es dann?"
Der dicke Mann verschluckte sich beinahe, ob dieser naiven Worte seines Gesprächspartners, und antwortete räuspernd: „Aber nein, ich reise doch in der Maschine. Was ich vorhin meinte war, dass du in der Reifenkanzel der Maschine nach Cagliari gelangen könntest!"
Jetzt war es raus. Malenga, die sich bisher nur als Zuhörerin im Raum befand und ihrem Gast von Anfang an nicht traute, blickte zu ihrem Mann und sprach besorgt: „Nein Akin, mach so etwas nicht, das ist doch viel zu gefährlich, denk doch an uns!"
„Ja Malenga, eben darum, ich denke nur an euch und ich sehe im Moment keinen anderen Weg, wie ich euch auf Dauer ernähren kann", erwiderte er, stand auf und nahm seine Frau in die Arme. In diesem intimen Moment spürte er eine kleine Wölbung an ihrem Bauch und seine Entscheidung stand in diesem Augenblick fest.

Nachdem sich ihr Gast, bis zum nächsten Morgen verabschiedet hatte, erklärte er Malenga nochmals die triste Situation in der sie sich befanden. Er erläuterte ihr auch, dass sich diese mit Sicherheit noch weiter verschlechtern werde und versuchte ihr, wohlgemerkt sehr optimistisch, seinen Plan schmackhaft zu machen.

„Malenga, bis ich euch Geld schicken kann wird mindestens ein Jahr vergehen. In diesem musst du und Mabili gemeinsam Fische fangen. Wenn das Baby kommt, wird es Mabili, unser ganzer Stolz, gewiss auch schaffen für euch eine kurze Zeit alleine zu sorgen." Bei diesen Gedanken graute es Akin vor seiner Entscheidung, vor dem was jetzt vor ihm lag, denn er würde nicht da sein können, wenn sein Kind geboren wird. Er würde seine Kinder auch nicht mehr aufwachsen sehen. Diese Gedanken waren mit Bestimmtheit die schmerzlichste Erfahrung seines bisherigen Lebens, denn er liebte seine Familie über alles und er würde für sie auch sein Leben geben. Was konnte noch schlimmer sein. Einige Stunden in einem engen Schacht, bei eisigen Temperaturen, bestimmt nicht.

*

Akin und Paki trafen sich am nächsten Morgen wieder in seiner kleinen Hütte, um genauere Pläne für seine Flucht zu schmieden. Paki selber würde in der kommenden Stunde zu den anderen Dörfern aufbrechen, damit er seine Mission für die Strandverkäufer erfüllen konnte, aber pünktlich, eine Woche vor dem Abflug, wieder hier sein, um Akin in die Hauptstadt Nouachkott mitzunehmen. Der erste Teil seiner Flucht würde somit sehr angenehm im Jeep vorangehen und natürlich würde Paki das alles nicht umsonst machen.

„Was verlangst du für deine Dienste?", fragte schließlich Akin den korpulenten Mann.

„Nun, die erste Bedingung ist jene, dass ich dich nicht kenne und du mich nicht kennst, egal was auch immer passieren mag. Was den Preis für mein Service anbelangt, so wirst du mir für die gesamte Zeit, die du als Strandverkäufer tätig bist, die Hälfte deines Gewinnes an mich zahlen. Solltest du die Reise nicht überleben, so ist das mein Risiko. Das sind meine Bedingungen, mehr will ich nicht."

Paki hatte alles genauestens durchdacht und ging für Akin kein allzu großes Risiko ein. Geld für eine Überfahrt hatte der Mann keines, also würde er ein paar

Euronoten für alte Bergsteiger Klamotten und Sauerstoffflaschen investieren.

An beiden Flughäfen arbeiteten Leute, die ihm einiges schuldeten und sollte das Ganze auffliegen, wäre er nicht belangbar, denn er hatte als Geschäftsmann gebucht und war somit ein ganz normaler Passagier. Wenn der Mann es aber überleben sollte, dann gehörte er über Jahre hinweg und beinahe zur Gänze ihm.

Akin dachte kurz über das eben gehörte nach und kam zum Schluss, dass es ohnedies keine Alternative mehr gab und willigte schließlich ein. Die zwei Männer besiegelten ihr Abkommen mit einem Händedruck und Paki sprach dabei: „Gut, Akin, dann werde ich dich in zwei Wochen bei Sonnenaufgang hier abholen, also halte dich bereit!" Zwei Wochen, diese Worte drängten immer wieder in die Gedanken Akins, als er sich von seinem Mittelsmann verabschiedet hatte. Zwei Wochen verblieben ihm noch, um sich von seiner Familie zu verabschieden. War es ein Abschied für lange Zeit oder würde er sie gar nie wieder sehen. Im graute jetzt schon vor diesem Tag, denn kein guter Vater verlässt seine Familie freiwillig. Es sei denn, er wird durch lebensbedrohende Umstände dazu gezwungen, wie Akin und die vielen anderen Männer an der Küste Mauretaniens. „Allah sei mir gnädig!", flehte er leise vor sich hin und machte sich auf den Weg zu seinem

Sohn Mabili. Er fand ihn am Stand bei ihrem Segelboot, vertieft in die Reparatur eines Netzes.

Als Akin seinen Sohn einen Augenblick unbemerkt beobachten konnte, schöpfte er wieder ein wenig Mut. Mabilis Hände waren äußerst geschickt und er hatte eine ausgezeichnete Auffassungsgabe in jeder Beziehung. Alles was er ihm bis heute beigebracht hatte, wird für die Zukunft seiner Familie äußerst wichtig werden. Mabili könnte es schaffen seine Familie eine Zeitlang zu ernähren, dessen war sich Akin im Klaren und darüber musste er jetzt mit ihm sprechen. „Mabili, mein Sohn, komm mit mir, wir gehen ein Stück am Strand entlang."

„Hallo Vater", klang freudig die junge Stimme Mabilis, als er seinen Vater erblickte. Er legte das Werkzeug beiseite und verstaute vorsichtig das Netz im Bauch ihres Bootes, ehe er mit einem geschmeidigen Sprung aus dem Boot, neben seinem Vater stand. Mabili war etwa einen Kopf kleiner als sein Vater und somit - für seine elf Jahre - schon recht groß und ebenso gut trainiert wie sein großes Vorbild. Auch Mabili liebte das laufen am Strand. Wann immer es die spärliche Zeit nach seiner Schule und ihrer gemeinsamen Arbeit zuließ, liefen sie beide barfuß und kilometerweit an diesem Strand entlang. An anderen Tagen saßen sie einfach ruhig und umhüllt von der Stimmung eines herrlichen Abends am Strand, um ihren Trommeln wohlklingende Rhythmen zu entlocken.

Einmal geschah es sogar, dass sie eine Schule von Delphinen bis auf Sichtweite an den Strand locken konnten. Ganz nahe heran aber, das gelang ihnen nicht. Das konnte nur Großvater Elimo, und das wusste Mabili von seinem Vater. Manchmal schlossen sie auch eine Wette ab, wer schneller zum nächsten Boot am Ufer laufen konnte. Obwohl Akin, Mabili einige Male gewinnen ließ, wusste dieser sehr wohl dass dies nur möglich war, weil sein Vater ihm eine Freude bereiten wollte.

In dieser schweren Zeit, in die Mabili hineingeboren und schließlich zu einem jungen Mann herangereift war, waren es immer solche kleinen Freuden, Erlebnisse mit seinem Vater oder Freunden, die ihm ein kleines Stück vom Paradies zu zeigen vermochten. Mabili war auch ein kluger Junge und er wusste sehr wohl, warum Vater ausgerechnet heute mit ihm sprechen wollte, so fragte er schließlich: „Vater, es hat mit unserem Besuch von gestern zu tun, nicht?"

„Ja Mabili, so ist es." Akin legte sanft seine rechte Hand auf die Schulter Mabilis und sprach weiter: „Du bist jetzt schon beinahe ein Mann und was uns die Zukunft auch immer bringen mag, Mabili, ich möchte, dass du weißt, dass ich sehr stolz auf dich bin." Mabili blieb stehen und drehte sich zu seinem Vater.

„Danke, Vater, aber beinahe alles was ich kann, habe ich doch von dir gelernt."

„Ja, das weiß ich mein Sohn, aber es geht im Leben nicht um das, was man kann, sondern um das, wie man es macht. Das ist das Entscheidende im Leben eines Mannes, ob du nun ein Fischer oder ein König bist, ist dabei vollkommen egal. Weil ich sehe, mit wie viel Stolz und Fröhlichkeit du deine - bei Allah nicht immer leichten Aufgaben – bewältigst, bin ich so stolz auf dich." Akin machte eine Pause um die folgenden Worten mit Bedacht zu wählen. „Aus diesem Grund und weil ich glaube, dass du es schaffen kannst, habe ich mich entschlossen nach Europa zu gehen." Mit diesen Worten, seines Vaters war die Vermutung Mabilis zur Gewissheit geworden. „Aber Vater, du kannst uns doch nicht auch noch verlassen!", sprach der Junge und Tränen kullerten über seinen Wangen, begleitet von einem markerschütternden Schluchzen. Akin nahm seinen Sohn in die Arme und tröstete ihn mit den Worten. „Mabili, ich weiß, dass ich es schaffen kann und ich weiß auch, dass ich wieder zurückkehren werde, denn dein Großvater, der weise Elimo, hat es mir einst mit den Worten: *Es kommt eine Zeit, da wirst **du** diese Delphine an den Strand locken,* prophezeit." Akin sah in das Gesicht seines Sohnes und lächelte, als er fortfuhr:

„Da wir beide es bis heute noch nicht geschafft haben, die Delphine ganz bis zu uns zu locken, werde ich wiederkommen und wir beide werden es zu Ende bringen, das ist es, was ich dir heute verspreche." Auch Mabili, vermochte jetzt ein klein wenig zu lächeln und umarmte seinen Vater mit den Worten: „Ich werde für unsere Familie sorgen und freue mich schon heute auf jenen Tag, an dem wir gemeinsam unser Versprechen einlösen werden."

*

Die folgenden Tage vergingen wie im Zeitraffer und Akin nutzte jede Sekunde um seine Familie, so gut es eben ging, auf seine Abwesenheit vorzubereiten. Es war ein herrlicher, wolkenloser aber noch kühler Morgen, als eine Staubwolke am Horizont schließlich von der Ankunft seines Schmugglers kündete. Akin brachte sein spärliches Frühstück kaum herunter und verabschiedete sich in der kleinen Küche von seiner Familie. Er versuchte nicht zu weinen, denn er wollte ihnen damit seine Entschlossenheit zeigen, einmal wieder zurückzukehren.

Erst als er durch eine Traube von alten und jungen Dorfbewohnern den Jeep erreichte, ließ er seinen Tränen freien Lauf. „Es ist gut so mein Freund und es wird mit der Zeit leichter werden, glaub mir", tröstete der dicke Paki seinen schluchzenden Fahrgast und trat auf das Gaspedal. Der Jeep beschleunigte mit ungeheurer Kraft und Akin blickte zurück in sein Dorf, das sich immer weiter am Horizont entfernte und bald nur mehr schemenhaft zu erkennen war. Jeder Kilometer, jede Biegung dieser staubigen, holprigen Dünenstrasse, brachten ihn näher zum Beginn seiner abenteuerlichen Flucht. Dessen Verlauf vermochte sich Akin auch in seinen kühnsten Träumen nicht auszumalen.

Frankfurt, 15. September 2011

„Einen schönen guten Morgen, Herr Svörensens", begrüßte die freundliche und wunderhübsche Flugbegleiterin ihren Chef und geleitete ihn zu seinem bequemen Ledersessel. Das moderne, helle Interieur des größten Learjets auf dem Markt, ließ wahrlich keine Wünsche offen. Abgeschirmte Schlafkoje für zwei Personen, Küche, Dusche, Konferenztisch für vier Personen, Speisetisch für vier Personen und sogar eine Ecke für den Friseur war in diesem teuren Flieger perfekt integriert. Alles naturgemäß aus dem besten und feinsten Material, was der Markt zu bieten hatte. Auch nicht zu verachten war natürlich die bequeme Art dieser Reisemöglichkeit, ohne irgendwo mit normalen Fluggästen in Berührung zu kommen oder gar irgendwelche Wartezeiten in Kauf nehmen zu müssen, düste sein Besitzer in wenigen Stunden über Kontinente. „Guten Morgen, Herr Svörensen", begrüßte ihn nun auch Flugkapitän Paulsen, einer der Piloten, der schon seit Jahren Svörensen Privatjet flog. Sein Chef nippte gerade an einem kleinen Espresso, blickte hoch und antwortete freundlich:

„Ah, Kapitän Paulsen, auch einen schönen guten Morgen, wie sieht es aus heute, haben wir gutes

Flugwetter, oder wird es wieder so unruhig wie beim letzten Flug?"

„Nein, es gibt lediglich eine kleine Verzögerung, was den Start betrifft, da sich eine Menge Linienmaschinen in der Warteschleife über dem Flughafen befinden. Der Regen und der dichte Nebel haben sich Gott sei Dank bereits aufgelöst und das Wetter auf unserer Strecke über die Schweizer Alpen ist fabelhaft." Als Kapitän Paulsen seine Antwort formulierte, bedachte er jedes Wort sehr genau. Das war er als langjähriger und enger Mitarbeiter Svörensen einfach so gewohnt. Er konnte sich diese positive Wandlung seines Chefs, einfach nicht erklären. Früher hätte er auf einer Verzögerung beim Start, durch welchen Grund auch immer, mit unberechenbaren Wutausbrüchen rechnen müssen. Und heute? Ganz im Gegenteil, wie er auch diesmal wieder wahrnahm, als Svörensen freundlich antwortete: „Gut Robert, sie machen das wie immer und bringen mich heil ans Ziel." Der Blick seines Chefs wanderte nun auf die Titelseite der Frankfurter Allgemeinen und das war ein untrügliches Zeichen für den Piloten nun seiner Arbeit im Cockpit nachzugehen.

„Frankfurt Delivery: Lear Jet Delta, Bravo, Echo, Lima, Seven, Romeo, request IFR clearance to Olbia, Costa Smeralda. Information Bravo received", sprach der erste Offizier und junge Copilot gerade in sein Headset

Mikrofon, als Kapitän Paulsen das kleine Cockpit betrat und sich seinen Sessel für den zweieinhalb Stunden Flug einrichtete.

„Lear Jet Delta, Bravo, Echo, Lima, Seven, Romeo, cleared to destination Olbia via Aneki six foxtrot departure, initially climb 5000 feet, squawk 4675, QNH 1013", tönte es blechern aus den Kopfhörern der beiden Piloten. "Roger, departure via Aneki six foxtrot, initially climb 5000 feet, squawk 4675", wiederholte erneut der erste Offizier die Anweisungen des Towers. Während Kapitän Paulsen den Squwack Code in den Transponder tippte, fragte er seinen Offizier: „Sag mal, was hältst du denn vom neuen Svörensen, du kennst unseren Boss ja auch schon ein paar Jahre?"

„Na ja, es wird ja schon seit Jahren viel gemunkelt, ich persönlich aber habe keine Ahnung, was so eine dreihundertsechzig Grad Wandlung auszulösen vermochte", antwortete der junge Mann mit dunkler Sonnenbrille, während er die letzten Handgriffe des Startup Checks an der Overheadkonsole tätigte. Zuerst glaubten *alle* Angestellten des Großindustriellen Svörensen an eine vorübergehende Phase, doch seit jenem Vorfall vor Jahren, war dieser Mann wie ausgewechselt. Allein schon der Umstand, dass er einen Geschäftsführer, den er zudem noch am Unternehmen beteiligte, in sein Imperium holte, löste vor etwa drei Jahren die wildesten Spekulationen über seinen

Gesundheitszustand aus. Der wahre Grund, den bis heute niemand so genau kannte, lag viel näher als die meisten seiner Angestellten, mit denen er persönlichen Kontakt pflegte, ahnen konnten. Alles nahm an jenem Sonntag im Juli 1991 seinen Lauf. Die sonntäglichen Familientage in Schweden waren eindeutig zu kurzum eine gesunde Beziehung zu seinem Sohn Jens aufzubauen. Wenn sich der kleine Junge jeden Sonntag von neuem an die Anwesenheit seines Vater gewöhnen musste - denn unter der Woche war er ja niemals da - so war dies doch sehr prägend und sollte sich für die späteren Jahre, in denen er zum jungen Mann wurde, als unwiederbringliches Manko in einer Vater Sohn Beziehung entpuppen. Ein erstes untrügliches Zeichen einer ernsthaften Krise zwischen ihnen trat dann schließlich in den Sommerferien 2001 zutage. Nämlich, als sein Vater für ihn entschied, dass er die verbleibenden Schuljahre bis zum Studium in einem Schweizer Internat verbringen werde. Schließlich bot dieses sündteure Internat die besten Möglichkeiten, ihn auf sein späteres Leben als Student im Schiffsbau, vorzubereiten. So sah es zumindest Olav Svörensens, aber nicht Jens oder seine Frau. An einem verregneten Sommertag, wo Olav seine Entscheidung bei einem gemeinsamen Abendessen unterbreitete, eskalierte die Situation und sein Sohn machte am nächsten Tag und von kurzer Hand einen Abflug. Im zarten Alter von vierzehn Jahren war er drei Tage lang nicht mehr auffindbar. Wie sich nach intensiven und erfolgreichen Ermittlungen durch die örtliche Polizei schließlich herausstellte, war Jens schleunigst mit einem seiner Schulfreunde auf Zelt Tour in die Wildnis Schwedens geflüchtet. Dort trotzten die beiden Freunde tagelang den Launen der Natur und den widrigsten Wetterbedingungen. Die Mutter des Schulfreundes ahnte von der Unwissenheit der Svörensens nichts und war auch auf die Frage der ermittelnden Beamten, ob es bei ihr normal sei, dass ihr vierzehnjähriger Bub einige Tage in der Wildnis verbringt, vollkommen überrascht. Jedenfalls hatte die Sache für Jens ein wahrlich unangenehmes Nachspiel. Nachdem Olav einiges unternommen hatte, dass dieser Vorfall in keine Zeitung oder gar Fernsehnachrichten gelangte, strich er als Strafe - die für heuer geplante Woche ihres gemeinsamen Urlaubs. Diese, in den Augen des Jungen, drakonische Strafe vermochte in Jens etwas auszulösen, was nur schwer wieder gut zu machen wäre.

Denn gerade diese eine Woche im Jahr war für ihn die einzige Möglichkeit, mehr Zeit mit seinem Vater, den er ja eigentlich ganz gern hatte, zu verbringen. Heuer jedenfalls würde daraus nichts werden und im Herbst musste er in die Schweiz, ohne seine Freunde, die er hier in Valsünd hatte. Für seine Mutter Britt schien die Reaktion ihres Mannes jedenfalls vollkommen überzogen und sie versuchte ihren Mann am kommenden Sonntag bei einem Gespräch zu beschwichtigen. Die Svörensen saßen wie immer an schönen Sonntagen zum Frühstück auf ihrer wunderbaren Terrasse im großzügigen Garten mit Seeblick, als Britt ihrem Sohn mit einer Handbewegung deutete, er solle sie für einen Moment alleine lassen. Als sich der Junge mit einem freundlichen Gruß von ihnen verabschiedete, nahm sich Britt ein Herz, um mit Olav ernsthaft über dieses Thema zu reden.

„Olav, du weißt was dieser Urlaub für Jens immer bedeutet hat, ich glaube es ist nicht richtig von dir, diese einzige Woche im Jahr, wo wir alle drei miteinander etwas unternehmen, als Strafe für sein Verhalten zu opfern." Olav schien keineswegs erfreut über die klaren Worte seiner Frau, das zeigte ihr auch sein ablehnender Gesichtsausdruck, als er antwortete:

„Britt, ich weiß sehr wohl, was er ihm bedeutet und genau aus diesem Grund habe ich diese Entscheidung ja auch getroffen", entgegnete er, mit gezwungener Freundlichkeit.

„Hast du dich nie gefragt, warum er diese, wie soll ich sagen, ja Flucht mit seinem Freund unternommen hat?" Da von ihrem Mann keine Reaktion auf diese Frage kam, wiederholte sie ihre Frage. „Hast du dich das wirklich nie gefragt, das kann ich nicht glauben!"

„Natürlich habe ich darüber nachgedacht und ich meine auch zu wissen, dass das Internat nicht seinen Vorstellungen entspricht, aber es ist nach wie vor die beste Schule für ihn, glaub mir!"

Olav köpfte sein Frühstücksei mit einem kräftigen Schlag durch die Mitte und fuhr fort: „Ich wäre froh gewesen, wenn mich mein Vater in ein solches Internat gegeben hätte, denn dann wären meine späteren Studien um ein Vielfaches leichter gewesen. So blieb mir in seinem Alter nichts anderes übrig, als mir alles zu erkämpfen."

„Ja Olav, und genau da liegt der wunde Punkt. Du bist nicht wie Jens und Jens ist nicht wie du. Deshalb sollten wir ihm ebenfalls die Möglichkeit geben, die du hattest. Nämlich für seine Zukunft, als was auch immer, zu kämpfen!"

Als Olav diese Worte seiner Frau vernahm, rötete sich sein Gesicht und er entgegnete energisch: „wie, Was auch immer er wird. Es sollte ja wohl klar sein, dass er unser Unternehmen einmal leiten wird, wenn ich dazu nicht mehr in der Lage bin, oder?!"

Britt erkannte, dass die Laune ihres Mannes gefährlich zu kippen begann, konnte sich aber eine weiter Frage nicht untersagen: „Hat dein Vater, Gott hab ihn selig, denn er war ein guter Mann, dich auch schon mit vierzehn Jahren als Nachfolger seines Jachtbetriebes auserkoren, oder wie war das? Ich war ja zu dieser Zeit noch nicht in dein Leben getreten?"

„Britt, jetzt reicht es, lass meinen Vater aus dem Spiel."

„Nein Olav, das werde ich nicht. Ich will das jetzt wissen!"

„Nein, hat er nicht, es war schon von klein auf immer mein Wunsch, eines Tages in die Werft meines Vaters einzusteigen", antwortete schließlich der sichtbar genervte, aber auch ertappte Ehemann.

„Dann rede doch einmal mit deinem Sohn und frag ihn, wie er sich sein weiteres Leben vorstellt, oder ist das zu viel verlangt?"

Olav blickte zu seiner Frau und sprach in ruhigem, aber unmissverständlichem Ton. „Keine meiner Entscheidungen werde ich zurücknehmen und weist du auch warum? Weil ein Vierzehnjähriger Junge keine vernünftige Vorstellung über seinen beruflichen Werdegang haben kann! Eines Tages wird er für das, was ich ihm ermöglicht habe, bestimmt dankbar sein, auch wenn er es jetzt noch nicht versteht." Damit war die Unterhaltung über dieses Thema beendet und der Urlaub sollte, wie von Olav angedroht, heuer nicht stattfinden. Jens flog im Herbst, wie gewünscht, in das Internat und entfernte sich in den kommenden Jahren immer weiter von seinem Vater.

In einer Höhe von sechzehntausend Fuß durchstieß die Gulfstream Svörensens das dichte Wolkenmeer und ließ das Großstadtgrau Frankfurts unter sich. Die ersten Sonnenstrahlen des Tages bahnten sich den Weg durch die kleinen Fenster direkt auf das Gesicht des Dreiundfünfzig jährigen, als die Stimme des Copiloten aus dem Lautsprecher ertönte: „Herr Svörensen, wie sie vielleicht schon bemerkt haben, befinden wir uns bereits oberhalb der Wolkengrenze auf genau sechzehntausendachthundert Fuß. In etwa zehn Minuten werden wir unsere Reiseflughöhe von dreißigtausend Fuß erreicht haben. Mit Turbulenzen rechnen wir heute auf unserer Route nicht, und diese führt uns über Zürich, die zentralen Schweizer Alpen, den Lugano See, dann Richtung Genua und schließlich über das Ligurische Meer und Korsika nach Olbia.

Die verbleibende Flugzeit beträgt etwa zwei Stunden und wir werden uns später wieder melden, denn das Wetter über den Schweizer Alpen, mit einer Sichtweite von fünfzehn Meilen, verspricht mit Bestimmtheit einige schöne Ausblicke. In diesem Sinne wünschen wir Ihnen einen weiterhin angenehmen Aufenthalt an Bord."

Aus dem Lautsprecher ertönte nun leise, unaufdringliche klassische Musik. Seine hübsche Flugbegleiterin hatte sich schon kurz nach dem Start über die heutigen Wünsche, betreffend eines

Frühstücks, bei ihrem Boss erkundigt und war im Moment gerade emsig mit den Vorbereitungen beschäftig, als Olav Svörensen die Frankfurter Allgemeine beiseitelegte um der Information seines ersten Offiziers nachzugehen.

Er blickte, in Gedanken versunken, aus dem kleinen Fenster, wo sich die geschlossene Wolkendecke scheinbar immer weiter nach unten zu bewegen schien. Nur einzelne bauschige Wolken ragten über diese gigantische weiße Masse hinauf. Es war ein wundervoller, ja um nicht zu sagen ehrfurchtsvoller Anblick. Und genau solche Momente konnte er manchmal nicht ertragen, denn sie sind es, die auch einem Menschen wie Olav Svörensen seine wahre Größe im Universum eindrucksvoll vor Augen führen. So wie damals, an jenem verhängnisvollen Tag im April zweitausendfünf. Es sollte der letzte Besuch der Svörensen im Schweizer Internat ihres Sohnes Jens werden. Beinahe vier Jahre lang hatte er das private Gymnasium nun erfolgreich besucht und im nächsten Monat fanden bereits die Maturaprüfungen statt. Jens war ein durchaus guter Schüler.

Wenn ihm auch jene Unterrichtsfächer, in denen logisches, mathematisches Denken gefragt war, nicht allzu behagten, waren er und sein Freund Hartwig die absoluten Spitzen in jedem Fach, das Kreativität voraussetze. Besonders die neuen Medien, wie Film oder moderne Kommunikation, die auch an diesem ehrwürdigen Internat Einzug und Berechtigung gefunden hatten, hatten es den beiden jungen Männern angetan. Natürlich blieb das enorme Talent der beiden, von den jeweiligen Professoren nicht unbemerkt, und man legte dem Duo nahe, unbedingt ein Studium in diese Richtung einzuschlagen. Für den aus den Alpen Tirols stammenden Hartwig, war diese Richtung *„eine gemähte Wiese"* wie er immer zu sagen pflegte. Und natürlich wäre es auch in seinem Interesse, dass sie beide - da sie ja in den letzten vier Jahren enge Freunde geworden sind – ein gemeinsames Studium ins Auge fassen sollten.

Das ausschlaggebende Erlebnis für Jens sich seinem Freund anzuschließen war die Präsentation eines gemeinsamen Filmprojektes im Dezember desselben Jahres. Dieser Kurzfilm zum Thema Gewalt an Schulen, den sie beide vom Drehbuch bis zum fertigen Kurzfilm gestaltet hatten, war ein durchschlagender Erfolg. Nicht nur, dass sie die gewünschten Emotionen und Eindrücke in ihrem Premierenpublikum erwecken konnten, kam auch noch ein gewisser Professor Weinhard aus München, der in der Jury saß auf die beiden zu, gab ihnen seine Karte und riet ihnen, sich unbedingt an der Filmakademie München - wo er unterrichtete - zu bewerben.

*

Als die Eltern von Jens mit dem knallroten Helikopter direkt vor dem Internat auf einer großen Wiese landeten, war für ihn die große Stunde gekommen. Heute würde er ihnen seine Zukunftspläne mitteilen, aber irgendwie graute ihm jetzt davor. Beide schienen gut gelaunt, als sie lächelnd auf Jens zugingen und man umarmte sich herzlich.

„Jens, wollen wir drei eine Runde gehen? Deine Mutter und ich benötigen etwas Bewegung nach der Fliegerei?", fragte Olav, nach der Umarmung seines Sohnes.

„Natürlich gerne!", erwiderte Jens und die Familie spazierte über den Kies des Vorplatzes in Richtung Park. Das Internat befand sich auf einem mehrere Hektar umfassenden Gelände. Inmitten dessen, das alte Schulgebäude im viktorianischen Baustil, gekrönt von einem herrlichen Park, dessen Vegetation jetzt im April bereits sattgrün erstrahlte.

„Nun, mein Sohn, wie geht es dir, einen Monat vor deiner Reifeprüfung?" Jens überlegte ob er die Bombe sofort loslassen sollte, entschloss sich aber noch etwas zuzuwarten. „Gut, ja, eigentlich sehr gut. Ich habe mich sehr gut vorbereitet und wir haben ja noch einen Monat, so denke ich wohl, dass es keine Probleme für mich geben dürfte."

„Das höre ich gerne, meine Junge", sprach ein strahlender Vater, blickte zu seiner Frau, um festzustellen: „Na Britt, also war es doch richtig, Jens hierher in dieses Internat zu geben. Ich habe es ja immer gesagt!" Britt sagte dazu nichts, aber für Jens war es ein gutes Stichwort. „Ja Vater, es war auch gut für mich, denn hier konnte ich einen teuren Freund kennenlernen und darüber hinaus meine Talente entdecken." Olav blieb abrupt stehen, drehte sich zu seinem Sohn und nahm ihn fest an beiden Schultern. "Was ein Freund? Talente? Du sprichst in Rätseln, also klär uns bitte auf!" Jens löste sich sanft aus dem Griff seines Vaters und ging ein Stück weiter, als er schließlich erklärte: „Hartwig, mein Freund, von dem ich gerade gesprochen habe und ich haben etwas vorbereitet und das würden wir euch gerne nach unserem Spaziergang zeigen, habt ihr Lust dazu?" Britt blickte ihren Mann etwas verwirrt an, antwortete aber schließlich lächelnd: „Ja, gerne Jens." So kam es dann auch, dass die Neugierde doch sehr groß und der Spaziergang nur von kurzer Dauer war.

Als die drei schließlich einen kleineren Saal im linken Flügel der Schule betraten, begrüßte sie ein junger Mann mit unverkennbarem Tiroler Dialekt. „Hallo, ich bin Hartwig, ich freu mich euch kennen zu lernen, bitte nehmt doch hier Platz." Die Eltern Jens erwiderten höflich seinen Gruß und nahmen, immer neugieriger auf das was jetzt kommen werde, ihre Plätze in der ersten Reihe ein. Etwa zehn Meter, und somit mit angenehmem Abstand, befand sich vor ihnen eine große Leinwand auf der ein Testbild zu sehen war. Der junge Tiroler klickte auf einen Schalter am Schreibtisch und das Licht im Raum ging aus.

Dann war es gänzlich dunkel, denn auch das Testbild auf der Leinwand war verschwunden. Schließlich ertönte leise, melancholische Pianomusik aus den Lautsprechern und das Bild wurde wieder hell. Der kurze Film, den die Eltern von Jens nun zu sehen und hören bekamen, bestürzte sie bis tief in ihre Seele. Auch wenn er es später gegenüber seiner Frau nicht zugeben würde, auch Olav überzeugte dieser kurze, einprägsame Film. Denn er kam, trotz seines Titels *Gewalt an der Schule* beinahe ohne Gewaltszenen aus, traf das Thema aber genau in der Mitte und gerade das machte diesen kurzen Streifen so wertvoll. Nachdem die fünfminütige Filmvorführung geendet hatte, herrschte einige Zeit betretenes Schweigen im Raum. Schließlich aber klatschte Britt und dann auch Olav kräftig und das Licht im Raum ging wieder an. „Ein schöner und vor allem ein zum Nachdenken anregender Film Jens, meine herzliche Gratulation.

Dennoch verstehe ich nicht ganz den Grund eurer Vorführung", sprach Olav ruhig. Jens deutete seinem Freund mit einem knappen Nicken, dass er ihn mit seinen Eltern allein lassen sollte und Hartwig machte sich schleunigst, mit einem aufmunterten Daumen nach oben, aus dem Saal. Jens nahm sich einen Stuhl und setzte sich direkt vor seinen Eltern nieder.

„Schaut, das ist so. Wir beide haben, schon seit längerer Zeit, entdeckt, dass uns die neuen Medien, im Besonderen der Film, faszinierten. Mehr aber noch, dass wir dafür wirklich ein Talent besitzen. Das hat uns auch Professor Weinhard, von der Filmhochschule München, bestätigt." Jens machte eine Pause, um die Worte etwas im Raum stehen zu lassen und sein Vater ahnte bereits jetzt Schlimmes.

„Jedenfalls hat unser Prof. Weinhard geraten, dass wir uns beide an der Filmakademie für ein Studium bewerben sollten."

Am Gesichtsausdruck seines Vaters erkannte er, dass die Bombe eingeschlagen hatte. Mehr noch, schien die Zerstörung größer, als Jens es sicher immer wieder in Gedanken ausgemalt hatte. Wieder erfüllte Schweigen den kleinen Saal und Britt blickte in gewisser Vorahnung zu ihrem Mann, als dieser plötzlich aus sich heraus ging und donnerte: „Warum glaubst du eigentlich, habe ich dich auf eine solch teure Schule gehen lassen. Etwa, damit du später mal irgendwelche

Filmchen machen kannst? Das darf doch nicht wahr sein. Mein Sohn, ein Filmemacher. Jens, sag bitte, dass es nicht wahr ist!"

Jens war bei den ersten Worten seines Vaters regelrecht zusammengezuckt, aber er hatte sein Ziel klar vor Augen, nötigenfalls auch ohne Hilfe seines Vaters.

„Vater, ich habe immer alles getan, was du von mir verlangt hast. Ich habe dieses Internat und die Trennung von euch und meinen Freunden, vor allem in der ersten Zeit hier, geduldig ertragen. An schlechten Tagen weinte ich, und das war nicht selten, denn ihr beide, insbesondere du aber, Mutter, wart so weit entfernt von mir. Erst als ich Hartwig besser kennen lernte und wir das erste Multimedia Projekt in Angriff nehmen konnten, bekam dies alles hier einen Sinn. Ich weiß, dass ich dir meinen Dank schulde, dass du es mir ermöglicht hast und ich bin ja auch dankbar. Aber jetzt bin ich erwachsen und werde selbst bestimmen, welchen Weg ich gehen möchte!" Jens sprach mit freundlichem, aber bestimmtem Tonfall und Britt freute sich tief in ihrem Herzen über ihren Sohn, der seinem Vater nun endlich seinen Standpunkt klarzulegen vermochte.

„Ist das dein endgültiger Entschluss", wollte Olav von seinem Sohn schließlich wissen.

„Ja", antwortete dieser klar und deutlich.

„Dann werde ich dir nicht im Wege stehen, aber du wirst auf keinerlei finanzielle Unterstützung von unserer Seite bauen können", sprach Olav Svörensen und verließ den Raum. Britt nahm ihren Sohn, der mittlerweile einen Kopf größer als sie selbst war, in die Arme und sagte tröstend:

„Jens, nimm die Worte deines Vaters nicht zu ernst, vielleicht kann ich hier noch etwas machen. Aber ich möchte, dass du weißt, dass ich sehr, sehr stolz auf dich bin. Du kannst auf mich bauen, egal was du machst. Ich bin mir sicher, du wirst einen guten Weg in deinem Leben gehen. Weißt du, in gewisser Weise kann ich deinen Vater aber auch verstehen, denn seit du geboren wurdest, stand für ihn immer fest, dass du einmal sein Nachfolger werden solltest. Wenn ich es jetzt brutal formulieren würde, dann hieße das so: Du hast heute seinen Lebenstraum zerstört." Britt nahm die Hand ihres Sohnes und legte ihre zweite sanft darauf, als sie ihn beschwichtigte:

„Aber, ich mach dir hiermit keinerlei Vorwurf, es geht mir nur darum, dir zu helfen. Vielleicht kannst du die Sichtweise deines Vaters dann eines Tages verstehen."

„Ja Mutter, ich verstehe dich schon richtig und es tut mir ja auch leid, dass ich Vaters Wunsch nicht erfüllen kann. Aber würde ich seinen Wunsch nur halbherzig erfüllen, dann wäre das auch nicht in seinem Sinne. Ich möchte einmal den Beruf ausüben, den ich aus tiefstem

Herzen und aus ganzer Überzeugung heraus anstrebe."
Auch wenn Jens seinen Vater, trotz allem mochte, war es stets seine Mutter, die ihm den nötigen Halt in seinem bisherigen Leben gegeben hatte. Er wusste auch, dass dies nicht immer leicht für sie war.
Nachdem er seiner Mutter die genauen Pläne für die kommende Zukunft erklärt hatte, verabschiedeten sich die beiden mit einer liebevollen Umarmung. Er begleitete sie zum Helikopter und erblickte seinen gebrochenen Vater in der Kanzel. Es tat ihm weh ihn so zu sehen, wenngleich ihn sein Vater mit keinem Blick mehr würdigte. Was Jens an jenem Tag im April 2005 nicht ahnen konnte, war die Unbeugsamkeit seines Vaters. Es sollten noch Jahre vergehen, ehe Olav Svörensen begriff, was das Leben wirklich bedeutete.

„Herr Svörensen", dröhnte es abermals aus dem Lautsprecher und riss ihn aus seinen trüben Gedanken an seinen Sohn. „Wenn Sie auf der rechten Seite aus dem Fenster blicken möchten, können sie den großen Aletsgletscher wunderbar erkennen. In etwa fünf Minuten werden wir dann den Luganer See überfliegen und ich melde mich dann kurz vor der Landung nochmals mit den letzten Wetterinformationen für Sie," informierte diesmal Kapitän Paulsen persönlich aus dem Cockpit, während die Flugbegleiterin das kaum benutzte Frühstück ihres Chefs wieder abservierte. „Möchten Sie noch Kaffee, oder darf es sonst noch etwas sein, Mr. Svörensen?", wollte sie noch wissen.

„Nein danke, alles bestens", antwortete er und erblickte durch ein schmales Wolkenband, das sich an einem mächtigen Berg empor schraubte, die Ausläufer des mächtigen Aletsgletschers. In Gedanken war er aber noch immer bei seinem Sohn, den er mit zunehmendem Alter immer mehr vermisste. Nach diesem unseligen Tag vor sechs Jahren in der Schweiz brach für ihn eine Welt zusammen. Alles was er sich einmal in den schönsten Farben ausgemalt hatte, landete an diesem Tag im Papierkorb und mit ihm der Kontakt zu seinem Sohn. Natürlich erkundigte er sich immer wieder über den Werdegang seines Sohnes und das was er zu hören bekam, war durchaus anerkennenswert.

Es änderte aber nichts an seiner ausweglosen Situation, nämlich jenem Umstand, dass er keinen Nachfolger für sein Imperium mehr hatte. Schließlich hatten Britt und er nur diesen einen Sohn und seine Frau war naturgemäß schon zu alt um noch ein Kind zu bekommen. Eine jüngere Frau, wie einige seiner Freunde? Nein, das kam für ihn nicht in Frage. Schließlich entschloss er sich einen Geschäftsführer, den er vorsorglich durch einen Wirtschaftsexperten auf Herz und Nieren hat prüfen lassen, in sein Firmenimperium einzusetzen. Dieser junge und agile

Mann sollte ihn zuerst einmal entlasten, denn auch ein Svörensen merkte irgendwann die ersten Anzeichen seines fortschreitenden Alters. Mit diesem Mann, der sich als wahrer Volltreffer herausstellen sollte und in vielen Belangen auch seinem Chef in jungen Jahren sehr ähnelte, kam ein ganz neuer Aspekt in sein Leben. Svörensen hatte mehr Zeit. Mehr Freizeit für sich, für seine Freunde, aber vor allem für seine Frau Britt. Das neue Lebensgefühl gewann in den folgenden Jahren immer mehr die Oberhand über den einstigen Workaholic zu gewinnen, und damit entfernte er sich immer weiter von seiner einstigen Einstellung zum Sinn des Lebens. Britt war anfangs sehr skeptisch, was die Wandlung ihres Mannes betraf. Mit der Zeit aber, kehrte eine verloren geglaubte Zweisamkeit ihrer Partnerschaft in ihr Leben zurück. Sie verbrachten wunderbare Tage miteinander, machten auch einige Städtereisen, von denen sie zwar immer gesprochen, aber niemals in die Tat umgesetzt hatten, und redeten viel miteinander. Aber ihr Sohn lag noch immer wie ein Schatten über ihnen. Ein Schatten, den keine Sonne vermag zu verblassen. Und der Name Jens kam auch nur selten zur Sprache. In diesem Moment erinnerte sich Olav an eine seltene Unterhaltung mit seiner Frau über ihren Sohn.

Endlich hatte er sich nach langem Ringen entschlossen, seine Frau persönlich nach dem Befinden ihres Sohnes zu fragen: „Britt, wie geht es Jens und wann hast du ihn das letzte Mal in München besucht?"

„Es geht ihm gut, aber er ist nicht mehr in München. Die beiden, du weißt ja sein Freund Hartwig, der Tiroler, und er haben die Filmakademie als beste ihres Jahrganges abgeschlossen und werden im Moment von einigen Produktionsfirmen umworben. Mal sehen, wohin es unseren Sohn schließlich verschlagen wird, vielleicht sogar nach Schweden. Das wäre doch schön oder?"

„Ja, das wäre schön", dachte Olav, als ihn wieder eine Stimme aus dem Lautsprecher unsanft aus seinen Gedanken riss. „Herr Svörensen, wir haben unsere Reiseflughöhe bereits verlassen und bitten Sie sich wieder anzuschnallen. Olbia, meldet bereits wunderbare zweiundzwanzig Grad, aber Wind mit fünfzehn Knoten, also kann es bei der Landung etwas unruhig werden. Wir haben Freigabe für Landebahn vierundzwanzig und fliegen diese entlang der Ostküste über das Meer an. Ihr Helikopter steht bereits zum Weiterflug am Hangar bereit", erklärte Pilot Paulsen seinem Chef den weiteren Verlauf ihres Fluges und machte sich gemeinsam mit dem ersten Offizier daran, die Checklisten für den Sinkflug abzuarbeiten.

Im Moment befand sich der Jet in einer Höhe von zweiundzwanzigtausend Fuß über Korsika. Unter ihnen verbargen einzelne Wolkenbäusche die um diese Jahreszeit bräunlich und schroff anmutende Landschaft der Insel. Für Svörensen, der in letzter Zeit immer mehr Flüge privater Natur unternommen hatte, waren auch einige Tage in seinem warmen Domizil auf Sardinen, eine willkommene Abwechslung zur grauen Großstadt Frankfurts. Jetzt freute er sich aber vor allem auf Britt, die schon vor einigen Tagen voraus geflogen war.

Vor ihrem Abflug am Sonntag kamen sie das letzte Mal auf Jens zu sprechen und sie erzählte ihm ausführlich die ganze Geschichte, seit dem Internat in der Schweiz. Olav kam nicht umhin beeindruckt zu sein, von dem, was ihm seine Frau zu erzählen vermochte. Jens und sein Freund Hartwig machten ihre Reifeprüfung noch wie geplant im Schweizer Internat und bewarben sich gleich darauf an der Filmakademie München. Den enormen Kriterien einer Aufnahmeprüfung in eine solche Institution waren beide - ausgestattet mit auffallendem Talent - leicht gewachsen. Etwas schwieriger, um nicht zu sagen besorgniserregend, war ihre finanzielle Situation während dem Studium. Im Gegensatz zu Jens war sein Freund Hartwig einzig und alleine durch seine außergewöhnliche Begabung mit einem Stipendium, in das Schweizer Internat aufgenommen worden. Somit konnten beide während ihrem Studium auf keinen nennenswerten finanziellen Hintergrund zurückgreifen. Im Gegenteil: Jens lehnte jede Zuwendung, auch seitens seiner Mutter und wenn sie noch so gut gemeint war, ab. Die beiden wollten ihr Ziel aus eigenem Willen und aus eigener Kraft heraus realisieren. Gerade das erste Jahr ihres Studiums war ein knallharter Kampf für beide.

Mit sämtlichen Jobs, vielfach auch nachts und alles andere als erbauend, konnten sie ihren Lebensunterhalt und ihr Studium gerade finanzieren. Da kam ihnen das Angebot eines Mitbewohners einer Wohnungsgenossenschaft, das sie am Anfang des dritten Semesters erhielten, gerade recht. Den jungen Studenten waren über Nacht zwei ihrer Mitbewohner, wegen Studioabbruchs, abhandengekommen und nun suchten sie dringenden Ersatz. Jens und Hartwig willigten sofort ein, denn zu acht in einer kleinen Münchner Wohnung war zwar sehr eng, aber auch viel billiger. Vor allem aber war die Heizung im Preis inkludiert. Durch die Ersparnis, konnten sie sich mehr auf das Studium konzentrieren. Für Jens dürften diese beengten Verhältnisse wohl eine enorme Umstellung bedeutet haben, wenngleich Hartwig Britt erzählte, er habe sich niemals über seine Situation beschwert.

Im Gegenteil, es schien ihm sogar Spaß zu machen und meistens war er es, der sofort eine Lösung für ein anstehendes Problem in den Raum stellte. Ab dem vierten Semester veränderte sich zumindest die Jobsituation der beiden zum Besseren. Denn in der Akademie konnte man wertvolle Kontakte zu einigen Produktionsfirmen im Raum München knüpfen. Diese Institutionen wiederum brauchten für bestimmte Zeiten immer wieder Assistenten als Kabelträger, Tonmänner, Beleuchter usw. So konnte man zumindest einen Job in jener Branche bekommen, in der man nach Beendigung des Studiums Fuß fassen wollte. Damit konnten sie zwei Fliegen auf einen Streich schlagen, denn zum einen waren die Jobs gar nicht so schlecht bezahlt und zum anderen sammelten sie eine Menge Praxisnähe, die sie später bestimmt brauchen konnten. Britt erzählte Olav aber auch vom Enthusiasmus ihres Sohnes, was die Wahl seines Studiums betrifft. Sie sah das Funkeln in seinen Augen, wenn er von einem neuen Filmprojekt an der Akademie erzählte, und so gab es keinen Zweifel. Der Junge wusste, was er wollte und er würde dies auch mit Bestimmtheit erreichen. Dessen war sich inzwischen auch sein Vater Olav sicher.

*

"Lear Jet Delta, Bravo, Echo, Lima, Seven, Romeo, wind 220/15, clear to land runway 24", ertönte die Stimme des Fluglotsen im Cockpit und der erste Offizier erwiderte: „cleare to land runway 24, Lear jet Delta, Bravo, Echo,

Lima, Seven, romeo. Nach der Checkliste für die Landung schaltete Kapitän Paulsen den Autopiloten aus, um die noch verbleibenden tausend Fuß bis zur Landung von Hand zu steuern. Die Sicht war sehr gut und die fünfzehn Knoten Wind machten dem erfahrenen Piloten keine großen Probleme den schnittigen Jet sanft auf dem Asphalt der Landebahn aufzusetzen.

„Welcome in Olbia, please contact ground on 121.95, nice day, bye", verabschiedete sich der Lotse von der Crew und der Jet steuerte nach der Freigabe durch die Botenlotsen in sein Gate, an dem schon der Helikopter für den Weiterflug von Svörensen wartete. Es dauerte noch einige Minuten, ehe die Triebwerke ganz heruntergefahren waren und Kapitän Paulsen das Freizeichen für die Öffnung der Kabinentüre an die Flugbegleiterin gab. „Herr Svörensen, ich hoffe Sie hatten einen angenehmen Flug", sprach die junge Frau, als sie ihren Chef von seinem Sessel abholte. Svörensen blickte noch einen kurzen Augenblick in das Cockpit und verließ seinen Jet mit den Worten:

„Meine Herren, danke für den herrlichen Flug, ich melde mich bei Ihnen bezüglich des Rückfluges."

Auf dem kurzen Weg zum Helikopter sog er die würzige und lauwarme Luft in sich auf freute sich, beinahe wie ein Kind, auf die nächsten Tage in seiner Villa. Zu seinem Erstaunen saß Britt bereits hinten im

Hubschrauber, als er einstieg. „Herzlich willkommen, Herr Svörensen, begrüßte ihn der Pilot und Svörensen erwiderte: „Danke, wie war Ihr Name nochmal?"
„Tomanelli, Mr. Svörensen", beantwortete dieser seine Frage und holte beim Tower die Starterlaubnis ein.
„Britt, was machst du hier?", sprach Olav beschwingt und mit einem Lächeln in seinem Gesicht, als er sich zu seiner Frau setzte.
„Ich bin gestern mit Tomanelli in den Süden geflogen, um die Ausgrabungen von Nora zu besichtigen, es war zauberhaft. Das sollten wir unbedingt gemeinsam nochmals wiederholen. Ja, und nun wollte ich dich persönlich vom Flugplatz abholen." „Das ist schön, Britt", erwiderte Olav, als sich die Rotorblätter des Helikopters, Marke Bell 206 Jetranger surrend, zu drehen begannen. Nach einigen Minuten kam die Starterlaubnis vom Tower und die Maschine erhob sich mühelos in den leicht bewölkten, blauen Himmel. Im Gegensatz zum Privatjet war dieser Helikopter kein Eigentum der Svörensens, sondern gehörte einer ansässigen Firma. Für zirka tausendfünfhundert Euro, die Flugstunde inklusive Piloten, war es eine sehr schnelle und komfortable Art für die Svörensen ihre Villa oder sonstige Ziele in Sardinien zu erreichen. Der Flug vom Flughafen Olbia bis zur Villa dauerte gerade mal zehn Minuten und trotz des Windes war es auch dieses Mal ein Erlebnis in so niedriger Höhe über eine

fantastische Landschaft zu fliegen. Der Anblick der Svörensen Villa, die jetzt in das Sichtfeld des Piloten rückte, war in der Tat noch um ein Vielfaches atemberaubender, als aus der Sicht vom Boden aus. Das weiße Haupthaus unterteilte sich, von oben gesehen, in ein längliches und zwei quadratische Flächen.

Diese zeigten zur Meerseite hinaus und begrenzen einen kleineren Swimmingpool. Dieser wurde vor allem in den kälteren Überganszeiten benutzt, da er kleiner und durch das angrenzende Gebäude windgeschützt war. Darüber hinaus besteht die Möglichkeit einer Überdachung und somit war ein angenehmes Bad beinahe das ganze Jahr über möglich.

Der zweite Pool, den man nur aus der Vogelperspektive sehen konnte, war um einiges größer und eingebettet in einen kleinen Wald, der vorwiegend aus Pinien bestand.

Diesen könnte man, mit einer Länge von fünfzig Metern, durchaus auch als Sportschwimmbecken bezeichnen. Für Britt und Olav galt als bevorzugtes Argument aber mehr der Aspekt einer wunderbaren Beschattung durch die umliegende Vegetation. Dieser märchenhaft gepflegte Park erstreckte sich direkt vom Strand gute fünfhundert Meter in das Landesinnere und lief auf der östlichen Seite zu einem Dreieck zu. Eine gepflasterte Straße führte westlich des Parks von der

Villa bis zur schmiedeeisernen Toreinfahrt. Dort befand sich auch der Landeplatz mit dem Heilbad, auf dem die rote Bell nun sanft aufsetzte.

Olav sprang aus dem Helikopter und half anschließend seiner Frau aus der Maschine. „Soll ich hier auf einen erneuten Flug warten, oder soll ich zum Flughafen zurückkehren?", wollte der Pilot noch von Olav wissen. „Britt, wie hast du den Heli gebucht?", rief er seiner Frau zu, denn der Lärm der Rotorblätter und des Motors zwangen ihn dazu. „Ich habe ihn bis einschließlich Sonntag gebucht!", rief Britt zurück, der Pilot nickte und drückte die notwendigen Schalter und Knöpfe, um die Turbine herunter zu fahren. Nach einer Minute kehrte wieder die gewohnte Stille im Anwesen der Svörensen ein und das gesamte Personal begrüßte ihren Chef im Garten vor der Villa.

Auch Herbert, der persönliche Butler der Svörensen war unter ihnen und erkundigte sich bei seinem Chef über den Flug. „Danke Herbert, der war heute sehr angenehm, trotzdem bin ich jetzt froh, hier zu sein", antwortete Olav. „Was kann ich für sie Gutes tun?", wollte der Butler erneut von den Ankömmlingen wissen und Britt war es die diesmal, die ihm Antwort gab: „Ich glaube Olav möchte gerne einen Kaffee, oder Olav?" Er nickte zustimmend. „Und ich hätte gerne ein Mineral hier auf der Terrasse." Olav setzte sich seufzend, aber zufrieden, um sich seiner Schuhe zu entledigen. Das Personal zerstreute sich in alle Richtungen um sich wieder an die Arbeit zu machen und beide genossen das herrliche Lüftchen, das durch die Bäume über die Terrasse wehte. Einige Zeit saßen sie einfach nur da und genossen die Stille, die nur durch ein entferntes leises Meeresrauschen und das Zwitschern von Vögeln durchbrochen wurde. Als ihr Butler die gewünschten Getränke serviert hatte und mit seinem Vortrag über das heutige Menü, das in etwa einer Stunde kredenzt werden würde, endete, blickte Olav zu Britt und fragte leise: „Gibt es Neuigkeiten von Jens?" Freilich war Britt die immer stärker werdende Neugier ihres Mannes, betreffend ihres Sohnes, sehr willkommen.

Lieber aber wäre es ihr gewesen, wenn Olav sich einmal ein Herz nehmen würde, um ihn selbst zu besuchen. Sie wusste aber auch, dass sie in dieser Hinsicht nichts erzwingen konnte, dafür kannte sie ihren Mann schon zu lange und zu gut. Andererseits, seine Wandlung in den letzten Jahren hätte sie sich in ihren kühnsten Träumen nicht ausmalen können. Hoffnung keimte in ihr auf und ein Gefühl von Glück, als sie schließlich erzählte: „Nachdem Jens sein Studium beendet hatte, ging es ja schließlich darum, zu welchem Sender oder welcher Produktionsfirma die beiden gehen wollten. Angebote hatten sie, als Beste ihres Jahrgangs, einige. Wir beide hofften ja damals, dass er vielleicht nach

Schweden zu einem Sender gehen würde, aber dann - und das ist wieder typisch für unseren Sohn - kam alles…..", Britt brach den Satz ab, da sich ihr Butler, mit einem tragbaren Telefon in der Hand, näherte. „Herr Svörensen, ein dringendes Telefonat aus ihrem Frankfurter Büro, wollen sie es annehmen?"

„Nein", antwortete Olav gelassen und nickte zu seiner Frau, damit sie ihre Erzählung wieder fortsetzen konnte. Der Butler entfernte sich verwirrt und teilte dem Anrufer mit, dass Herr Svörensen in einer wichtigen Besprechung sei und somit den Anruf nicht entgegen nehmen könne.

Warum im Gottes Namen, hat er damals als Jens den Unfall hatte, nicht so wie eben reagiert, dachte Britt. Um wie viel schöner und einfacher wäre das Leben für sie alle gewesen, hätte er zu jener Zeit nicht so besessen für sein Imperium und auf alles andere vergessend, das Wichtigste im Leben, ja beinahe ignoriert. Für einen Moment überkam Britt eine beklemmende Traurigkeit und Olav bemerkte sofort ihre Regung.

„Geht es dir nicht gut, sollen wir das Gespräch nach dem Essen fortsetzen?"

„Nein, geht schon, es war nur….."

„Was?"

„Ach nichts". Britt räusperte sich und erzählte weiter.

„Wie gesagt, kam es nicht so, wie wir uns das gewünscht hätten. Ich besuchte Jens, nach unserem

Gespräch von damals, ein paar Tage später in München, um zu erfahren, wohin nun seine Pläne gingen, aber vor allem, wie ich ihm dabei helfen konnte. Er und sein Freund Hartwig hatten sich bereits dazu entschlossen ihren künftigen Beruf als selbständige Unternehmer ausüben zu wollen. Natürlich lehnten beide eine angebotene finanzielle Unterstützung meinerseits wiederum ab. Sie hatten bereits eine vollständige Finanzierung ihres ersten gemeinsamen Filmes beschaffen können. Unterstützt wurden sie dabei von ihrem Mentor Professor Weinhard."
In den Augen von Britt funkelte Stolz, gepaart mit Glück, als sie weiter erzählte: „Olav, das fertige Konzept hättest du sehen sollen, als die beiden es mir mit Freude und großem Selbstbewusstsein zeigten. Ich verstehe ja nicht viel vom Filmgeschäft, aber ein Gutes von einem schlechten Konzept zu unterscheiden, das kann ich, glaube ich, schon beurteilen. Und ihres ließ wahrlich keine Wünsche oder gar Zweifel offen. Alles hatte Hand und Fuß und anscheinend war ihr Drehbuch, das sie noch in der Akademie geschrieben hatten, sehr gut, denn ihr wichtigster Partner war der größte deutsche Fernsehsender." „Das heißt, die beiden haben eine Firma gegründet?", hakte Olav nach.
„Ja, soviel ich weiß, heißt ihre Firma *Global – Power Produktion*, oder so ähnlich…"

Olav bemerkte, dass seine Frau etwas müde klang und dachte, dass sie die nächsten Tage ja ohnedies genügend Zeit hätten über ihren Sohn zu plaudern, also sprach er lächelnd zu ihr: „Britt, ich möchte mich kurz erfrischen und noch eine kleine Runde schwimmen gehen, bevor sie das Mittagessen servieren, kommst du mit?"

„Ja gerne!", erwiderte Britt und die beiden genossen das kühle Wasser ihres großen Pools, ehe sie ein mediterranes Mittagessen auf der Terrasse ihrer Villa einnahmen.

Ihre korpulente, sardische Köchin, die auf den Namen Maria hörte, verstand es vorzüglich, die nicht immer leichte Küche dieses Landes, als Hauben verdächtige Kreationen auf die edlen Teller der Svörensen zu zaubern. Butler Herbert servierte als ersten Gang die kleineren Vorspeiseteller. Gekonnt, aber etwas steif, bewegte er sich um den runden Tisch mit den Worten: „*dolce Sardo*, *Joghurt aus Ziegenmilch*, *Pecorino Sardo*, als Fisch *merca* und als Beilage *pane carasau*. Darf ich Ihnen zu diesem Gericht einen *Vermentino*, Jahrgang 2007 und perfekt temperiert empfehlen?" „Gerne", antwortete Britt. Olav war bereits mit einem Bissen vom köstlichen *pane carasau* beschäftigt. Er liebte dieses hauchdünne Brot, das es zwar überall hier in Sardinen zu kaufen gab.

Aber nur ihre Köchin Maria wusste, wie keine andere, es perfekt gewürzt zuzubereiten. Als leichte Hauptspeise folgte eine Portion Spaghetti mit Bottarga, eine Art Kaviar aus dem Roggen der Meeräsche. Sogar bei dieser einfachen Speise waren die Teller eine Augenweide, als ihr Butler diese auf dem makellos gedeckten Tisch auftrug. Hohe, aber keine runden, sondern in Wellenform modellierte Teller, waren das Gefäß für diese Augenweide. Inmitten der inneren, tiefen Rundung ruhten die Spaghetti.

Gegen den Uhrzeigesinn und entlang am Wellengang des Gefäßes, wechselten kleinste orangefarbene und rote Gewürze mit einer Auswahl an mediterranen Kräutern ihren Platz, und verschmolzen zu einem virtuosen römischen Mosaik. „Darf ich Ihnen zur Hauptspeise einen anderen Wein dekantieren, oder möchten die Herrschaften beim *Vermentino* bleiben", wollte der Butler nach der Vorspeise wissen. Fragen musste er seine Herrschaft, aber insgeheim hoffte er auf ein Nein, denn dieser Weißwein harmonisierte perfekt mit Bottarga. „Nein danke Herbert ich glaube wir bleiben bei diesem, der ist ausgezeichnet", antwortete diesmal Olav und Butler Herbert verließ, sichtlich erleichtert, den Tisch um in einiger Entfernung von seiner Herrschaft auf weitere Wünsche zu warten. Britt und Olav genossen das vorzügliche Gericht, auch das Wetter war heute ausgesprochen mild, aber nicht zu heiß. Im Augenblick war es windstill. Der starke Wind vom Morgen hatte sich gelegt. So entschlossen sie sich, nach dem Mittagessen, einen Kurztrip zur Isola Maddalena zu unternehmen. Die angenehmen Temperaturen des heutigen Tages schienen perfekt für die Besichtigung der kleinen Hafenstadt La Maddalena.

„Herbert, veranlassen Sie bitte, dass unsere Yacht in etwa einer halben Stunde bereit zur Abfahrt ist, wir nehmen jetzt noch einen Kaffee und brechen dann zur Isola Maddalena auf."

„Sehr wohl, Herr Svörensen, den Kaffee serviere ich sofort und teile Ihrem Skipper Ihren eben geäußerten Wunsch mit", sprach der äußerst magere und große Butler, und entfernte sich, um die Wünsche seines Chefs in die Tat umzusetzen.

*

Die dreistöckige „Odyssey" war eine achtunddreißig Meter lange Motoryacht. Ausgestattet mit drei

Schlafzimmer - inklusive Bäder, einem großzügigen und hellen Saloon, Esszimmer für acht bis fünfzehn Personen. Das moderne, schlanke und von edel glänzenden Materialien geprägte Interieur, zeugte vom exquisiten Geschmack der Eigentümer.

Die Svörensen besaßen mit der „Odyssey" selbstverständlich nicht die größte Yacht hier auf Sardinien, aber ein größeres Boot hätte am Landesteg des privaten Strandes nicht anlegen können. Aber alleine die vielen wunderbaren Holzintarsien aus edlem, dunklem Tropenholz, kosteten ein kleines Vermögen.
Das Wasser funkelte in der Sonne in türkis bis dunkelblauen Nuancen, als Britt und Olav den Bootssteg erreichten. Der gesamte, zwei Kilometer lange Privatstrand bestand aus feinstem, beinahe weißem Sand und bog sich in Form einer Banane von der Ebene, wo ihre Villa stand, hinauf bis zu einem Band einer mächtigen Felsformation. Die dichte Vegetation reichte auf der gesamten Fläche beinahe bis zum Strand. Und im Osten begrenzte das Felsenband ihr Anwesen. Somit war dieses für niemanden, ausgenommen aus der Luft, einsehbar. „Frau Svörensen, Herr Svörensen", begrüßte sie der junge Skipper, als sie an Bord gingen.

Obwohl dieser kaum älter als dreißig Jahre sein dürfte, erkannte man bereits Spuren einer von der Sonne gebrannten, ledernen Haut in seinem Gesicht.

Es dauerte einige Minuten, bis der Skipper die "Odyssey" im Schritttempo und rückwärts ins tiefere Wasser manövriert hatte.

Schließlich heulten die starken Motoren auf und der Bug dieses eleganten und schnittigen Schiffs bewegte sich rasch nach oben. Für den Betrachter, aus eine gewissen Entfernung, mag wohl der Eindruck entstanden sein, dass sie auf dem Wasser zu schweben vermochte, als die Yacht schließlich mit achtzehn Knoten durch das blaue Wasser pflügte. Britt und Olav genossen die mediterrane Sonne und den lauen Wind auf der Haut und waren glücklich. In diesem angenehmen Moment konnten sie nicht ahnen, dass an diesem wunderbaren Tag etwas passieren wird, das ihr ganzes Leben verändert. Die Besichtigung der kleinen Hafenstadt La Maddalena ging aber wie geplant vonstatten, da diese aber nicht allzu lange dauerte, entschloss sich das Ehepaar auf dem Rückweg an einer stillen Bucht einen kurzen Stopp einzulegen. Das immer noch vierundzwanzig Grad warme Wasser des Mittelmeers, lud zum Schwimmen ein und Olav schnappte sich ein paar Flossen und Taucherbrille samt Schnorchel, um an der einsamen Steilküste entlang auf Entdeckungsreise zu gehen. Das glasklare Wasser, für das diese Insel im Mittelmeer so bekannt ist, zeigte sich an diesem Tag und für Olav von seiner schönste Seite. Eine Sichtweite von mehr als zwanzig Metern ließ es zu, dass er beinahe das gesamte, steil abfallende Riff bis zum sandigen Meeresgrund hinunterblicken konnte.

In den verschiedensten bunten Korallen tummelten sich auch zahlreiche Fischarten und die konkurrierten scheinbar miteinander, was ihre Schönheit und Farbe betraf. Immer wieder tauchte er einige Meter ab, um sich etwas - was für ihn an der Oberfläche interessant erschien – genauer zu betrachten. Dabei bemerkte er nicht, dass an diesem Teil der Insel, eine nicht zu unterschätzende Strömung herrschen kann. Als er erneut, etwa vier Meter, getaucht war, erwischte ihn zuerst die Brandung, die ihn direkt auf die Klippen zu spülte. Im letzten Moment erblickte er einen kleinen Vorsprung am Riff und klammerte sich mit aller Kraft an die scharfen Kanten der Korallen. Doch es dauerte nicht lange bis der Atem reiz unerträglich wurde und er seine krampfhafte Umklammerung lösen musste. In diesem Moment drehte zum Glück die Brandung wieder Richtung Meer hinaus, aber genau in die starke Strömung, die von den Klippen in die nördlich offene See hinaus verlief. Hätte Britt nicht vom Oberdeck der Yacht ihren Mann beobachtet, wer weiß, wie die Sache dann für ihn ausgegangen wäre. Zuerst wunderte sie sich nur über den Mut ihres Mannes, sich soweit aufs offene Meer zu wagen, aber dann wurde ihr bald gewiss, dass hier etwas nicht stimmen konnte. Schnell wies sie den Skipper an, mit der Yacht sofort in die Richtung ihres Mannes, den man mittlerweile nur noch als kleinen Ball im Wasser ausnehmen konnte, zusteuern. Als sie nach rasanter Fahrt, ihren, im Wasser treibenden Mann erreichten, war dieser vollkommen aus der Puste, fuchtelte wild mit seinen Armen und war sichtlich froh über das herannahende Boot. Der Skipper drehte die Jacht gekonnt längsseits und ließ in langsamer Fahrt eine kleine Leiter von der unteren Reling ins Wasser. Als sie Olav, mit seinen letzten Kraftreserven erreicht hatte, half ihm der Mann aus dem Wasser und wuchtete ihn, etwas unsanft, auf das erste Deck der Jacht. Britt sah sofort das Blut, das von den Händen ihres Mannes über seine Arme rann und wies den Skipper an, ihr den Ersten Hilfe Koffer zu bringen. Die Wunden an seinen Händen sollten sich bald als vollkommen harmlose Abschürfungen, herausstellen. Ihr Bootsmann verband diese mit Geschick und nach einem Schluck Wasser war Olav schon wieder einigermaßen erholt, als er zu seiner Frau sprach: „Britt, danke! Das hätte wahrlich schief gehen können. Ich kann es nicht fassen, wie schnell man in eine solche Situation geraten kann. Zuerst war alles wunderbar, doch bei einem erneuten Tauchgang, spürte ich auf einmal eine ungeheure Kraft, die mich zuerst an die Felsen und dann immer weiter von Riff wegdrückte. Ich hatte nicht die geringste Chance dagegen anzukämpfen". Svörensen verschnaufte ein paar Sekunden, ehe er fortfuhr: „Die Fische dagegen hättest du sehen sollen, die schwammen ohne Mühe in jede Richtung, unvorstellbar wie gut diese Tiere an ihren Lebensraum angepasst sind." Nach einer weiteren kurzen Atempause, fuhr er, nun mit einem Lächeln im Gesicht, fort: „Trotzdem war es schön, die vielen bunten Fische, die Korallen, einfach wunderbar!", schwärmte er, als die „Odyssey" bereits gewendet war und zur Rückfahrt auf achtzehn Knoten beschleunigte.

Britt hatte einen Arm um die Schultern Olavs gelegt und die beiden saßen am untersten Deck direkt an der Reling, als sich ihnen eine wunderbare Abendstimmung am Horizont bot. Für Olav war das eben Erlebte nur eine Bestätigung für das, was er ohnedies schon für sich beschlossen hatte. Er wollte mehr von seinem Leben, ja um es einfach nur zu sagen: Er wollte einfach nur leben. Und vielleicht, und dieser Gedanke erschien ihm mit jedem Tag besser, würde er sich sogar ganz aus seinem Unternehmen zurückziehen. Der Verkauf seiner Aktien, würde ihm so viel Geld bringen, das er es niemals in seinem Leben mehr ausgeben könnte. Und niemand wusste schließlich wie lange dies dauern würde, das hat ihm der heutige Tag eindrucksvoll vor Augen geführt.

Als die Svörensen` wieder am Bootssteg ihres Anwesens angelegt hatten, erreichte der Sonnenuntergang gerade seinen Höhepunkt an Farbenpracht. Auf Drängen von Olav machten die beiden noch einen Spaziergang an ihrem zwei Kilometer langen Privatstrand, Richtung Felsenküste. Eine leichte Brise wehte vom Meer und man spürte bei jedem Atemzug die würzige, salzige Meeresluft. Die beiden spazierten barfuß und wortlos einige Minuten, ehe Olav sich seiner Frau zuwandte und wissen wollte: „An welchem Projekt arbeiten die beiden denn im Moment?" Britt blickte fragend zu ihrem Mann, denn im ersten Moment war ihr die Frage ihres Mannes nicht ganz klar. „Ach, du meinst Jens und Hartwig?"
„Ja."
„Nun, soviel ich weiß, es ist es ein geheimes….." Britt unterbrach den Satz und blickte entsetzt zu ihrem Mann. „Olav, da liegt ein Mensch am Strand!"
Er blickte schnell in jene Richtung, in die sie zeigte und erschauderte ebenfalls. „Ein Toter an unserem Strand!" Das waren seine ersten Gedanken, als er sich von seiner Frau löste, um zu dem vermeintlich Toten zu eilen. Britt blieb wie angewurzelt stehen und beobachtete, wie sich ihr Mann dem leblosen Körper am Strand näherte.

Als er nur mehr wenige Meter von ihm entfernt war, konnte er erkennen, dass es sich um einen dunkelhäutigen Mann handelt. Im Sand ringsum lagen drei kleine Trommeln zerstreut und der rechte Fuß dieses Mannes schien irgendwie unwirklich verdreht zu sein, stellte er fest, als er schließlich direkt vor dem Mann stand. Er bückte sich zu ihm nieder, nahm seine rechte Hand in die seine und versuchte einen Puls zu fühlen. Olav blickte, während er noch immer einen Puls suchte, nach oben und vermutete, dass dieser arme Mensch von dort oben heruntergestürzt war und das konnte wohl niemand überleben. Einen Moment glaubte er auch, dass der Mann tot sein musste, doch als er sich schließlich zu seiner Frau umdrehen wollte, um ihr dies mitzuteilen, spürte er ein ganz schwaches Pochen unter seinem Daumen. Schnell drehte er sich zu Britt und schrie: „Britt, der Mann lebt noch! Schnell ruf eine Rettung"! Britt versuchte verzweifelt ihr Handy mit ihren zittrigen Fingern aus der Tasche zu kramen, als Olav erneut zu ihr rief:

„Britt, nein, keine Rettung, das dauerte zu lange, ich rufe den Piloten!" Olav griff in seine Hosentasche und tippte druckvoll die Kurzwahl Nummer fünf auf dem Display nieder. Die Handykurzwahl Nummer Fünf war seinem Butler Herbert zugeordnet und dieser war für ihn immer erreichbar.

Es dauerte einige lange Sekunden, ehe sich sein Butler mit: „Herr Svörensen, was kann ich für Sie tun", meldete. „Herbert, hör genau zu. Such sofort den Heli Piloten und sag ihm, er soll schleunigst starten. Wir sind an unserem Strand, genau in der Mitte der östlichen Klippen. Dort soll er uns aufnehmen und in das nächste Krankenhaus fliegen!"
„Aber Herr Svörensen, was um Himmels…", wollte der Butler gerade fragen, als ihn sein Chef eilig unterbrach. „Tu einfach, was ich dir gesagt habe, ich erklär es dir später!" Als Britt sich ihrem Mann näherte, kam ihr der schrecklichste Moment ihres ganzen Lebens in den Sinn. Damals, als sie mit ansehen musste, wie sich ihr Sohn mehrmals überschlug, als er die steile Waldböschung hinunterfiel. Diese schrecklichen Sekunden waren durchdrungen vom markerschütternden Schrei ihres Kindes, das sich schon beim Hinunterfallen zahllose Verletzungen am Kopf und Gesicht, durch die Äste und das Gestrüpp, zugezogen hatte.
Nach einer kurzen Stille folgte ein lautes Platschen, so als hätte jemand aus großer Höhe einen Stein in den See geworfen. Und Jens ging beinahe gleich schnell wie dieser unter. Obwohl sie nur in etwa zwanzig Metern Entfernung gestanden hatte, schien ihr die Distanz zu ihrem Sohn unüberwindbar.

Kein einziger Muskel wollte sich in Bewegung setzen. Sie war wie gelähmt, obwohl sie den Befehl immer lauter in sich brüllte: „Lauf, lauf, lauf..." Panik und ein aufkommender Hass auf sich selbst erfüllten ihr gesamtes Dasein. Dann tauchte sie nach Jens. Schwerelos glitt sie immer tiefer und tiefer durch das trübe Wasser. In jenem Moment, als sie glaubte zu ersticken, erblickte sie den regungslosen Körper ihres Sohnes am Kiesgrund des Sees. Bis heute konnte sie sich weder daran erinnern, wie sie es geschafft hatte in den See zu springen, noch, wie sie Jens schließlich an die Oberfläche und das rettende Ufer gebracht hatte, (als hätte nicht sie selbst ihren Sohn vor dem Tod gerettet.)
„Atmet er?", schrie Britt panisch zu ihrem Mann.
Olav blickte zuerst erschrocken zu Britt, kniete sich aber schließlich nieder, um sein rechtes Ohr ganz nahe am Mund des Opfers zu positionieren. „Ja, er atmet, aber er röchelt schwer und da, schau Britt!" Ihr Mann deutete auf eine kleine Blutlache, die sich hinter seiner Schulter gebildet hatte und im Sand versickerte.
In diesem Moment wurde beiden klar, dass der Unfall, oder was auch immer es war, vor kurzem erst geschehen sein musste. „Der Unfallzeitpunkt kann noch nicht lange her sein", stellte Britt entsetzt fest, als ein knatterndes Geräusch, das immer lauter wurde, die baldige Ankunft des Helikopters ankündigte.

„Gott sei Dank!", sprach Britt erleichtert und machte sich daran, den Piloten mit Hilfe ihrer Arme auf sich aufmerksam zu machen. Tomanelli landete den roten Helikopter eine halbe Minute später gekonnt und einige Meter entfernt von ihnen auf den schmalen Strand. Er stellte die Maschine auf Leerlauf und eilte, mit einem Erste Hilfe Koffer in der Hand, zu den drei Menschen. Tomanelli hatte seine Helikopterausbildung beim Heer gemacht und flog auch zahlreiche Sanitätseinsätze, so war ihm schon beim Anflug die Situation sehr schnell klar geworden.

„Sehr gut Tomanelli!", sprach Olav und klopfte dem Piloten auf seine Schulter, als sich dieser über den Verletzten beugte. Er begutachtete zuerst das schrecklich verdrehte Bein des Mannes. „Ok, dieser Fuß hat eine grässliche Fraktur. Diese macht mir keine Sorgen, aber er muss eine Wunde an der linken Schulter haben. Können Sie mir helfen ihn auf die rechte Seite zu legen?" Olav packte mit an und sie drehten den bewusstlosen Mann sachte auf die rechte Seite.

Der Pilot riss von der blutigen Kleidung ein Stück herunter. „Ja, da ist es. Schaut aus wie ein Messerstich. Na wie auch immer, da müssen wir vor dem Flug jedenfalls einen Druckverband anlegen, da die Wunde sehr stark blutet."

„Was für ein Glück, dass wir in dieser misslichen Lage einen so fähigen Mann wie Tomanelli zur Verfügung haben!", dachte Olav gerade, als ihn Tomanelli bat den Druckverband nun fest auf die blutende Wunde zu pressen. Schnell und gekonnt legte er schließlich einige feste Schlingen Verband um die starke Schulter des Verletzten, um den Druck auf die Wunde zu fixieren. „Ok, das müsste halten, bis wir in Olbia sind", sprach er, mehr zu sich selbst und wandte sich nun seinem Chef zu. „Jetzt kommt der schwierigste Teil. Wir müssen ihn ganz behutsam zur Rückbank des Helis transportieren und ihn dort für den Flug gut fixieren.

Es dauerte zwar noch einige Minuten bis die zwei Männer den Schwerverletzten im Helikopter und dort fixiert hatten, aber die Sache an sich ging reibungslos vonstatten. Tomanelli schwang sich in den Pilotensitz und deutete mit einer Handbewegung zu Olav, er solle sich etwas von der Maschine entfernen, damit er starten konnte. Kurze Zeit später hob der rote Vogel ab und entschwand schnell aus dem Sichtfeld der Svörensen.

Britt und Olav standen einige Zeit schweigend da. Keiner der beiden brachte auch nur ein Wort aus sich heraus, so sehr hat sie dieses Erlebnis aus der Bahn geworfen. Das Ganze lief in einer solchen

Geschwindigkeit ab, dass sie beide nicht bemerkt hatten, dass noch einige Gegenstände des Fremden im Sand zerstreut lagen. Als Britt ihren Blick wieder vom Horizont, an dem der Helikopter nur mehr stecknadelgroß zu sehen war, löste, erblickte sie die kleinen Trommeln und den Blutfleck im Sand. „Olav, was machen wir mit den Sachen dieses Mannes?" Olav drehte sich zu seiner Frau um und erblickte nun ebenfalls die Habseligkeiten dieses Mannes.
„Ich glaube, es wird in Ordnung sein, wenn wir diese einstweilen an uns nehmen, Was mir mehr Sorgen bereitet, ist die Reaktion der Ärzte im Krankenhaus."
„Was meinst du?"
„Ja, bei diesem Mann dürfte es sich mit aller Wahrscheinlichkeit um einen illegalen Einwanderer handeln und dieser dürfte wohl kaum eine entsprechende Versicherung haben, oder?"
„Ja klar, daran habe ich noch gar nicht gedacht", sprach Britt, während sie eine der Trommeln aufhob und genauer betrachtete. Olav schmunzelte etwas, als er weiter sprach:
„Eines ist aber gewiss, die im Krankenhaus werden Augen machen, wenn ein Illegaler mit einem privaten Heli in der Klinik einfliegt." Auch Britt musste jetzt lachen, denn auch sie konnte sich diese ratlose Situation des Krankenhauspersonals durchaus vorstellen. Olav sammelte die zweite Trommel und erklärte seiner Frau:

„Ich denke wohl, dass sich Tomanelli zu helfen weiß und meinen Namen im Krankenhaus nennen wird, dann dürfte einer Behandlung wohl nichts im Wege stehen. Aber erinnere mich bitte daran, wenn wir in der Villa sind, dass ich dort anrufe."
„Ja mache…..", Britt unterbrach den Satz, als sie etwas im Sand glänzen sah. Es war ein folierter Gegenstand, der zur Hälfte im Sand eingegraben lag. Vorsichtig zog sie ihn aus dem Sand und schüttelte die feinen Sandkörner mit einer Handbewegung ab. "Olav, schau mal, was ist denn das? Das dürfte auch diesem Mann gehören!" Olav nahm die Folie von Britt entgegen und drehte den Gegenstand um die eigene Achse gegen das rötliche Licht der Sonne, die in diesem Moment gerade das Meer berührte.
„Das dürften Briefe sein, allerdings kann ich die Schrift, in der diese verfasst wurden, nicht lesen."
„Hmm, was mag da wohl drinnen stehen", dachte sich Britt und überlegte wie sie ihren Mann wohl dazu bewegen konnte, diese übersetzen zu lassen.
Die ganze Sache mit dem Sturz von der Klippe, dem Einstich in der Schulter, der wahrscheinlich von einem Messer stammte, schien doch sehr geheimnisvoll zu sein. In diesem Augenblick schoss ihr ein düsterer Gedanke durch den Kopf. „Aber, das hieße doch, es war Mord! Bestenfalls Mordversuch, sollte der Mann überleben!" Als hätte Olav denselben Gedanken wie

seine Frau gehabt, sprach er ernst: „Britt, wir müssen der Sache auf den Grund gehen, zumal das Ganze auf unserem Grund und Boden geschehen ist."
„Ja Olav, was hältst du davon, wenn wir diese Briefe übersetzen lassen, vielleicht erfahren wir dann mehr über den geheimnisvollen Mann?"
„Ja sicher, mich würde auch brennend interessieren, was hier drinnen steht", antwortete Olav und wedelte dabei mit dem kleinen, dünnen Paket in seiner Hand. „Aber jetzt komm, lass uns zurück gehen", fuhr er fort, denn für heute war es Erlebnis genug für ihn gewesen. Als die beiden nach etwa zehn Minuten den großen Pool erreichten, dessen Umgebung durch die dichte Vegetation schon beinahe dunkel war, klingelte das Handy von Olav. „Nein, jetzt nicht!", sprach er und machte auch keine Anstalten, sein Handy aus der Hosentasche zu ziehen.

„Olav, möchtest du nicht rangehen, das könnte doch auch Tomanelli sein", meinte Britt und ihr Mann zog das immer noch klingelnde Handy aus seiner Hosentasche.
„Hmm, in der Tat, das ist eine hiesige Nummer", vermutete er, nach einem Blick auf das Display und nahm den Anruf, mit einem schnellen Klick auf das grüne Telefonzeichen, entgegen. „Ja Svörensen!" Britt blickte gespannt zu ihrem Mann, konnte den

Gesprächspartner ihres Mannes aber nicht hören. Es dauerte einige Zeit, in der ihr Mann dem Anrufer geduldig zuhörte, bis er endlich sprach. „Ja, das geht schon in Ordnung, ich übernehme die Verantwortung für den Mann und ich werde mich morgen bei ihnen melden, genügt ihnen das im Moment?" Wieder dauerte es etwas, ehe Olav erneut sprach: „Können Sie mir sagen, wie es um den Mann bestellt ist, wird er durchkommen?" Es dauerte nur einige Sekunden bis Olav mit „danke" das Gespräch beendete.

„Es war das Krankenhaus, das sind so richtige Hosenscheißer, entschuldige Britt, aber ist doch wahr. Wird ein Schwerstverletzter eingeliefert, geht es doch um jede Sekunde und was machen die? Sich Sorgen um eine fehlende Versicherungskarte!", sprach er entrüstet und setzte nach: „Ja, wie wir vorhin schon vermutet hatten, wenngleich viel dramatischer für den Mann."

„Und was hat der Arzt gesagt, wird er durchkommen?"

„Kann er noch nicht sagen, aber ich denke, morgen wissen wir mehr."

Herbert, der Butler, erwartete vor der Villa ungeduldig seine Herrschaft und lief ihnen, sobald er sie erblickt hatte, entgegen. „Was ist geschehen?"

„Uns geht es gut Herbert, wir haben am Strand einen schwerverletzten, dunkelhäutigen Mann gefunden. Für ihn haben wir den Hubschrauber benötigt", klärte Olav die Situation für den nervösen Butler auf.
„Aber, was ist dann mit ihren Händen?"
„Ach das, nein, das ist harmlos und hat nichts mit dem Mann zu tun."
"Gott sei dank ist ihnen nichts Ernsthaftes geschehen!", erwiderte der Butler sichtlich erleichtert und setzte nach: „Wie kommt aber ein schwarzer Mann an ihren Strand und noch dazu schwer verletzt?"
„Ja Herbert", antwortete Britt, "das würden wir auch gerne wissen."
„Apropos Britt, weil du gerade davon sprichst, wie wäre es, wenn ich mich noch vor dem Abendessen an den Computer setze und die Briefe nach Frankfurt maile. Jetzt ist das Büro noch besetzt und vielleicht haben wir dann bis morgen eine Übersetzung hier."
„Natürlich Olav, ich bin auch schon gespannt, was wir aus diesen wohl erfahren können."
Olav wollte sich gerade auf den Weg zu seinem Büro in der Villa machen, als ihn Britt mit ihrer rechten Hand zurück hielt. Ihr Butler verstand die Situation und den Blick seiner Chefin gleich und verabschiedete sich: „Dann mache ich mich an die Arbeit, um für das Abendessen alles vorzubereiten. Wie immer auf der Terrasse?"

„Ja, danke Herbert", beantwortete Britt die Frage des Butlers und drehte sich zu Olav um. Einige Momente blickte sie ihm einfach nur in seine Augen, als könnte sie darin etwas lesen. Dann legte sie ihre Hand, mit dem sie ihn zurückgehalten hatte auf seine rechte Wange und streichelte sanft über seine helle Haut, als sie sprach: „Olav, ich kann dir gar nicht sagen, wie glücklich du mich heute gemacht hast. Es war dir nicht einfach egal, was aus diesem Menschen wird und du opferst sogar dein Eigentum für dessen Genesung. Das finde ich einfach wunderbar, Olav." Olav lächelte, beinahe wie damals, als er ein junger Mann war und sie sich kennen gelernt hatten, als er schließlich sprach:

„Britt, soll ich dir was sagen…? Es war ein wunderbares Gefühl jemanden helfen zu können, aber ich bedauere tief in meinem Herzen, dass ich so lange in meinem Leben, für etwas, was mir niemals ein solches Glücksgefühl gab, verschwendet habe."
„Dafür ist es niemals zu spät", beruhigte ihn Britt.
„Ich weiß und ich habe einiges gut zu machen. Heute werde ich damit anfangen."
„Ja Olav, lass es uns zusammen machen."
„Das machen wir", antwortete er sichtlich gerührt und nahm die Hand seiner Frau, um gemeinsam mit ihr in die Villa zu gehen.

*

Das etwa dreißig Quadratmeter große, und helle Büro mit Meerblick, befand sich im Westflügel der Villa und war mit allen erdenklichen technischen Errungenschaften des einundzwanzigsten Jahrhunderts ausgestattet. Neben einem üblichen, wenn auch sehr eleganten Büroinventar, prangte an der Büro Wand der Nordseite eine zwei Mal drei Meter große Leinwand.

Diese diente dazu, bei den zahlreichen Videokonferenzen, die Gesprächspartner Svörensen in einer angenehmen Größe darzustellen. Zur Projektion des Bildes aus dem Internet diente ein lichtstarker Beamer, der aus der Bürodecke ausfahrbar war. Für den heutigen Zweck würde es aber auch ein normaler Computer mit Internetanschluss tun, den Olav gerade hochfuhr. Es dauerte nur ein paar Sekunden, ehe sich der Begrüßungsbildschirm zeigte und er seinen Geheimcode zur Freigabe des Menüs, eintippte. Nachdem er sich mit einem Blick auf eine grün blinkende Lampe versichert hatte, dass der Scanner nicht mehr im Standby Modus lief, nahm er sachte die Folie mit den Briefen zur Hand, öffnete diese behutsam und entnahm insgesamt zwei Briefe und ein Foto. Sofort sah er sich das etwas vergilbte und unprofessionelle wirkende Foto genauer an. Bei dem abgebildeten Mann dürfte es sich mit aller Wahrscheinlichkeit um jenen handeln, den sie heute am Strand gefunden hatten. Wenngleich er auch auf diesem Lichtbild um einige Jahre jünger erschien. Daneben stand eine etwa einen Kopf kleinere Frau und insgesamt drei Kinder. Daneben ein großer und ein kleiner Junge und ein Mädchen.

Svörensen drehte das Foto um und entdeckte eine kurze Notiz auf der Rückseite. Diese war, wie auch die Briefe in arabischen Buchstaben geschrieben, aber sehr verblasst. Auch diese Notiz und das Foto, würde er einscannen und dann nach Frankfurt senden. Vielleicht konnten Experten das verwaschene Gekritzel wieder lesbar machen. Die gesamte Arbeit dauerte lediglich einige Minuten, bis alle Dateien, in einer PDF zusammengefasst und im Anhang eines E-Mails, in sein Frankfurter Büro unterwegs waren. Olav wartete einen Moment zu, um auf eine eventuelle Rückmeldung aus seinem Büro zu warten. Es dauerte keine Minute, ehe ein harmonisches Signal die Bestätigungs-E-Mail seiner Sekretärin ankündete.

„Sehr geehrter Herr Svörensen,

danke für ihre Nachricht, die Daten sind angekommen und werden sofort zur Bearbeitung an die gewünschten Büros weitergeleitet.

Mit freundlichen Grüßen aus Frankfurt!
Sabine Wohlmutter

Olav Svörensen verließ zufrieden sein Büro, um sich für das Abendessen frisch zu machen.

Auch für dieses viergängige Menü hatte sich ihre Köchin Maria wieder mächtig ins Zeug gelegt und verwöhnte ihre Gäste mit allem, was das Mittelmeer und insbesondere die Insel Sardinien zu bieten hatte.

Niemals wurde von den Svörensen ein Wunsch oder gar ein Menüvorschlag an Maria herangetragen, denn das hätte die ältere Dame schlichtweg aus der Bahn geworfen. In Sardinien ist es nicht üblich in ein Restaurant *„Alla Mama"* zu gehen und nach einem Menü zu verlangen. Hier wurde aufgetischt, was Mama heute zu kochen pflegte. Auch in der Villa der Svörensen. Die beiden störte diese Eigenart ihrer Köchin keineswegs, denn nach a la carte aßen sie beide in Deutschland oder Schweden zur Genüge. Im Gegenteil, irgendwie brachte jedes Essen hier eine gewisse Spannung mit sich und diese war keinesfalls zu verachten.

Das Gesprächsthema am phantasiereich gedeckten Abendtisch mit Kerzenbeleuchtung, sollte sich weiterhin rund um die Ereignisse dieses Tages drehen. Olav dankte seiner Frau nochmals von ganzem Herzen für ihre Besonnenheit bei seinem Ungeschick und berichtete auch von seiner Entdeckung im Büro.

„Der Mann muss eine Familie haben, denn unter den Briefen fand ich ein älteres, etwas vergilbtes Foto, das eindeutig unseren Verletzten mit einer Frau und drei Kindern zeigt."
„Auch das noch, so eine große Familie", antwortete Britt bestürzt, als sich Tomanelli gerade ihrem Tisch näherte. Beiden war entgangen, dass dieser inzwischen wieder zurück vom Krankenhaus war. Olav war bei seiner Landung im Büro und Britt im Bad beschäftigt, so hörten beide den landenden Hubschrauber nicht. Immerhin befindet sich der Landeplatz etwa zweihundert Meter vom Haus entfernt.
„Ah Tomanelli und wie ist es Ihnen ergangen?", fragte Olav.
„Hallo Frau Svörensen", grüßte der Pilot zuerst Britt, als er schließlich zu Olav wandte, antwortete er: „Die Gesichter der Ärzte, oder was es auch immer waren, hätten sie sehen sollen. Als ich am Landeplatz aufsetzte, kamen schon zwei Männer und eine Frau im weißen

Kittel und im Laufschritt mit einer Bahre gerannt, um den verletzten Mann aus der Maschine zu holen. Als sie dann aber sahen, wer da auf dem Rücksitz der Maschine lag, blickten sie mich verwirrt, ja ungläubig an. Ich machte ihnen, vielleicht etwas grob, aber unmissverständlich klar, dass der Mann ihrer schnellen Hilfe bedurfte, egal was und wer er auch immer war. Und sie sollten sich einfach an sie wenden, wenn irgendwelche Probleme auftauchen sollten. Auch, wenn sich am Zustand dieses Mannes etwas ändern sollte."
„Sehr gut Tomanelli, das haben sie ausgezeichnet gemacht. Haben sie schon zu Abend gegessen?"
„Nein, Herr Svörensen."
„Ja dann setzen sie sich doch zu uns, ich bin mir sicher, dass Maria genügend in ihren Töpfen hat, das auch für uns drei reicht. Außerdem haben wir Ihnen für ihren wertvollen Einsatz heute noch zu danken", sprach Olav und deutete mit einer ausladenden Geste seinem Butler, dass am Tisch noch ein Gedeck für den Piloten benötigt wird.

Der erste Gang, nach seiner Morgentoilette, führte Olav direkt in sein Büro, wo der Computer im Standby Modus lief. Er war neugierig, das musste er sich eingestehen, als er schließlich auf das Postfach seiner E-Maileingänge zugriff.

„Ja, da ist es", sprach er leise zu sich selbst, als er die erhoffte Datei unter den etwa zwanzig anderen Nachrichten, mit einem Klick auf den Ordner öffnete. Es dauerte ein paar Sekunden, ehe die Datei vom Server heruntergeladen war. Schließlich öffnete er, die im Anhang befindliche PDF Datei, und sendete die Daten an seinen Drucker. Als das Gerät seine Arbeit vollendet hatte, schnappte er sich die Seiten und war voller Spannung, was den Inhalt betraf. Zu diesem Zeitpunkt konnte er ja nicht ahnen, dass diese Seiten, einen Teil einer traurigen Geschichte preisgeben werden, an der auch er eine Mitschuld trug. Als er die Terrasse betrat, saß Britt noch nicht am Frühstückstisch und so blickte er neugierig auf die erste Seite des Ausdrucks. Diese beinhaltete die Daten zum Foto und die lauteten:

Wir konnten die Daten wieder rekonstruieren und sie lautet:
Familie in Noumghar im Mai 2000, vor der Flucht nach Europa. Foto von Paki.

„Hm, Noumghar sagte ihm nichts, aber es dürfte sich um eine Ortschaft handeln", dachte er, als Britt sich zu ihm an den Tisch gesellte.

„Guten Morgen Olav, hast du die Übersetzungen tatsächlich bekommen?", fragte sie ihn, und ließ sich vom Butler den Kaffee einschenken.

„Ja, es hat über Nacht geklappt, Sabine ist eine wahrlich tüchtige Sekretärin", antwortete er und blätterte um, zur Seite zwei. Olav las den ersten Satz und blickte dann zu seiner Frau. „Soll ich es nach dem Frühstück vorlesen, oder willst du den Inhalt gleich erfahren?"

„Nein, nur zu, ich bin doch auch sehr gespannt, was da drinnen steht!", antwortete Britt und Olav begann zu lesen.

Mein lieber Akin,

mein Herz ist voll unbeschreiblicher Freude, denn heute habe ich von Paki erfahren, dass du die gefährliche Flucht nach Europa gesund überstanden hast. Endlich sind die vielen Monate der Ungewissheit vorbei und ich kann wieder Hoffnung haben, dass wir uns in diesem Leben der einst wieder begegnen werden. Ich möchte dir, auch im Namen unserer vier Kinder, für das Geld, das er uns übergeben hat, danken.

Es wird uns bestimmt eine große Hilfe sein, Getreide und Obst für das kommende Jahr zu kaufen. Du weißt, dass ich damals gegen deine Flucht war, aber heute danke ich Allah, dass es so gekommen ist, denn ich wüsste nicht, wie ich die Kinder, ohne dieses Geld, im nächsten Jahr ernähren könnte. Es ist ja vor eineinhalb Jahren noch ein Junge zum Versorgen dazukommen. Noch bekommt er, das was er braucht, von mir. Aber ich weiß nicht, wie lange ich ihm noch meine Brust geben kann. Ja Akin, du bist wieder Vater geworden von einem strammen und kräftigen Jungen, dem wir den Namen Elimo, nach deinem Großvater, gegeben haben.

Du fehlst uns so sehr, ich kann diese Leere in mir nicht in Worte fassen. Hätte ich die Kinder nicht, ich wüsste nicht, ob ich noch weiterleben könnte. Mabili, unser erster Sohn, ist mir aber eine große Stütze in allem. Nicht nur, dass er unermüdlich auf dem Meer ist, um uns wenigstens etwas Fisch zu fangen, so ist er auch eine Stütze für meine Seele. Er, aber auch alle anderen Kinder, halten mich am Leben und jeden Tag, wenn ich erwache, habe ich nur einen Wunsch, dich eines Tages wieder zu sehen. Ich bitte dich nur eines: Pass auf dich auf in diesem Europa, dass mein Traum.....

Olav verstummte und las die Anmerkung in, Gedanken.

Anmerkung des Übersetzers:
Der weitere Inhalt dieses Briefes wurde wahrscheinlich durch Einfluss von Nässe dermaßen in Mitleidenschaft gezogen, dass eine Übersetzung nur bis zum Wort Traum möglich war.

Britt war sprachlos, nachdem Olav geendet hatte und das Papier langsam, neben seine Kaffeeschale, auf den Tisch legte. „Mein Gott, das ist ja unfassbar, was da drinnen steht", stellte sie entsetzt und mitgenommen zu ihrem Mann gerichtet fest. „Ja, das klingt in der Tat nicht gut und wir hatten recht in der Annahme, dass er illegal hier ist und es seine Familie ist, die auf dem Foto abgebildet ist."
„Olav, du musst dir das einmal vorstellen. Der Mann musste hierher flüchten, damit er seiner Familie Geld für Nahrung schicken kann und hatte somit nicht einmal die Geburt seines jüngsten Kindes miterleben dürfen. Schrecklich, einfach schrecklich. Was mag in dem Dorf wohl geschehen sein?" Olav erschrak bei dieser Frage seiner Frau sichtlich, denn im Gegensatz zu ihr, konnte er sich den Grund dafür durchaus vorstellen. Nur bisweilen hatte diese Ungerechtigkeit, die sich an der afrikanischen Küste zugetragen hat, und

an der auch er zweifellos eine gewisse Mitschuld trug, keinen Namen.

Das hatte sich, mit dem gestrigen Tag, schlagartig geändert. Das Vibrieren seines Handys in der Hosentasche war eine willkommene Ablenkung seiner schuldbewussten Gedanken. Als Olav auf das Display blickte, erkannte er, dass es wieder dieselbe Nummer wie gestern am Strand war und hoffte inständig auf gute Nachrichten, als er den Anruf mit „Svörensen" entgegen nahm. Er hörte aufmerksam seinem Gesprächspartner zu und mit Fortdauer des Gesprächs hellte sich seine Stimmung mehr und mehr auf. Britt verfolgte das Gespräch gespannt und konnte annehmen, dass es gute Nachrichten waren, die ihr Mann soeben erhielt. Nach geraumer Zeit verabschiedete sich Olav vom Anrufer mit: „Vielen Dank für ihren Anruf und die guten Nachrichten. Ich komme noch heute persönliche vorbei", und steckte sein Handy wieder in die Hosentasche.

„Und?", wollte Britt gespannt wissen.

„Ja, die Notoperation, die einige Stunden gedauert hatte, ist gut verlaufen. Das gebrochene Bein war dabei das kleinste Übel. Vielmehr war es die Stichverletzung, die nur um wenige Zentimeter die Lunge verfehlte hatte und damit den Ärzten einiges an Können abverlangte. Wie es im Moment aussieht, ist der Mann über den Berg."

„Das ist schön", meinte Britt sichtlich erleichtert und setzte fort. „Wollen wir nun das Frühstück einnehmen oder uns vorher den zweiten Brief ansehen?"
„Nein Britt, ich brauche jetzt etwas Zeit, um den Inhalt des ersten zu überdenken, lass uns frühstücken und dann weitermachen, in Ordnung?" Britt nickte zustimmend und rief Herbert, der in einiger Entfernung von den beiden auf Anweisungen wartete, an den Tisch.

Das Wetter war wolkenlos, kein Wind und schon jetzt, um neun Uhr morgens, war die Temperatur auf herrliche einundzwanzig Grad geklettert. Trotz dieses angenehmen Morgens, verspürte Olav keinen so rechten Appetit. Immer wieder umkreisten seine Gedanken den Inhalt dieses Briefes. Sollte er die Hilfe für den Mann auf ein Minimum reduzieren, die Rechnung für ihn bezahlen und das war es dann? Würde Britt damit einverstanden sein? Wohl kaum.
Aber vor allem, was würde sie sagen, wenn herauskommen sollte, dass vorwiegend er es war, der diese mächtigen Trawler gebaut hatte? Auf der anderen Seite beruhigte er sich wieder mit Gedanken wie diesen: „Wenn ich sie nicht gebaut hätte, dann wäre es eben ein anderer gewesen und das Resultat wäre schließlich dasselbe."
Mit einem innerlich lauten „Nein!" zu sich selbst, verscheuchte er all diese Gedanken aus seinem Kopf

und entschloss sich, den steinigeren Weg zu gehen. Er würde diesem Mann, so gut er konnte, helfen. Ihn wieder zu seiner Familie bringen und somit vielleicht einen kleinen Teil seiner Schuld wieder gutmachen.
Britt bemerkte, dass ihr Mann nur auf seinem Frühstücksteller herumstocherte und fragte: „Olav, hast du keinen Hunger oder schmeckt es dir nicht?"
„Nein nein, alles in Ordnung!", antwortete er etwas erschrocken und belegte eine Scheibe Weißbrot mit ein paar hauchdünnen Scheiben des zarten Schinkens. Das weitere Frühstück verlief ohne Konversation und als Herbert schließlich das Geschirr abräumte, machte sich Olav daran, den zweiten Brief Britt vorzulesen. Er setzte die elegante silberfarbene Lesebrille, die er seit einem Jahr zum Lesen benötigte, auf seine schmale, gerade Nase und begann laut zu lesen:

Lieber Akin,

nun sind schon mehr als fünf Jahre vergangen, seit wir uns das letzte Mal gesehen haben. Mir kommt es vor, als wäre es eine Ewigkeit, aber ich will nicht jammern, sondern dir danken für deine neuerliche große Unterstützung.
Dein erstes Geld hatte gereicht, um uns, und sogar einigen unserer Freunde, mit Weizen, Mais und sogar etwas Gemüse und Obst zu versorgen. Da es dieses Mal noch mehr Geld ist, bin ich voll des Mutes, dass es uns wiederum für einige Zeit

ein gutes Überleben sichern wird. Ich weiß nicht, wie es dir möglich ist, so viel Geld an uns zu senden. Daher bitte ich dich, jetzt auf dich zu schauen. Geht es dir wirklich gut, hast auch du genug zu essen? Bitte schaue auf deine Gesundheit, denn ich habe meinen Traum, dich wieder in meine Arme zu schließen nie aufgegeben. Den Kindern geht es allen sehr gut. Unser kleiner Elimo redet schon viel, aber vor allem von seinem Papa, von dem ich ihm immer wieder erzähle. Mabili ist inzwischen zum Mann geworden und du wärst bestimmt voll Stolz, wenn du ihn sehen könntest. Ansonsten hat sich in Noumghar nicht viel verändert, außer dass vor einem Monat zwei der Männer, die in Nouachkott ihr Glück versucht hatten, vollkommen unterernährt zurück gekommen sind. Nachdem wir alle hier im Dorf etwas von unserem spärlichen Reserven abgaben, damit sich die armen Männer erholen konnten, berichteten sie von unvorstellbaren Bedingungen, unter denen sie leben mussten. Die beiden waren die einzigen, die noch am Leben waren und diese Nachricht löste im Dorf eine große Trauer aus. Auch von jenen Männern, die einst mit dem ersten Boot nach Europa segelten, fehlt bis heute jede Spur.

Aber ich will dich nicht mit schlechten Nachrichten quälen, weil ich weiß, dass auch du es nicht leicht hast, dort im fernen Europa. Ich hatte vor einigen Tagen einen Traum, in dem mir der alte Elimas in einem weißen Segelboot begegnete. Es war ein wundervolles Erlebnis. Er sprach nicht mit mir, aber sein

Gesicht, sein aufmunterndes Lächeln, sprach auch ohne Worte zu mir: "Akin wird eines Tages wiederkommen, denn der Delphin, den er dir als Morgengabe geschnitzt hatte, ist noch nicht vollendet. Auf dem Sockel fehlt dein und sein Name." Bis die Prophezeiung zur Gewissheit wird, denken wir alle an dich, jeden Tag, jede Minute und jede Sekunde. Sei dir unseres Dankes und unserer Herzen für dich immer bewusst und gib acht auf dich, mein lieber Akin.

Malenga   Ouguiyas
312.928,-

Olav nahm seine Lesebrille wieder ab, blätterte die Seiten zurück und legte, dieses liebevoll geschriebene Zeugnis, eines wahren menschlichen Dramas, auf den reich gedeckten Frühstückstisch. Jede Zeile, die er seiner Frau vorgelesen hatte, stärkte ihn in seinem Ziel, seine Zukunft in ganz andere Bahnen zu lenken.
Bisher bestand sein ganzer Lebensinhalt im Nehmen. Im Ansammeln von Geld, Besitztum, Macht und vielen anderen materiellen Gegenständen. Gestern aber bemerkte er, dass jemandem zu helfen viel mehr in einem auszulösen vermag, als er es jemals für möglich gehalten hätte.

„Britt, ich muss dir etwas sagen", sprach er und in Gedanken galt es für ihn nun endlich einen Anfang in diese Richtung zu machen.

„Ja?", erwiderte seine Frau.

„Du weißt, dass bei diesem und noch vielen weiteren Schicksalen auch irgendwie meine Firma die Hand im Spiel hat." Jetzt war es raus und er beobachtete gespannt die Reaktion seiner Frau auf seine Offenbarung. Britt aber blieb ganz ruhig, auch konnte er keinerlei Veränderung in ihrem Gesichtsausdruck erfassen, als sie schließlich antwortete: „Olav, ich mag zwar manchmal etwas naiv sein und ich habe mich auch niemals allzu sehr für deine Geschäfte interessiert. Aber ich bin nicht dumm und ich kann eins und eins zusammen zählen. Aber ich verurteile dich dafür nicht, denn schlussendlich leben ich und die Familien deiner tausenden Mitarbeiter vom Erfolg deiner Unternehmen. Es gibt nicht nur eine Seite, auch eine Münze hat zwei Seiten.

Wobei ich mir schon wünschen würde, dass du den Weg, den du in letzter Zeit eingeschlagen hast, fortsetzen wirst. Denn es ist ein guter, und ich werde dich dabei unterstützen, so gut ich kann." Olav suchte mit seiner Hand einen Weg über den reich gedeckten Tisch und nahm die Hand seiner Frau in die seine.

„Danke mein Schatz, danke, dass du immer zu mir gehalten hast, egal wie unfair ich dir und Jens

gegenüber auch war. Ich werde jetzt ins Krankenhaus fahren und dann anschließend nach Frankfurt fliegen."
Britt blickte erstaunt zu ihrem Mann, als er den Flug nach Frankfurt erwähnte.
„Keine Sorge, in ein paar Tagen bin ich wieder zurück, aber es gibt einige Dinge, die ich in Gang setzen muss, damit ich mich aus dem Tagesgeschäft meiner Firmen zurückziehen kann."

Es dauerte keine halbe Stunde, ehe Olav in seinem silbernen Mercedes Cabrio saß, und seine Villa am Meer in Richtung Olbia, verließ. Als sich das vollautomatische, schmiedeeiserne Tor am Ende des Grundstücks öffnete, tippte er die Nummer seines Piloten in das Handy, um ihn über seine verfrühte Abreise zu informieren. Es dauerte einige Sekunden, ehe sich Paulsen meldete. „Paulsen, was kann ich für Sie tun, Herr Svörensen?"

„Hallo Kapitän Paulsen, können Sie mich, so gegen Mittag, nach Frankfurt zurück fliegen, bekommen Sie das hin?"

„Ja, das müsste gehen, die Crew ist hier im selben Hotel und wir können es sicherlich schaffen in einer Stunde aufzubrechen. Ja ich denke schon."

„Wunderbar, dann sehen wir uns um Punkt zwölf am Hangar, danke!"

„Gerne, bis zwölf dann."

Olav hielt nach einigen Metern an einer Ausweiche den Wagen an, um das Krankenhaus in das Navi einzugeben. Schnell war die Route berechnet und er genoss die Fahrt mit offenem Verdeck, bis er nach vierzig Minuten schließlich das Krankenhaus in Olbia erreichte.

Nachdem er den Wagen am Parkplatz für Besucher abgestellt hatte, betrat er das weiße Gebäude durch den Haupteingang, der ihn direkt zur Auskunft hinführte. Zwei junge Leute vor ihm, benötigten ebenfalls eine Information bezüglich eines verunglückten Freundes und bekamen diese sehr freundlich von der älteren Dame hinter dem Schalter. Als Olav an die Reihe kam, wusste er gar nicht so recht, was er die Frau eigentlich fragen sollte. Den Namen des Patienten wussten ja in der Zwischenzeit nur er und Britt. „Bitte schön, was kann ich für Sie tun?", fragte die Angestellte schließlich, als sie keine Frage von ihrem Besucher zu hören bekam.

„Gestern wurde ein Schwarzafrikaner mit dem Helikopter eingeliefert. Ich möchte gerne ihn und den behandelnden Arzt sprechen, ist das möglich?"
„Ah, dann sind Sie Herr Svörensen?"
„Ja, richtig."
„Dr. Albertini finden Sie im Parterre, wenn Sie hier diesen Gang nehmen, dann ist sein Büro die dritte Türe auf der rechten Seite. Er kann Sie dann auch zum Patienten führen, wenn dessen Zustand einen Besuch erlaubt."
Mit den Worten „herzlichen Dank", nahm er sein Gesicht vom ovalen Loch in der Glasscheibe und machte sich auf den Weg zum Arzt.
„Herr Svörensen, bitte warten Sie!", hallte die dunkle Stimme, der Frau in der Auskunft, durch die Eingangshalle.
„Ja", erwiderte Olav, als er seinen Kopf wieder an jenem ovalen Loch in der Glasscheibe positioniert hatte.
„Heute Morgen, waren schon zwei Carabinieri, Sie wissen ja, wegen diesem, na ja, schwarzen Mannes da. Hier ist eine Karte. Sie bitten um Ihren Anruf, besser noch wäre, wenn Sie sich in der Quästur di Olbia, persönlich melden könnten." Olav nahm die Karte entgegen, verstaute diese im Brustfach seines Hemdes und verabschiedete sich von der Dame hinter Glas.
„Danke, mach ich."

Als er schließlich vor der Türe von Dr. Albertini stand, vernahm er durch die Türe ein Gespräch in dessen Büro. Er klopfte hörbar an die Türe und trat noch im selben Moment in das kleine, schlicht wirkende, aber helle Büro. Der etwa fünfzigjährige, sportlich wirkende und schon leicht ergraute Arzt, hinter dem Schreibtisch, blickte zuerst etwas verärgert über den unaufgeforderten Eintritt des Besuchers. Er schien sich aber bald im Klaren zu sein, wer da nun vor ihm stand.
„Dr. Albertini, Sie müssen Herr Svörensen sein."
„Guten Tag", erwiderte Olav.

Albertini deutete nun zu seinem Gesprächspartner, der vor seinem Schreibtisch in einem Sessel saß und stellte den Mann als „Dr. Pazanella vor. „Angenehm", grüßte dieser Svörensen und setzte nun zu seinem Kollegen gerichtet fort: „Paolo, wir haben eigentlich alles besprochen, dann mach ich mich auf den Weg zum Operationssaal und lass Sie mit Herrn Svörensen alleine."
„Viel Glück!", wünschte Albertini seinem Kollegen, der sich grüßend aus dem Büro entfernte und deutete Svörensen mit einer Handbewegung, dass er sich auf den Stuhl vor dem Schreibtisch setzen solle.
„Zuerst meinen herzlichen Dank, dass Sie Zeit gefunden haben, hier persönlich zu erscheinen. Ich muss schon sagen, so ein Fall ist mir, in meiner

bisherigen Praxis, noch niemals untergekommen. Damit meine ich aber nicht die Ankunft im privaten Helikopter, sondern viel mehr die Konstitution dieses Mannes." Der Arzt machte eine kurze Pause ehe er fortsetzte: „Herr Svörensen, eigentlich müsste dieser Mann tot sein."
„Wie meinen Sie das?"
„Na, ich weiß jetzt nicht genau, wie tief der Mann genau gefallen war…"
„Etwa zwanzig Meter beträgt die Höhe der Klippen, von denen er gestürzt sein musste", klärte ihn Olav auf.
„Das ist viel höher, als ich angenommen hatte, einfach unglaublich. Jedenfalls dürfte zum einen, der weiche Sand des Strandes den Fall etwas gedämpft haben und zum anderen, verfügt dieser Mann über eine außerordentliche Konstitution, die ihm wahrscheinlich das Leben gerettet hat. Für einen Vierzigjährigen hat er…..ach übrigens kennen Sie seinen Namen?"
„Ja, er heißt Akin."
„Akin und weiter?", wollte Dr. Albertini noch wissen und notierte den Vornamen auf die Krankenakte, die vor ihm am Schreibtisch lag.
„Wir kennen nur seinen Vornamen."
„Ach so, ja wenigstens können wir ihn jetzt mit seinem Vornamen ansprechen…..wo war ich nochmals stehen geblieben?"
„Beim Vierzigjährigen.", half Olav ihm auf die Sprünge.

„Genau, wie gesagt. Für einen Vierzigjährigen hat der Mann eine unglaubliche Muskulatur, die man hier bei uns nicht einmal bei den meisten Zwanzigjährigen findet. Die Umstände, also der gebremste Fall, die stützende Muskulatur und sein allgemein ausgezeichneter Zustand und nicht zuletzt das große Glück, dass der Einstich des Messers nicht seine Lunge durchbohrt hat. Dies sind alles Faktoren, die für seinen stabilen Zustand verantwortlich sind. Aber dieser Mann muss auch einen ungeheuren Lebenswillen haben. Zweimal drohte er uns am Operationstisch zu entgleiten und jedes Mal kam er von alleine wieder zurück. Wie gesagt, so etwas habe ich noch niemals erlebt." Olav lächelte, als er den Befund des Arztes hörte, denn er ahnte durchaus, woher dieser enorme Lebenswille rührte.

„Dr. Albertini, kann ich mit ihm sprechen?"

„Nun ja, er liegt im Moment auf der Intensivstation, aber es wäre möglich, dass er mittlerweile aufgewacht ist. Lassen Sie uns doch einfach nachsehen.", schlug Albertini Svörensen vor und die beiden Männer machten sich auf den Weg zur Intensivstation. Als sie diese tristen Räumlichkeiten, mit ihrer enorm aufwändigen Technik und den damit verbunden Geräuschen, erreicht, verspürte Olav ein wenig Aufregung. Den Grund dafür konnte er sich nicht so recht erklären, schließlich hatte er schon mit Politikern, namhaften Prominenten, gewinkelten Advokaten und vielen wichtigen Leuten Gespräche geführt. Nicht selten ging es dabei um Millionenaufträge, die tausende Arbeitsplätze sichern oder gefährden würden. Aber irgendetwas war es, was ihm einen außergewöhnlichen Respekt vor diesem Mann einflößte. Dr. Albertini öffnete sachte und leise die graue Tür und zwei Patienten, verbunden durch transparente Schläuche mit unzähligen piepsenden und saugenden Geräten, kamen in Olavs Blickfeld. Als er das Zimmer betrat, schienen beide nicht wach zu sein. Der Arzt bückte sich zu Akin und fragte leise: „Akin, ich bin Dr. Albertini, können Sie mich hören?" Der Mann rührte sich nicht. Auch nicht, als er die Frage noch einige Male und nun etwas lauter wiederholte. Dr. Albertini blickte zu Olav und sprach: „Lassen wir ihm noch etwas Zeit, es ist besser, wenn er langsam und selbst erwacht."

„Ich denke in ein paar Tagen wird er wieder soweit genesen sein, dass Sie mit ihm sprechen können." Dr. Albertini legte seine linke Hand auf die rechte Schulter Olavs und schob ihn sanft vor sich hin und hinaus aus dem warmen Raum, in den Gang. „Würden Sie mir nochmals in mein Büro folgen, ich bräuchte noch eine Unterschrift von Ihnen, für die spätere Abrechnung der Aufwendungen.", bat der Arzt, während er die Türe wieder sachte hinter den beiden schloss.

„Natürlich Doktor."

„Dann kommen Sie, aber sagen Sie mal. Eines verstehe ich immer noch nicht. Warum übernehmen Sie die Verantwortung für diesen Mann, den Sie ja anscheinend auch nicht kennen?", wollte der Arzt, als sie beide den Gang entlang gingen, wissen.

„Ja, das ist eine längere Geschichte, und um Sie Ihnen zu erzählen, fehlt uns wohl beiden die Zeit, nicht."
„Ja, da haben Sie recht, Herr Svörensen. Wie auch immer, Sie werden ja einen triftigen Grund haben."
Nachdem Olav vor dem behandelnden Arzt den Papierkram unterschrieben und somit die anfallenden Kosten für Akin übernommen hatte, machte er sich auf den Weg zum Flughafen von Olbia. Bei der etwa fünfzig Minuten dauernden Fahrt informierte er zuerst Britt über den Verlauf des Gespräches mit dem Arzt und tippte anschließend die Nummer von der Karte der Carabiniere in sein Mobiltelefon. Es läutete nur einmal, als sich bereits eine freundliche Männerstimme mit: „Quästur di Olbia" meldete.
„Guten Tag, Svörensen mein Name, ich soll mich bei Kommissario Max Constantin melden."
„Einen Moment, ich verbinde!", erwiderte der freundliche Mann und es dauerte einige Sekunden, in denen eine klassische Musik, dessen Titel ihm gerade

nicht einfallen wollte, ertönte, bis sich der gewünschte Kommisario meldete.

„Max Constantin, was kann ich für sie tun?"

„Ja hier ist Svörensen, Sie wollten mich sprechen. Es geht um den verletzten schwarzen Mann."

„Ach ja, danke vielmals für Ihren Rückruf. Herr Svörensen, stimmt meine Information, dass der Mann auf Ihrem privaten Strand gefunden wurde?"

„Ja, das stimmt.", antwortete Olav.

„Nun dann geht es um zwei Punkte. Der erste ist jener, dass uns das Krankenhaus darüber informiert hat, dass der Mann eine Stichwunde – vermutlich durch ein Messer - in seiner linken Schulter davon getragen hat und dieser Tatsache müssen wir natürlich nachgehen. Der zweite Punkt ist, dass dieser Mann illegal im Land ist. Also, es gibt eine Menge zu besprechen und uns wäre es am liebsten, wenn wir das persönlich, hier auf dem Revier machen könnten. Ist das möglich für Sie?"

Olav musste, während der Carabinieri sprach, seinen Mercedes abrupt abbremsen, da sich plötzlich vor ihm ein Stau gebildet hatte. Als das Fahrzeug schließlich, mit nur wenigen Zentimetern Abstand zum nächsten, stehen blieb, antwortete er: „Herr Constantin, auch wenn ich wahrscheinlich nicht allzu viel zur Wahrheitsfindung beitragen kann, komme ich gerne Ihrer Einladung nach. Aber frühestens übermorgen, denn ich fliege in etwa einer Stunde nach Frankfurt."

„Hm….", ertönte es nachdenklich aus der Freisprecheinrichtung des Mercedes. Nach einer kurzen Pause sprach der Beamte weiter:
„Ja natürlich, da kann man nichts machen und der Mann kann im Moment ja sowieso nicht davon laufen. Geht in Ordnung, Sie melden sich bei mir, wenn Sie von Frankfurt wieder zurück sind, ja?"
„Mach ich, schönen Tag noch", sprach Olav und war froh, dass sich der Stau wieder langsam auflöste. Seit einigen Jahren saß er öfter in einem Hubschrauber oder Jet als in einem Auto, und somit waren Staus beinahe aus seiner Erinnerung verschwunden.
Nun ging es endlich wieder zügig voran und somit würde er pünktlich um zwölf, am privaten Hangar des Flugplatzes, sein.
Während des Fluges würde er, via Internet, alle weiteren Vorbereitungen für eine außerordentliche Führungssitzung, die morgen stattfinden soll, treffen.

Frankfurt, 17. September 2011

Das Meetings Büro der Svörensen Group war ein heller, freundlicher und modern eingerichteter Raum. Inmitten des etwa zwanzig mal zwanzig Meter großen Büros stand ein schwerer, dunkelbrauner, ovaler Tisch, der von fünfzehn schwarzen Ledersesseln, flankiert war. Diese waren jetzt, um zehn Minuten nach neun Uhr morgens, bis auf einen besetzt. Unter der Führungsriege der Svörensen Group herrschte eine geschäftige Diskussion über den Grund dieser außerordentlichen Sitzung. Ihr Chef war schon über der Zeit und so etwas gab es, solange sich die ältesten der Anwesenden jedenfalls erinnern konnten, noch niemals. Immer wilder kursierten Spekulationen, meist in Zweiergesprächen der Anwesenden. „Ich bitte um Ruhe, meine Damen und Herren, wir werden den Grund mit Sicherheit bald erfahren!", unterbrach Björn Sevenson, die gerade aus den Fugen zu drohende Diskussion, um diese wieder in ihrem Keim zu ersticken. Nachdem sich die lautstarke Diskussion abrupt in leises Flüstern gewandelt hatte, stand der junge Mann auf und ging einige Schritte zur großen Fensterfront.

Der Blick durch das, bis auf den Boden reichende Fenster, war überwältigend. Witzbolde in der Firma spöttelten, dass dieses Fenster - das am Boden des Büros noch etwa zwei Meter in das Büro hineinragte und somit den Blick hinunter auf die Straße freigab – auch dazu diente, einen entlassenen Mitarbeiter durch eine Fall Luke, eben durch jene, zu entsorgen. Björn Sevenson war seit einigen Jahren die rechte Hand von Olav Svörensen und kannte natürlich dieses Gerücht, an das er eben dachte und dabei lächeln musste. Er blickte durch die Glasscheibe nach unten und sah wie der Wagen seines Chefs eben vorfuhr. Heute ist sein großer Tag gekommen und wie hatte er dafür die letzten Jahre gerackert. Er wusste schon seit gestern Abend, was heute, in diesem Büro, besprochen werden sollte. Es war gestern, so gegen halb zwei Uhr nachmittags, als ihn der Anruf seines Chefs aus dem Jet erreichte.
Er schien bestens gelaunt und teilte ihm mit, dass er etwas Wichtiges unter vier Augen zu besprechen hätte. Zu diesem Zweck solle er bitte, für sie beide, einen Tisch im „Les Òliven" für zwanzig Uhr bestellen. Björn Sevenson war zwar über die Einladung erstaunt, hatte aber keinerlei schlechtes Gewissen. Ganz im Gegenteil: Alles was er in den vergangen Jahren für die Firma geleistet hatte war eindeutig gewinnbringender Natur und das wusste auch Olav Svörensen.

Also freute er sich auf das Abendessen mit seinem Chef, denn er bewunderte diesen Mann aus tiefstem Herzen. Oder besser gesagt, das was dieser Mann in wenigen Jahrzehnten bewegen konnte, das war es, was er eigentlich bewunderswert fand, denn dafür benötigten die meisten Unternehmer zwei Generationen. Beifall im Büro, riss ihn aus seinen Gedanken. Als er sich umdrehte und seinen Chef erblickte, applaudierte auch er, kehrte an seinen Platz zurück, der neben Olav Svörensen war. Als der frenetische Applaus langsam abebbte, eröffnete Svörensen mit bestimmter und fester Stimme: „Guten Morgen meine Damen, meine Herren. Danke, dass Sie es sich einrichten konnten diesen, ja, diesen etwas kurzfristigen Termin wahrzunehmen. Herr Klomberg, soviel ich weiß, musste ja noch schnell einen Nachtflug von Madeira hierher buchen, damit er rechtzeitig hier sein konnte. Also Dankeschön! Den Grund für diese Sitzung werde ich versuchen mit wenigen Worten zu erklären. Wie Sie ja alle wissen, bin ich vor zwei Tagen nach Sardinien geflogen und habe mich dort mit meiner Frau Britt besprochen, was meine und unsere Zukunft betrifft. Nun, nach sorgsamer und reiflicher Überlegung, habe ich mich dazu entschlossen, die Tagesgeschäfte der Svörensen Group fortan nicht mehr selbst zu leiten."

Ein Raunen ging durch die Anwesenden und alle blickten einander erstaunt, über das was sie eben zu hören bekamen, an. „Herr Sevenson ist nun schon einige Jahre im Unternehmen. Und wie wir alle wissen, sehr erfolgreich in allem, was er für unser Unternehmen umgesetzt und geleistet hat. Somit darf ich Sie, Herr Björn Sevenson, hiermit zum Geschäftsführer der Svörensen Group ernennen. Der junge Björn stand auf und sein Chef schüttelte ihm kräftig und ermutigend die Hand. Im selben Moment erfüllte wiederum frenetischer Applaus das Büro, den Svörensen nach etwa einer Minute mit einer Handbewegung stoppte und weiter zum neuen Geschäftsführer gerichtet sprach: „Natürlich benötigen Sie einen guten Mann an ihrer Seite und dabei habe ich an Herrn Klomberg gedacht." Klomberg, ein Mann mittleren Alters, saß auf der rechten Seite des Tisches und sein Gesicht zeigte unmissverständlich, dass er vollkommen überrascht über seine unvorhergesehene Beförderung war. Als Svörensen zu ihm ging, fragte er: „Haben Sie sich nichts dabei gedacht, als ich gestern so vehement auf ihren Nachtflug beharrte?"

„Nein Herr Svörensen, ich dachte es ist….."

„Ist ja gut", unterbrach ihn sein Chef lächelnd und setzte fort:

„Aber es tut mir leid, dass ich Sie mit dieser Beförderung nun so vor den Kopf stoße. Wollen Sie diese auch annehmen, oder möchten sie ein paar Tage Bedenkzeit in Anspruch nehmen?"

„Nein, ich nehme an und ich freue mich sehr auf eine gute Zusammenarbeit mit Herrn Sevenson!", quoll es geradezu aus dem Mann heraus. Auch für ihn gab es einen lange andauernden Applaus, bis Svörensen zum Abschluss erklärte: „Die Verträge und alles weitere werden wir im Laufe des Tages jeweils unter vier Augen besprechen. Meine Damen und Herren, ich wünsche und ich hoffe wir alle hier tun das, den beiden Herren für ihre Tätigkeit alles Gute. Die Sitzung ist geschlossen!"
Svörensen verließ den Raum mit einem guten Gefühl, was seine Entscheidung anbelangte. Als er sich schließlich in seinem Büro in den Ledersessel fallen ließ, erschlich ihn ein noch nie erfahrenes Freiheitsgefühl. Er war mit sich und seiner Welt in vollkommener Harmonie und jetzt würde er sich daran machen, dies seiner Frau Britt mitzuteilen. Er drückte auf die Ziffer zwei des Festnetzapparats, denn diese war Britts Handy zugeordnet, die sich auch sofort mit: „Hallo Olav", meldete. „Hallo Britt, geht es dir gut?"
„Ja danke, alles bestens, ich bin nur eben erst aufgestanden....wie läuft es bei dir?"
„Gut, ich habe es getan." Einen Moment lang herrschte erdrückende Stille in der Leitung, ehe die sanfte Stimme Britts wieder erklang: „Und, war es schwer?"
„Nein Britt, im Gegenteil! Ich hätte mir niemals vorstellen können, dass es so leicht sein könnte."

„Dann war deine Entscheidung also richtig", stellte Britt fest und fuhr fort: „Ich liebe dich und ich vermisse dich, Olav."
„Ja ich auch", erwiderte er. Wann war es das letzte Mal, dass sie beide so zärtlich miteinander gesprochen hatten, dachten beide und plauderten noch ein wenig. Auch über die Pläne für die kommenden Tage.

*

Eine halbe Stunde später trafen zwei schwarze Fiat – Romeo, in denen sechs Carabiniere saßen, am schmiedeeisernen Eingangstor des Svörensen Anwesen ein. Ein junger Mann stieg aus dem vorderen Wagen und betätigte die Klingel, die direkt zum Zimmer des Butlers führte. „Ja bitte, erklang bereits nach einmaligem Läuten die Stimme Herberts aus dem Lautsprecher. „Carabinieri di Olbia, wir möchten den Tatort untersuchen, würden Sie uns bitte das Tor öffnen".
Der Butler überprüfte die Anfrage des Mannes mit einem Blick auf einen der Kontrollmonitore, verlangte aber zur endgültigen Rückversicherung noch seinen Dienstausweis, den der Mann sofort in die Kamera, die sich etwas oberhalb von ihm befand, hielt. „In Ordnung, fahren sie bitte direkt zur Villa, ich werde in der Zwischenzeit Frau Svörensen über ihren Besuch,

informieren", sprach der Butler, während sich die beiden schweren Tore, geräuschlos öffneten. Den Beamten, blieb sprichwörtlich der Mund offen, als Sie zuerst durch den prachtvollen Park fuhren und sich schließlich der luxuriösen Villa näherten. Der junge Carabinieri, der zuvor die Klingel betätigte hatte, kam nicht umhin eine etwas neidische Frage an seinen Chef zu stellen: „Ich glaube, irgendetwas wachen wir falsch, oder?"

„Ja, das kann man wohl sagen", gab ihm sein Chef, mit dem Kopf nickend recht, als die beiden schwarzen Autos bereits vor dem Eingang der Villa ankamen. Max Constantin stieg aus und ging direkt auf eine blonde, attraktive Frau, die er auf etwa Anfang vierzig schätzte und die allem Anschein nach Frau Svörensen sein musste, zu, um sich als Kommissario Max Constantin vorzustellen.

„Angenehm Herr Constantin, Sie möchten also den Tatort untersuchen?"

„Ja, wenn es Ihnen recht ist, werden meine Männer das machen und ich würde Ihnen, in der Zwischenzeit, gerne ein paar Fragen stellen. Geht das?"

„Selbstverständlich", entgegnete Britt und wandte sich zum Pool Boy, der neben ihr stand. „Zeigen Sie den Herren von der Polizei bitte den Weg zu den östlichen Klippen, danke." Der junge Mann deutete den Beamten mit einer Handbewegung, dass sie ihm folgen sollten

und diese kamen, bewaffnet mit drei Koffern aus Metall, seiner Aufforderung nach.
Britt deutete mit ihrer rechten Hand in Richtung Garten und sprach: „Kommen Sie bitte, Herr Constantin. Wollen wir uns draußen auf der Terrasse unterhalten?"
„Ja gerne, aber wir sollten ungestört reden können, wenn das möglich ist?"
„Selbstverständlich! Wobei unser Personal unser vollstes Vertrauen besitzt und in jeder Hinsicht äußerst diskret ist." Während die Männer, drei davon waren mit weißen Einwegoveralls der Spurensicherung gekleidet, ihren Weg durch das Gelände zu der Klippe nahmen, servierte Herbert auf der Terrasse zwei kleine Espresso. „Danke Herbert, ich brauche Sie dann nicht mehr und sorgen Sie bitte dafür, dass wir ungestört sind, danke!"
„Gerne Madam", erwiderte der Butler und drehte sich mit seiner typisch starren Bewegung zum Kommissario: „Entschuldigen Sie bitte, jetzt habe ich Sie gar nicht nach Zucker oder Milch gefragt."
„Schon gut, ich trinke den Espresso immer schwarz und ohne", erwiderte der Kommissar.
„Ja dann", sprach der dürre Butler und entfernte sich, steif wie ein Brett, von den beiden.
„Nun Herr Kommissario, wie kann ich Ihnen in dieser schrecklichen Sache helfen?", fragte schließlich Britt und blickte in das braungebrannte Gesicht Constantin`.

Der erste Eindruck von dieser Frau sollte den exzellenten Menschenkenner Max Constantin nicht täuschen. Sie war nicht nur äußerst attraktiv, sondern auch ungemein sympathisch und sie erinnerte ihn an eine andere Frau, die er kannte. Doch der Namen wollte ihm im Moment partout nicht einfallen, als er schließlich antwortete: „Nun, so viel ich Informiert bin, haben Sie beide, also ihr Mann und Sie, den Strandverkäufer gefunden."
„Ja, Olav und ich gingen zusammen am Strand spazieren, als wir ihn dort liegen sahen."
„Wer von Ihnen beiden hat ihn zuerst entdeckt?"
„Ich", antwortete Britt, während sie den Zucker in ihrem Espresso umrührte.
„Ach ja, das muss ein Schock für Sie gewesen sein."
„Ja, das kann man wohl sagen. Wissen Sie Kommissario Constantin, wir beide hatten noch niemals etwas mit einem Gewaltverbrechen zu tun."
Constantin blickte eine Zeitlang direkt in ihre Augen und formulierte dabei in Gedanken seine nächste Frage. Als er bemerkte, dass sein direkter Blick für seine reizende Gesprächspartnerin unangenehm wurde, senkte er seinen Blick zum Notizblock hinunter und fragte: „Ist Ihnen, oder vielleicht Ihrem Personal, irgendetwas aufgefallen? Ein Geräusch, Spuren im Sand oder hier im Anwesen. Einfach irgendetwas, was uns weiterhelfen könnte?" Britt überlegte einige Sekunden

und dachte dabei an die Gespräche mit ihrem Personal die sie in Abwesenheit ihres Mannes mit jedem einzelnen geführt hatte. „Nein, das gesamte Personal, schien die ganze Angelegenheit nicht bemerkt zu haben und das einzige, das mir am Fundort aufgefallen war, war der mögliche Zeitpunkt des Unglücks."
„Wie darf ich das verstehen?"
„Als ich bei dem Mann angekommen war, war noch kein Blut im Sand zu sehen, das sickerte erst, als wir uns über ihn gebeugt hatten, aus der Wunde in den Sand. Daher nahmen wir beide an, dass er kurze Zeit zuvor, hinunter gefallen, oder besser gesagt, gestoßen wurde."
„Das heißt, Sie waren auch als erste am Tatort?"
„Nein, das war mein Mann, aber das sagte ich doch bereits."
„Sie sagten aber eben auch, dass *Sie* bei dem Mann ankamen, oder?"
„Ja, aber da war mein Mann schon bei ihm und fühlte gerade seinen Puls. Erst als Olav festgestellt hatte, dass er noch lebte, ging auch ich zur Unglücksstelle."
„Natürlich", entschuldigte sich Constantin für seine verwirrende Fragestellung. Manchmal konnten solche, für den Verdächtigen freilich dumm wirkende Fragen, diesen dermaßen durcheinander bringen, dass er in weiterer Folge jede Ungereimtheit in dessen Aussage aufdecken konnte.

„Können Sie mir einen möglichst genauen Zeitpunkt nennen?"

„Ja, ich glaube schon, denn die Sonne stand schon sehr tief. Ich würde sagen: Es müsste ziemlich genau um achtzehn Uhr geschehen sein." Auch wenn er diese Unterhaltung noch gerne eine Weile fortsetzten würde, war für ihn der Besuch des Tatortes doch um einiges wichtiger, also sprach er schließlich: „Danke Frau Svörensen, das war es schon. Können Sie mir jetzt den Weg zu den Klippen zeigen?"

„Aber gerne, kommen Sie." Die beiden verließen die Terrasse und machten sich auf den kurzen Weg zum großen Swimmingpool.

Als sie dort ankamen, erklärte Britt dem Kommissario den weiteren Weg zu der Klippe: „Sie können diesen kleinen Weg nehmen, wenn Sie zu einer Gabelung kommen, müssen Sie den oberen Weg nehmen. Der führt Sie dann direkt zu ihren Kollegen". „Herzlichen Dank, wir werden uns dann später noch sehen", sprach der Kommissario und die beiden verließ den blauschimmernden Pool in entgegen gesetzte Richtungen.

*

Nachdem Olav mit seinem Nachfolger und dessen Stellvertreter alle Formalitäten besprochen und die Prokura schließlich von einem Notar beglaubigt wurde, war er am Abend wieder alleine in seinem Büro. Er war müde, und in Gedanken liefen die letzten Tage an seinem geistigen Auge wie ein Film vorüber. Es ist schon erstaunlich, wie sich eine Lebensperspektive so, in relativ kurzer Zeit, verändern konnte. Bei den meisten Menschen stellt sich ein solcher Wandel ja meistens durch ein Trauma, einen Schicksalsschlag oder sehr oft auch durch eine schwere Krankheit ein. Bei ihm war das anders. Er hatte keine Geschwister, dennoch verlief seine Kindheit ausgesprochen harmonisch und er dachte gerne an diese Zeit. Seine Eltern ließen den kleinen Olav, trotz der damals praktizierten konservativen Erziehungsform, einfach Sprössling sein. Somit war der Druck auf ihn, zumindest seitens seiner Eltern auch während der späteren Schulzeit kaum vorhanden. Warum auch? Er selbst war es, der sich schon in der Gymnasialzeit immer wieder die Peitsche gab. Sein Ehrgeiz war grenzenlos und dieser sollte noch lange fortdauern. Nämlich so lange, bis er die Firma seines Vaters übernommen und diese zu mehreren führenden Unternehmungen ausgebaut hatte.

Der Duft des Reichtums, der Macht und des dazugehörenden Ansehens umschlang ihn, nahm ihn in Besitz, als Geisel und ließ keinen Platz für etwas anderes. Keine Zeit für sich, die Familie, ja für das Leben an und für sich. Bis zu jenem Tag im Schweizer Internat, wo die Zukunft seiner scheinbar so zerbrechlichen Welt zusammengefallen war. Wie ein Kartenhaus, das er sein Leben lang, Stück für Stück, Karte für Karte ohne jemals nach rechts oder links zu blicken, aufgetürmt hatte und das sein Sohn in nur einem einzigen Tag und mit einem mächtigen Fußtritt zerstört hatte. Obwohl jenes Gefühl der Hilflosigkeit, das er damals verspürt hatte, regt sich auch heute noch, wenn er an diesen Tag denkt. Es war die Entscheidung seines Sohnes und heute war er froh darüber, wie diese gefällt wurde. „Wie ein Pferd mit Scheuklappen", sprach er leise vor sich hin und verließ sein Büro, ohne sich nochmals umzublicken.

Olbia, 18. September 2011

„Dr. Albertini, bitte auf die Intensivstation!", erklang eine knisternde Frauenstimme aus dem Lautsprecher, direkt vor seinem Büro. Der achtunddreißigjährige, sportliche Arzt glitt schnell und geschmeidig seinem Bürosessel, um sich auf den Weg zur Intensivstation im ersten Stock zu machen. „Was gibt es, Schwester?", fragte er, als er diese an der Türe zum Aufenthaltsraum der Angestellten, erblickte.
„Gute Nachrichten, Patient „Akin" ist aufgewacht".
„Ah, sehr gut! Ausgezeichnet!", erwiderte er mit dem Strahlen eines erfolgreichen Arztes. Die junge Schwester beugte sich langsam und geheimnisvoll zu ihm, als sie flüsterte: „Ich wollte, dass Sie es vor dem Carabinieri da drüben erfahren". Mit einer Kopfbewegung deutete sie

zu einem Mann in Uniform, der gerade gelangweilt vor dem Intensivzimmer hin und her ging. Der Arzt nickte lächelnd und ging direkt auf den Beamten zu. „Darf ich?"

„Aber selbstverständlich Herr Doktor!", antwortete der Carabiniere, den die Quästur zur Bewachung des Patienten Namens Akin, Nachname unbekannt, hier positioniert hatte.

Dem leitenden Beamten erschien eine Bewachung als dringend notwendig, da damit zu rechnen war, dass der Täter erneut zuschlagen könnte. Dummerweise erschien nämlich gestern ein Artikel über einen Mordversuch an einem schwarzen Strandverkäufer und der auch noch in der meistgelesenen Zeitung Sardiniens. Somit dürfte sich dieser außergewöhnliche Fall, aber vor allem, dass der Mann noch lebte, auch bis zum Urheber dieser tragischen Geschichte durchgesprochen haben. Kein einziger Beamter der Quästur konnte oder wollte sich die Informationsquelle des Schreiberlings so recht erklären. Immerhin waren ja alle mit der Arbeit an zahlreichen anderen Delikten eingedeckt und so musste es eben geschehen sein, dass niemanden in den Sinn kam eine Informationssperre zu verhängen. Dabei lag es doch auf der Hand, dass auch das Krankenhaus, oder besser gesagt die Schwestern und Ärzte desselbigen, über die gleichen, wenn nicht noch mehr Informationen zu diesem Fall verfügten.

Jedenfalls veranlasste Max Constantin, der ermittelnde Beamte, eine sofortige vierundzwanzig Stunden Überwachung des dunkelhäutigen Mannes, der jetzt - mit offenen Augen und etwas verwirrt - vor Albertini im Bett lag. Albertini setzte sich auf die Bettkante und sprach ihn zuerst auf Englisch an:

„Ich bin Doktor Albertini, können Sie mich verstehen, wie ist Ihr Name?" Nachdem der Patient heftig seinen Kopf schüttelte, fragte er dasselbe nochmals, diesmal auf Italienisch. An den Augen des Mannes sah er sofort eine andere Reaktion und im selben Moment sprudelte es aus diesem heraus: „Akin ist mein Name, wo bin ich?" Albertini lächelte, denn seine schnelle Reaktion und deutliche Sprache waren ein gutes Zeichen.

„In Sicherheit, im Krankenhaus von Olbia", klärte er schließlich seinen Patienten auf und fuhr fort: „Sie hatten einen Unfall." Den versuchten Mord wollte er im Moment noch nicht erwähnen. „Akin, an was können Sie sich erinnern?" Es dauerte eine Weile und Akin zog beide Augenbraun nach unten, ehe er schließlich erzählte:

„Es war Abend, ja die Sonne war ganz rot und ich ging am Strand. Dann bin ich durch einen wunderschönen Garten gelaufen, da ich annehmen musste, verfolgt zu werden. Dann kann ich mich…. ja doch! Dann habe ich auf einem Felsen über dem Meer gesessen und dann……" Akins Augenbrauen wanderten nach oben und seine Augen schienen auf der Decke des Zimmers irgendetwas aus seiner Vergangenheit hektisch zu suchen.

„Lassen Sie sich ruhig Zeit. Denken Sie in Ruhe nach", beruhigte Albertini ihn, als er seine aufkommende Nervosität bemerkte. Akin schwitzte und auf seiner von Denkfalten gezeichneten Stirn, hatte sich ein Grüppchen von Schweißtropfen angesammelt. Albertini hatte es bemerkt, aber es beunruhigte ihn nicht, denn in diesem Zimmer war es so heiß, dass dies für ihn vollkommen normal erschien. Es verging wiederum einige Zeit, als Akin schließlich sprach: „Ich kann mich leider nicht an mehr erinnern, aber wie bin ich hierhergekommen?" Albertini erschien der Zustand seines außergewöhnlichen Patienten zwar erstaunlich gut, aber er wollte mit der ganzen Wahrheit noch etwas zuwarten. Er legte seine Hand auf die seine und erläuterte ihm seine Situation: „Akin, Sie hatten großes Glück. Ein Ehepaar, das Sie sicherlich noch kennen lernen werden, hat Sie an einem Strand, schwer verletzt gefunden. Diese Leute haben sich rührend um Sie gekümmert, Erste Hilfe geleistet und Sie auf dem schnellsten Wege, mit ihrem privaten Hubschrauber, zu uns gebracht. Wenn der Zufall diese Menschen nicht so schnell zu Ihnen geführt hätte, wären sie nicht mehr am Leben. Damit aber nicht genug, der Mann, der übrigens

Olav Svörensen heißt, hat auch die Kosten der Behandlung für Sie übernommen."

Akin erschien dem Arzt sichtlich gerührt und das bestätigte sich im nächsten Augenblick, als er zu weinen begann.

„Es ist alles in bester Ordnung, Sie werden wieder ganz gesund, das verspreche ich Ihnen. Also, beruhigen Sie sich. Ich werde jetzt dafür sorgen, dass sie etwas zu essen bekommen, dann sehen wir weiter, in Ordnung?"

„Danke Doktor, danke vielmals, aber meine Familie, ich muss…"

„Akin, jetzt müssen Sie zuerst einmal gesund werden, alles Weitere wird sich mit Sicherheit regeln lassen."

Albertini überlegte, noch während er zu Akin gesprochen hatte intensiv, wie er nun vorgehen sollte. Wenn er dem Carabinieri vor der Türe eröffnen würde, dass der illegale Patient aufgewacht sei, dann würde Akin bald von einigen Beamten in die Mangel genommen werden. Dies wiederum wäre für seinen Erholungsprozess nicht förderlich, aber wie sollte er ein Essen, das in das Zimmer getragen wird, dann dem Beamten vor der Türe erklären? Menschen zu helfen, das war die Aufgabe eines jeden Arztes und wenn dazu nun mal eine kleine Lüge notwendig ist, wird ihm der liebe Gott diese wohl auch verzeihen. „Ich lasse Ihnen jetzt ein leichtes Essen bringen, das sollte Ihnen gut

bekommen. Dann sollten Sie versuchen, etwas zu schlafen. Ich schaue dann später wieder zu Ihnen."
Mit diesen Worten verabschiedete er sich und trat durch die graue Türe in den Gang hinaus.
Den neugierigen, fragenden Blick des Carabinieri stillte er mit wohldurchdachten Worten: „Tut mir leid, aufgewacht ist ein Patient, aber der falsche."
„Ach so", erwiderte der Beamte und setzte sich wieder auf seinen Stuhl, um die noch verbleibenden Stunden seines Dienstes abzusitzen.

Etwa zur selben Zeit, landete ein schnittiger Privatjet am Flughafen Olbia, darin saß Olav Svörensen, der vor einer halben Stunde mit Carabiniere Max Constantin telefonisch einen Termin fixiert hatte. Als sich Svörensen, seinem silberfarbenen Mercedes - der noch immer am Besucherparkplatz des Flughafens geparkt war - näherte, bemerkte er einen weißen Zettel an der Windschutzscheibe. Zuerst dachte er an einen Strafzettel, was ja eigentlich nicht verwunderlich wäre. Als er schließlich aber direkt vor dem Wagen stand, erkannte er, dass dieser ausgefranste Zettel wohl kein behördliches Schriftstück sein kann. Er zog das Papier aus der Umklammerung des linken Scheibenwischers, faltete es neugierig auseinander und las die folgende Nachricht:

Rufen Sie mich dringend an, es geht um Akin.
0786-87970098

Paki Lombardi

Olav glaubte zu träumen, als er diese Zeilen las. Wer konnte wissen, dass der silberne Mercedes, der noch dazu hier am Flughafen stand, ihm gehörte. Aber noch weniger einleuchtend erschien ihm der Gedanke, dass sich jemand anscheinend Sorgen um Akin machte. Wie er diese Nachricht im ersten Moment nämlich interpretierte, sollte es ja wohl darum gehen, dass dieser Mann namens Paki Lombardi – ihm seine Hilfe anbieten will. Aber warum? Wer war der Mann und woher kannte er Akin? Grübelnd faltete er den Zettel wieder sorgsam zusammen und legte ihn in seine Aktentasche. Auf der kurzen Fahrt zur Quästur Olbias ging ihm diese Information nicht mehr aus dem Kopf und er entschloss sich kurzerhand auf der nächsten Ausweiche anzuhalten, um den Mann sofort anzurufen.
Als er eine verkehrsberuhigte Seitenstraße erblickte, bog er äußerst riskant und mit quietschenden Reifen in diese ein und hielt am ersten Parkplatz an. Er öffnete seinen Aktenkoffer, zog das Handy aus der Hosentasche und wählte die am Zettel vermerkte Nummer.

Gespannt lauschte er dem Freizeichen, das sich noch einige Male wiederholte, ehe sich eine männliche Stimme mit: „Paki am Apparat", meldete. Der Mann hatte eine außergewöhnlich dunkle, brüchige Stimme und schien im ersten Moment schon etwas älter zu sein.
„Herr Lombardi, hier spricht Olav Svörensen, ich soll mich bei Ihnen melden, es geht um Akin", erwiderte Olav mit fester Stimme, als er seine Analyse über die Stimmlage seines Gesprächspartners abgeschlossen hatte.
„Mr. Svörensen, danke dass Sie mich anrufen. Bitte entschuldigen Sie die Art meiner Benachrichtigung, aber ich wusste nicht, wie ich Sie sonst erreichen könnte."
„Ich möchte Ihnen zuerst kurz erzählen, warum ich Akin kenne. Ich bin sozusagen der Vermittler zwischen den Strandverkäufern hier in Sardinien und Ihren Familien in der Heimat. Ich habe viele gute und wertvolle Kontakte, sowohl in Italien, als auch in Mauretanien. Diese nutze ich, um das Geld oder Nachrichten, gegen eine kleine Provision - versteht sich - aber dafür sicher, zu den Familien zu bringen. Daher kenne ich Akin. Mister Svörensen, Sie müssen wissen, dass er bei weitem der beste Verkäufer hier in Sardinien war, ehe das furchtbare Verbrechen geschehen ist."
„Woher wissen Sie, dass es ein Verbrechen war?", wollte Olav, etwas erstaunt von seinem

Gesprächspartner erfahren. „Das stand doch gestern in der Zeitung", antwortete der Mann und redete etwas zögernd weiter: „Jedenfalls kenne ich den Mann, der Akin das angetan hat!"
Olav glaubte sich eben verhört zu haben, das kann doch nicht wahr sein!
„Und wer war es?"
„Es war der Mann, der Ihren Pool reinigt."
„Was Roberto?", brach es aus Olav heraus. Zweifelsohne, sein Handwerker war ein abgelebter und auch ausgeflippter Vierziger in der sprichwörtlichen midlife crisis, aber ein Mörder - niemals, das konnte sich Olav beim besten Willen nicht vorstellen!
„Wissen Sie, welche Konsequenzen Ihre Behauptung mit sich bringt und wie kommen Sie auf diese?", wollte er nun von seinem, immer mysteriöser werdenden, Gesprächspartner wissen.
„Ganz einfach Mr. Svörensen, ich habe ihn dabei, aus etwa zwanzig Metern Entfernung, beobachtet."
„Gut, aber für einen Mord - und das weiß doch jedes Kind - benötigt ein Täter wohl auch ein Motiv, nicht wahr?" Svörensen entgegnete mit unverkennbarem spöttischen Ton, denn die Behauptungen dieses Mannes erschienen ihm immer unglaubwürdiger zu werden.
„Das Motiv kenne ich nicht, aber eines ist sicher: Wir Strandverkäufer haben eine Menge Feinde hier und Akin war immerhin der Beste. Das wäre dann wohl

schon ein Motiv, oder?" Olav dachte einen Moment lang über die Worte des Mannes nach und entschied sich schließlich, dem Fremden, keinen Glauben zu schenken und verabschiedete sich schleunigst mit den Worten: „Danke für ihre wertvolle Information, ich werde das, dem ermittelnden Kommissario mitteilen und melde mich dann wieder bei Ihnen. Sie sind auf dieser Nummer immer erreichbar?"

„Ja", ertönte die schnelle Antwort Pakis und Olav kappte die Leitung, um sich auf den Weg in die Quästur zu machen. Auf der kurzen Fahrt ging er das ominöse Gespräch noch einmal gedanklich durch und stieß auf eine, nicht zu unterschätzende Ungereimtheit, in den Aussagen dieses Mannes.

Wenn er sich schon so um Akin sorgte, warum hat er sich dann nie nach seinem Befinden erkundigt und warum rief dieser Mann nicht einfach die Polizei an. Das war es, was ihm jetzt ganz klar wurde und schürte seine Zweifel an der Echtheit der Aussage noch weiter.

Als Olav, eine Viertelstunde später, die Quästur betrat, ging er zur Anmeldung, legte seinen Aktenkoffer auf den Tresen, öffnete ihn, um die Visitenkarte des ermittelnden Beamten heraus zu suchen. Als er sie gefunden hatte, fragte er einen Carabinieri, der schon

auf seine Frage zu warten schien: „Wo finde ich bitte den Kommissario Max Constantin?"
„Hier den Gang entlang, bitte und dann die zweite Tür auf der linken Seite."
„Dankeschön", erwiderte Olav, der gerade wieder seinen Aktenkoffer schloss, um sich auf den Weg zu machen. Die Bürotür Constantins stand offen und Olav trat ohne anzuklopfen ein. Der Kommissario tippte auf der Tastatur eines, schon in die Jahre gekommenen, Computers. Als er Svörensen bemerkte, blickte er von der Tastatur auf und begrüßte ihn: „Sie müssen Herr Svörensen sein, schön dass wir uns persönlich kennen lernen." Natürlich hatte er schon im Vorfeld einige Nachforschungen über diesen Mann anstellen lassen. Und die Informationen, die er von einer seiner Mitarbeiterinnen bekommen hatte, beeindruckten ihn durchaus. Schließlich wollte er wissen, mit wem er es in diesem Fall zu tun hatte. Svörensen erwiderte den freundlichen Gruß des Kommissarios und leistete auch dessen Einladung auf dem Stuhl vor dem Schreibtisch Platz zu nehmen, Folge.
„Nun Herr Svörensen, wie Sie hier sehen können, waren wir in der Zwischenzeit nicht untätig. Ganz im Gegenteil, das was hier vor mir ausgebreitet liegt, ist: Na, wie soll ich es ausdrücken? Ja genau, der Traum eines jeden Ermittlers!" Constantin unterstrich seine Worte, mit einer ausladenden Geste seiner Arme, die er

mit den Handflächen nach oben über den Tisch hielt. Er hob sachte eine Folie vom Tisch auf, um sie seinem Gast zu zeigen. Auf dieser Folie klebte ein weißer Zettel mit einer Aufschrift, die Olav aber nicht lesen konnte. Als Inhalt, identifizierte er aber eindeutig, ein blutverschmiertes Messer.

„Herr Svörensen, entweder haben wir es hier mit einem, unglaublich dilettantischen Täter zu tun, oder aber, er wurde bei der Tatausübung gestört. Eines von beiden dürfte zutreffen, denn wir fanden diese Tatwaffe hier, keine zehn Meter vom Tatort entfernt, und nur in einer kleinen Felsspalte versteckt. Noch besser aber ist der Umstand, dass dieser Mordversuch möglicherweise aus einem Affekt heraus verübt wurde. Der Täter trug nämlich keine Handschuhe und das bedeutet, dass unsere Spurensicherung einen erstklassigen Fingerabdruck und zusätzlich noch DNA Spuren aus Hautschuppen auf dem Messer entnehmen konnte."

Der Kommissario grinste, nach- dem er gesprochen hatte, seinen Gast nun förmlich an. So, als wolle er nun ein dickes Lob aus seinem Mund hören.

„Sehr gut, dann bräuchten wir eigentlich nur mehr einen Verdächtigen", antwortete Svörensen und das war so gar nicht das, was der Kommissario von seinem Gast hören wollte. Doch er musste sich wohl auch eingestehen, dass er mit seiner Feststellung natürlich Recht hatte. Aber gerade die Spur zu einem

Verdächtigen war im Moment wohl das größte Manko dieses Falles. Schlichtweg gesagt: Sie hatten noch keine. Wie den auch, bisher konnten sie noch nicht einmal das Opfer befragen.

„Herr Svörensen, natürlich haben Sie Recht, aber in diesem Moment läuft gerade eine intensive Suche in der europäischen Datenbank. In dieser werden die Fingerabdrücke und in einigen Tagen auch die DNA Spuren verglichen."

„Es könnte sein, dass Sie sich das sparen können."

„Wie meinen Sie das?", fragte der sichtlich erstaunte Kommissario. Olav klappte seinen Aktenkoffer auf und entnahm ihm den ausgefransten Zettel, den er auf der Windschutzscheibe seines Wagens vorgefunden hatte.

Er reichte ihn über den Schreibtisch und Kommissario Constantin las verblüfft den Inhalt. Als er den Zettel auf dem Schreibtisch ablegte fragte er: „Und, haben sie diesen, na, diesen Lombardi hier, angerufen?"

„Natürlich, gerade eben, bevor ich zu Ihnen gekommen bin."

„Und?"

„Na wie soll ich sagen. Seine Anschuldigungen waren für mich schlichtweg unglaubwürdig. Dieser Mann behauptete doch tatsächlich, dass der Mann, der in unserer Villa die Pools reinigt und auch als Mechaniker tätig ist, der Täter sein soll."

„Wie kommt er zu dieser Behauptung?", wollte der Kommissario und nun, zweifellos mit einem nicht unerheblichen Interesse wissen.

„Er sagte zu mir, er habe die Tat aus einer Entfernung von zwanzig Metern selbst beobachtet."

Der Kommissario lehnte sich ein wenig zurück und griff mit der rechten Hand an sein Kinn um nachzudenken, über das was er eben gehörte hatte. Nach einer kurzen Pause erklärte er: „Na, die Sache ist doch ganz einfach. Wir werden Ihrem Angestellten die Fingerabdrücke und eine DNA Probe entnehmen, dann wissen wir sehr bald, ob an dieser Behauptung irgendetwas dran ist. Übrigens, wie heißt der Mann?"

Olav musste scharf nachdenken, denn ihren Mechaniker sprachen sie immer mit seinem Vornamen an. Da ihm der Name augenblicklich nicht einfallen wollte, nahm er sein Handy aus der Tasche, deutete dem Beamten an, dass er kurz telefonieren müsse und drückte die Kurzwahl Nummer zwei auf der Tastatur. Britt meldete sich nach kurzer Zeit mit: „Hallo Olav, bist du schon gelandet?"

„Hallo Britt, ja, aber ich bin gerade in der Quästur Olbia beim Kommissario Constantin. Britt eine Frage, weißt du den Namen unseres Mechanikers, mir will dieser im Moment nicht einfallen?" Einige Zeit herrschte Stille und Olav vermutete, dass auch seine Frau ihn nicht auswendig wusste, als sie schließlich doch antwortete: „Ja, jetzt fällt er mir ein, er heißt Roberto Massini. Ja genau, das ist richtig, aber warum brauchst du den Nachnamen unseres Mechanikers?"

„Es gibt da eine etwas merkwürdige Verdächtigung eines Mannes unseren Mechaniker betreffend, aber ich kann mir nicht vorstellen, dass an seiner Behauptung etwas dran sein könnte. Mach dir da keine Sorgen, Britt."

„Merkwürdig, aber weißt du denn schon, bis wann du hier sein wirst. Soll ich dir den Heli schicken?"

„Nein der Helikopter nützt mir im Moment nichts, aber du solltest ihn auf jeden Fall noch eine Woche buchen. Ich fahre dann noch ins Krankenhaus und schätze, dass ich zum Abendessen bei dir sein kann. In Ordnung?"

„Ja, bestens Schatz, dann sage ich Maria Bescheid und freu mich schon auf dich!"

„Ich auch Britt, bis dann", verabschiedete sich Olav von seiner Frau und sprach zum Kommissario gerichtet:

„Roberto Massini"

„Was Massini?"

Constantin verstand nicht sofort, was sein Gegenüber mit Massini meinte, denn er war in Gedanken gerade bei seiner kurzen Unterhaltung mit Britt, der Frau seines Gegenübers. Diese anmutige und schöne blonde Frau hatte ihn wahrlich beeindruckt. In einem kurzen

Moment kam sogar ein Gefühl von Eifersucht in ihm auf. Er hoffte inständig, dass der Mann, seine Frau genauso so sah, wie er, als er antwortete: „Ah, entschuldigen Sie, Mr. Svörensen, ich war gerade in Gedanken, natürlich der Name des Mechanikers. Also, dann lassen sie uns mal nachsehen, ob wir etwas über diesen Mann in der Datenbank haben." Er tippte den Namen in den Computer. Eine Sekunde später erschien auf dem Bildschirm ein Balken in dem, unleserlich schnell, sämtliche, registrierte Namen vorüber huschten.

Der Kommissario richtete seine Aufmerksamkeit nun wieder zu seinem Gesprächspartner und sprach: „Mr. Svörensen, das könnte jetzt ein wenig dauern, bis wir ein Ergebnis haben. Wie sollen wir vorgehen, was die Abschiebung von Akin betrifft. Es ist ihnen doch klar, dass er, sobald wir sein Herkunftsland festgestellt und er aus dem Krankenhaus entlassen wird, wieder nach Hause abgeschoben wird."
„Darüber möchte ich gerne mit Akin, aber vor allem mit meiner Frau sprechen. Es könnte sein, dass….." Olav wurde von einem unangenehmen Signal, das sich wie „*match*", anhörte und vom Computer unter dem Schreibtisch kam, unterbrochen.
„Ah, schau mal einer an", sprach der Kommissario und weckte damit die Neugierde Olavs, als er bereits fort

fuhr: „Ihr Angestellter ist tatsächlich schon einmal straffällig geworden, immerhin mit dem Tatbestand einer *„schweren körperlichen Verletzung!"* Und wir haben seine Fingerabdrücke." Olav war tatsächlich erstaunt über diesen Umstand, denn ein einwandfreies Leumundszeugnis war eigentlich eine unabdingbare Bedingung, wenn man für ihn arbeiten wollte. So kann man sich täuschen, dachte er bei sich, als der Kommissario weiter erklärte: „Nun, dann werde ich nun den Scann des Fingerabdrucks auf der Tatwaffe mit jenem ihres Angestellten vergleichen."

Die schlanken Finger des sportlichen und sonnengebräunten Kommissarios huschten schnell und gekonnt über die etwas gelblich verfärbte, aber ursprünglich weiße Tastatur. Als er mit der Eingabe fertig war, ertönte im gleichen Moment dasselbe Signal, wie vorhin. Olav war baff, war ihm bei der Einstellung dieses Mannes tatsächlich ein so grober Fehler unterlaufen, er konnte sich nach wie vor nicht vorstellen, dass sein Mechaniker ein mutmaßlicher Mörder sein soll.

Constantin grinste übers ganze Gesicht als er sprach. „Bingo, mein lieber Herr Svörensen, diesmal scheint es, als ob *Sie* daneben liegen." Olav stand auf, ging um den Schreibtisch herum und blickte dem Beamten über die Schulter auf den Bildschirm. Dort stand es, schwarz auf weiß, und somit gab es keinerlei Zweifel, die Abdrücke stimmten zu hundert Prozent überein. Das Schwarzweißbild, das seinen Angestellten in drei Posen und anscheinend bei seiner Verhaftung zeigte, war auch jedem Zweifel erhaben. Kommissario Constantin nahm den Telefonhörer lässig in seine rechte Hand und drückte auf der Tastatur die Nummer drei. Als die Verbindung stand, sprach er gut gelaunt:

„Wir haben den mutmaßlichen Mörder im Fall Akin. Nehmen Sie sich drei Männer, fahren Sie zum Svörensen Anwesen und verhaften Sie einen gewissen Roberto Massini. Er ist dort als Poolbetreuer und Mechaniker beschäftigt!" Constantin drückte seine Hand gegen den Hörer und fragte Svörensen: „Ich nehme an, dass der Mann sich jetzt in Ihrem Anwesen befindet?"
„Ja, ich denke schon", erwiderte Olav.
„Alles klar, danke." Er nahm seine Hand wieder vom Hörer und sprach erneut: „Ich fahre jetzt zum Krankenhaus und bin in etwa einer Stunde für das Verhör wieder in der Quästur." Es dauerte eine Weile, in der gerade der Gesprächspartner des Kommissarios irgendetwas zu sagen schien. Wahrscheinlich handelte es sich um ein Lob für seinen Chef, denn Constantin, beendete das Gespräch mit: „Danke für die Blumen, Cemelli", und legte auf. „Ja, dann lassen Sie uns ins

Krankenhaus aufbrechen, Sie wollten doch auch dahin, oder?"

„Ja", erwiderte Olav knapp und beide verließen das Büro in der Quästur.

Dr. Albertini verließ gerade das Intensivstationszimmer, wo er eben mit den tief getroffenen Eltern eines jungen Patienten gesprochen hatte, als er die beiden Herren auf sich zu Kommen sah. Er kannte sie beide, auch den Kommissario, denn dieser war bei ihm schon einmal vorstellig geworden, mit der Bitte seinen Patienten Akin, vernehmen zu dürfen.

„Dr. Albertini, guten Tag. Wie sieht es aus, ist er aufgewacht und können wir Akin endlich sprechen?"

„Nein Kommissario, leider ist der andere Patient aufgewacht", mischte sich der Beamte, der am Sessel vor der Türe kauerte, in das Gespräch ein. Alle Blicke wanderten vom Beamten zum Arzt, der vor der Türe stand. Albertini konnte die Sache nun nicht mehr lange als kleine Notlüge aufrechterhalten. Sein letzter Besuch von vorhin wies auf einen stabilen Zustand des Patienten hin.

Er würde ihn noch heute auf die Unfallstation verlegen. Somit lag einem kurzen Gespräch der beiden mit seinem Patienten nichts mehr im Wege. „Nein, meine

Herren, Akin ist bereits wach, bitte entschuldigen Sie meine kleine Täuschung ihrem Beamten gegenüber, die aber notwendig war, um dem Patienten etwas Zeit zu verschaffen. Sie können jetzt zu ihm, aber bitte nur für kurze Zeit, ein paar Minuten, in Ordnung?"
„Danke", erwiderte der erleichterte Kommissario und ging Olav voraus in das Intensivzimmer.
Die pumpenden, saugenden und dazwischen immer wieder piepsenden Geräusche der Geräte allein waren zweifellos schon deprimierend für jeden Besucher. Noch schwerer zu verkraften ist aber der Zustand, in denen sich Menschen auf einer Intensivstation in der Regel befinden. Wie einer der Zimmerkollegen Akins, jener junge Bursch, der als Fahrer unter Alkoholeinfluss einen schrecklichen Verkehrsunfall verursacht hatte, als einziger von vier Jugendlichen überlebte und nun seit Wochen im Koma lag. Mit wenig Aussicht auf ein gutes Ende, in jeder Hinsicht. Die Eltern des jungen Mannes, die beinahe Tag und Nacht an seinem Bett wachten - wohl in der Hoffnung, dass er irgendwann aufwachen müsse, waren nicht zu beneiden. Akin hingegen hatte es geschafft. Das wurde beiden Besuchern sofort klar, als sie dem Patienten näher traten. Das Lächeln aus seinem gleichmäßigen und sportlichen Gesicht mit makellos weißen Zähnen brach sofort das Eis zwischen ihm und den Besuchern.

„Hallo Akin, ich bin Kommissario Constantin von der Quästur Olbia und das ist Olav Svörensen, der Mann der Ihnen das Leben gerettet hat." Beide hatten es nicht für möglich gehalten, aber sein Lächeln steigerte sich nochmals, als er in einem seiner Besucher seinen Retter erblickte. Akin streckte Olav seine Hand entgegen und sprach herzlich: „Danke Mr. Svörensen, danke, auch im Namen meiner Familie zu Hause." Für Olav war es zweifellos ein bewegender Moment und dieser bestärkte seinen Entschluss dem Mann weiterhin zu helfen, als er sprach: „Ist schon gut Akin, ich bin froh, dass Sie die Operation so gut überstanden haben und wieder ganz gesund werden. Alles Weitere werden wir schon irgendwie in die richtige Bahn lenken." Kommissario Constantin nahm seinen Notizblock aus der Tasche, klappte ihn auf und formulierte die erste Frage, die ihm seine Notizen vorgab. „Akin, Sie wissen was passiert ist?"

„Ja, ich bin von einer Klippe gefallen", antwortete Akin freundlich.

„Ja, das stimmt, aber leider nur zum Teil", erwiderte der Kommissario und machte eine kurze Pause, bevor er ihm den wahren Grund nennen würde, warum er wirklich in diesem Zimmer lag.

„Akin, Sie sind nicht heruntergefallen. Sie wurden herunter gestoßen und noch schlimmer. Jemand hat mit einem Messer versucht, Sie zu ermorden."

Während der Kommissario dies erklärte, vollzog sich im Gesicht Akins eine Wandlung, die einer Fahrt in einer Achterbahn glich. Zuerst verschwand das herzliche Lächeln, dann folgte Erstaunen und schließlich endete seine Mimik in purer Angst, als der Kommissario fortfuhr: „Dieser Stich hat nur um einige Zentimeter ihre Lunge verfehlt, sonst wären Sie nicht mehr am Leben." Akin schlug beide Hände vors Gesicht. Seine Besucher konnten nur ahnen, was sich hinter dieser Abschottung abspielte.

„Akin, es kann Ihnen nichts mehr passieren, hier sind Sie in Sicherheit, aber wir müssen nun unbedingt wissen, wie es passiert ist und ob oder was Sie mitbekommen haben."

Langsam nahm er seine Hände wieder vom Gesicht und in diesem zeigte sich für die Besucher die pure Verzweiflung, als er leise und stotternd sprach: „Aber wer sollte denn mein Leben beenden wollen, ich habe doch nie jemandem etwas getan. Das verstehe ich einfach nicht."

„Akin, ich weiß, dass es schwer zu verstehen ist, aber es ist für uns ganz wichtig, wenn du uns erzählst, wie sich alles zugetragen hat. Hast du jemanden gesehen, bevor du gefallen bist?", wiederholte der Kommissario seine Frage.

„Nein, ich habe niemanden gesehen", sprach Akin zögernd, richtete sich im Bett etwas auf und setzte fort: „Als ich in dem schönen Garten war habe ich ein Geräusch gehört und nahm an, dass mir jemand gefolgt sei. Ich bin dann, so schnell ich konnte, fortgelaufen. Als ich an das Ende des Gartens kam, stand ich vor einem steilen Abgrund. Dort wartete ich ab, aber es kam niemand, also nahm ich meine Trommel und trommelte so vor mich hin. Ab diesem Zeitpunkt kann ich mich an nichts mehr erinnern, bis ich hier wieder aufgewacht, bin."

„Kein Geräusch, Akin, hast du auch nichts gehört?"

„Nein, vielleicht war es der Klang meiner Trommel, der mich nichts anderes hören ließ. Ich kann mich nur noch an den schönen Sonnenuntergang erinnern und dann…"

Constantin winkte ab und sprach: „Danke Akin, ist schon gut. Das genügt mir im Moment, aber wie es mit dir nach der Entlassung weiter gehen wird, kann ich im Moment noch nicht sagen." Für den Kommissario war die Befragung Akins, durch die Festnahme des vermutlichen Täters, eher zur Nebensächlichkeit geworden. Wenn dieser Mann den Täter auch noch gesehen hätte, wäre das schon fast unheimlich. So, oder so, der Fall war gelöst und der Täter mittlerweile in Haft.

Er verabschiedete sich von beiden und verließ gut gelaunt das triste Zimmer. Olav nahm sich einen Sessel und setzte sich an der Fensterseite des Bettes nieder. Er griff in seine Westentasche und kramte etwas hervor, als er sprach: „Akin, ich habe hier etwas, das wir am Strand für dich mitgenommen haben, ich darf doch du sagen?"

„Ja sicher Mr. Svörensen, gerne!"

Er reichte ihm das kleine Paket mit den beiden Briefen und dem Foto, und sah einen unbeschreiblichen Glanz, aber auch eine gewisse Traurigkeit in seinen Augen. Wen wundert es, was hat dieser Mann alles durchmachen müssen und nun das!

Olav flüsterte: „Akin ich weiß was in den Briefen steht, bitte entschuldige unsere Neugier, aber wir mussten mehr über dich herausfinden und konnten ja nicht ahnen, was wir dort finden würden." Akin schien die Neugier nicht im Geringsten zu stören. Er zog das Foto aus der Folie und drehte es zu seinem Besucher.

„Mr. Svörensen, das ist meine Familie in Noumghar, ich habe sie seit elf Jahren nicht mehr gesehen. Und meinen jüngsten Sohn, der hier noch nicht abgebildet ist, noch niemals." Olav wollte seine Hand auf die Akins legen, entschloss sich aber im letzten Moment, es doch nicht zu tun, als er antwortete:

„Ich weiß Akin, ich weiß. Aber kannst du mir deine ganze Geschichte und von Anfang an erzählen?"
„Ja gerne Mr. Svörensen, aber das dauert."
„Ich habe Zeit Akin, aber wenn du dich nicht gut fühlst, sag es, dann sprechen wir ein anderes Mal weiter, in Ordnung?"
„In Ordnung Mr. Svörensen", antwortete Akin schon wieder lächelnd und erzählte dem reichen Europäer die wahre Geschichte vom Untergang seines Heimatdorfes Noumghar.

*

Bei der Verhaftung des mutmaßlichen Täters in der Svörensen Villa, verlief alles nach Plan und ohne jeglichen körperlichen Widerstand des Mannes. Wenngleich dieser lauthals den Grund seiner Verhaftung als großes Missverständnis titulierte. Aber das machen ja schließlich alle Straftäter. Als die Beamten in der Quästur eintrafen, führten Sie ihn in einen kahlen, grauen Raum ohne Fenster, der sich im Keller des heruntergekommen Gebäudes befand. Lediglich ein einfacher, abgenutzter Holztisch, auf dem ein alter Aufnahmerekorder samt Mikrofon prangte und zwei Stühle waren die gesamte Möblierung. Betrat man diesen Raum schwang sofort ein gewisses Unbehagen mit, was hier natürlich beabsichtigt war. Lichttechnisch aber, zog dieser Raum alle Register und jedes Filmteam wäre neidisch auf diese Möglichkeiten, Stimmungen zu erzeugen. Als die Beamten Roberto Massini hereinführten und ihn anwiesen auf einem Sessel Platz zu nehmen, wechselte das Licht in grelles Tageslicht. Der Mann schloss krampfhaft seine Augen und als er sie nach einiger Zeit wieder vorsichtig öffnete, war es vollkommen dunkel im Raum. Kurze Panik überkam den Mann in dieser vollkommenen Dunkelheit, bevor nach und nach aus kleinen Lampen, die im Boden des Raumes eingelassen waren, wieder blaues Licht in den ohnehin schon kahlen Raum strömte. In diesem Moment betrat Kommissario Constantin den Raum und nahm ihm gegenüber Platz. Er vermied bewusst jeden Blickkontakt mit dem mutmaßlichen Täter und breitete langsam seine Unterlagen auf dem Tisch aus. Ein Beweisstück nach dem anderen legte er mit Bedacht und mit der Langsamkeit einer Schnecke vor sich hin. Alles geschah, als gäbe es sein Gegenüber gar nicht, als wäre er, der Kommissario, allein in diesem Raum und dies erweckte in der Regel enormes Interesse seiner Gesprächspartner. Bis er ihm schließlich und ganz plötzlich in die Augen blickte. Dieser kurze Moment war für Constantin immer der wichtigste, auch in einem Stundenlang dauernden Verhör. Dieser erste Eindruck hatte ihm schon so oft mehr als tausend Worte über einen Menschen verraten. Aus der Norm fallenden Äußerlichkeiten, die sein heutiger unfreiwilliger Gast zweifellos an sich hatte, maß er aber weniger an Bedeutung zu. Vielmehr war es die Aura, die schließlich jeden umgibt, für die Kommissario Constantin einen Blick, ein Gespür, ja eine Gabe hatte. Was er eben sah, das gefiel ihm ganz und gar nicht, denn es passte scheinbar nicht zu den Beweisen. Er hielt den Augenkontakt zu Massini, drückte den roten Knopf auf dem Aufnahmerecorder und sprach schließlich:

„Achtzehnter September 2011, achtzehn Uhr, zwanzig Minuten. Vernehmung Roberto Massini, verdächtigt

des versuchten Mordes an den Strandverkäufer Akin."
Constantin legte eine künstliche Pause ein, bevor er schließlich mit der eigentlichen Vernehmung begann: „Herr Massini, wo waren Sie vor drei Tagen, also am 15. September, zwischen siebzehn Uhr dreißig und achtzehn Uhr fünfzehn?"
„Auf dem Anwesen der Svörensen natürlich, wie beinahe jeden Tag der Woche. Aber dort war ich nur genau bis achtzehn Uhr. Dann bin ich nach Hause gefahren, wie jeden Tag", kam es wie aus der Pistole geschossen.
„Hmm, also genau um achtzehn Uhr sind Sie nach Hause gefahren, wie können Sie das so genau wissen?"
„Ganz einfach, weil ich mich sehr genau daran erinnern kann. Der Grund dafür war eine Verabredung mit einer jungen, hübschen Frau. An so etwas kann sich doch jeder von uns erinnern, oder?"
Constantin, gab keine Antwort auf seine Frage und der Mann fuhr fort: „Das können Sie sehr leicht überprüfen, denn genau diese Zeit steht auf meiner Stempelkarte und diese befindet sich im Büro von Herbert, dem Butler, dort werden diese entwertet und kontrolliert."
„Wie heißt und wo wohnt die Frau, mit der sie sich, na ja sagen wir mal, getroffen haben?"
„Sie heißt Maria Ronvelli und wohnt in der Via Mandela, ich glaub Hausnummer sieben, wenn mich nicht alles täuscht."

„In Obia, nehme ich an?"
„Ja, natürlich in Olbia!", erwiderte Massini gelassen und Kommissario Constantin ahnte bereits Übles, denn wenn das alles stimmen sollte, hätte der Mann ein wasserfestes Alibi. Schließlich konnten Sie die Tatzeit beinahe genau auf achtzehn Uhr eingrenzen. Aber dies würde er ohnedies bald erfahren, denn zwei seiner besten Männer vernahmen in diesen Minuten das gesamte Personal des Svörensen Anwesen. Constantin beugte sich vor, um dem Mann seine Frage aus nächster Nähe zu stellen: „Nun, nehmen wir mal an, dass Ihre Behauptung den Tatsachen entspricht, bleibt immer noch genügend Spielraum. Denn der Tatanschlag könnte genauso um achtzehn Uhr und zehn Minuten erfolgt sein. Also genügend Zeit, um nach Feierabend zur Klippe zu gelangen, das habe ich selbst überprüft." Constantin bluffte, aber vergebens.
„Unmöglich, ich habe das Anwesen mit meinem Auto durch das Tor kurz nach achtzehn Uhr verlassen, und das lässt sich wunderbar mit den Videoaufzeichnungen der Kamera am Tor untermauern." Jetzt wurde Kommissario Constantin endlich klar, warum dieser Mann von Anfang an so gelassen auf ihn wirkte.
Er hatte sich nicht getäuscht und sein erster Frust steigerte sich von Minute zu Minute, als er das Beweisstück mit der Tatwaffe in die Höhe hielt und beinahe brüllte: „Wie erklären Sie sich dann, dass Ihr

Fingerabdruck auf diesem Messer ist. Ach übrigens, das ist die Tatwaffe, denn das Blut auf diesem Messer stammt eindeutig vom Opfer. Dem nicht genug, wurden Sie schon einmal, und zwar rechtskräftig, wegen schwerer Körperverletzung verurteilt. Ich bin ja gespannt, wie Sie diese Tatsachen nun entkräften werden, oder sollten Sie nicht besser gleich einen Anwalt hinzuziehen?"
Der Mann mit den schulterlangen, etwas ungepflegt wirkenden, langen Haaren und seinem dunklen, sonnengegerbten Gesicht, blickte die Tatwaffe sehr genau an.
Schließlich nickte er in vollkommener Ruhe und sprach: „Ja, das Messer gehört mir, oder besser gesagt der Familie Svörensen und ich hatte an diesem Tag mit diesem gearbeitet, aber ich habe damit niemanden getötet. Was für ein Motiv sollte ich denn haben, diesen Schwarzen zu töten? Den kenne ich ja nicht einmal!"
Constantin legte das Beweismittel wieder auf den Tisch, stand auf, um über seine nächste Frage nachzudenken.

Er wusste sehr wohl, dass, um die Schuld des Mannes ganz sicher beweisen zu können, ein plausibles Motiv unumgänglich ist. Indizien waren ihm zwar dienlich, aber eine Mordanklage basierend ausschließlich auf Indizien, nein das war ihn zu wenig und zu unsicher. Er machte eine schnelle Drehung um die eigene Achse zu

Massini, bückte sich über seine rechte Schulter und schrie ihm ins rechte Ohr: „Wie wäre es, mit Ausländerfeindlichkeit, diese elenden Strandverkäufern taugen ja schließlich nichts, ha?"
„Ich habe nichts gegen diese Menschen, im Gegenteil! Sie tun mir leid", entgegnete Massini immer noch gelassen, seinen Kopf gerade aus gerichtet und vor allem sehr glaubhaft. Auch für den Kommissario, der immer mehr zur Überzeugung gelangte, einer grässlichen Finte aufgesessen zu sein. „Trotzdem, die Beweislage ist erdrückend....", fuhr er fort und wurde durch das schrille Klingeln seines Handys unterbrochen. Im ersten Augenblick ärgerte Constantin sich maßlos über die dreiste Störung und suchte ungestüm nach dem vibrierenden Ding in seiner Hosentasche. Er blickte auf das Display und erkannte die Nummer seines Kollegen. Sofort verließ er den Raum und nahm das Gespräch an: „Nun, was gibt es Neues?" Constantin lauschte gespannt den Ausführungen seines Kollegen.
Das was er zu hören bekam, deckte sich zu hundert Prozent mit den Aussagen des Verdächtigen. Auch die Fingerabdrücke des Mannes auf der Mordwaffe sind plausibel, schließlich arbeitete Massini ja mit diesem Werkzeug. Also will ihm jemand den versuchten Mord in die Schuhe schieben. Constantin bedankte sich bei seinem Kollegen, besprach sich mit dem Staatsanwalt,

der die Vernehmung beobachtete hatte und betrat schließlich wieder den blaustichigen, kahlen Vernehmungsraum. Massini saß immer noch in derselben Haltung, wie zu Beginn der Vernehmung, als der Kommissario sich setzte und ihm erklärte: „Die Kollegen haben Ihre Aussagen und damit Ihr Alibi bestätigt."

„Ja wunderbar, dann kann ich ja gehen!"

„Ja Massini, Sie können gehen. Aber Sie dürfen Olbia, bis der Fall restlos geklärt ist, nicht verlassen und ihr Date mit der jungen Frau, das werden wir noch überprüfen."

Massini stand auf, verließ den Raum und hinterließ einen ratlosen Kommissario. Ein wasserfestes Alibi, untermauert von einer Videoaufzeichnung, auf der seine Männer den Verdächtigen einwandfrei identifiziert hatten, sprach eindeutig für die Unschuld des Mannes.

Was hatte er übersehen, wie konnte er nur so naiv agieren, indem er sich nur auf ein dürftiges Beweismittel konzentriert hatte. Und vor allem; Wer wollte dem Mann den Mord in die Schuhe schieben, dachte er, während er die Stopptaste am Recorder drückte, die Ermittlungsakte einsammelte und den Raum Richtung Krankenhaus verließ.

*

Olav war tief erschüttert über die Geschichte, die ihm Akin über das Dorf Noumghar in Mauretanien geschildert hatte. Noch konnte er aber nicht ahnen, dass für den Erzähler die größte Prüfung noch bevorstand. Die Flucht in einem Flugzeug nach Europa, die Akin nun erzählen wollte: „Wir kamen, auf der staubigen und holprigen Straße sehr gut voran. So, dass wir noch vor Sonnenuntergang die Hauptstadt Nouachkott erreichten. Paki brachte mich bei einem seiner zahlreichen Freunde unter und er machte sich am selben Abend auf den Weg, um die Vorbereitungen für meine Flucht zu treffen." Olav nickte, war sich aber über ein Detail nicht ganz im Klaren, als er Akin schließlich unterbrach um nachzufragen:
„Akin, ich verstehe noch nicht ganz, warum dir dieser Mann geholfen hat, was hat er dafür verlangt? Das hast du mir noch nicht erzählt, oder?"
„Nein, Mr. Svörensen?"
„Nein ich glaube nicht", erwiderte Olav. Akin trank einen Schluck vom kalten Tee, bevor er die Frage seines Gönners beantwortete:
„Paki hat mir mit Handschlag versprochen, dass er meine Flucht organisieren wird. Sollte ich überleben, dann müsste ich ihm fünfzig Prozent meines Gewinnes, den ich hier machen würde, an ihn bezahlen. Was ich

dann auch gemacht habe, bis zu jenem Tag..." Akin brach den Satz ab und Olav merkte sofort, dass er ihm etwas verheimlichen wollte.

„Was bis zu jenem Tag, was ist da mit Paki geschehen? Du musst mir alles sagen, ansonsten kann ich dir nicht helfen!", ermahnte Olav Akin und dieser rückte schließlich mit der Sprache heraus: „Na, ich hatte doch so große Sehnsucht nach meiner Familie und wollte daher diesen Herbst noch, mit einem großen, sicheren Schiff nach Hause fahren. Also bat ich Paki, dass er mir dabei helfen sollte, natürlich würde ich ihn dafür auch bezahlen. Mr. Svörensen, Sie müssen wissen, dass ich als Strandverkäufer so erfolgreich war, dass ich beinahe das Zehnfache der anderen Männer verkaufen konnte. Ich habe jetzt genügend gespart, um meine Familie für viele Jahre mit dem Notwendigsten zu versorgen."

„Und das wollte dieser Paki nicht", brachte Olav seine Vermutung ein.

„Nein, das wollte er nicht. Er sage zu mir: Wenn ich hier bleiben würde, könnte er viel mehr Geld verdienen, als durch die Organisation einer einmaligen Überfahrt nach Mauretanien."

Jetzt dämmerte es Olav, das könnte des Rätsels Lösung sein. Zum einen dürfte dieser Mann wahrscheinlich wissen, dass Akin viel Geld besitzen muss, aber vor allem wollte er seine geplante Überfahrt verhindern.

„Akin noch eine Frage und du kannst mir ruhig vertrauen. „Wo bewahrst du dein erspartes Geld auf?"
„Im Lager Mr.", antwortete Akin bereitwillig.
„Und wo im Lager? Könnte jemand von deinem Versteck etwas ahnen?"
„Unser Hauptquartier ist in der Hauptstadt Cagliari, direkt unter den vielen Brücken der großen Autobahn. Ob jemand von meinem Versteck ahnt? Ich weiß es nicht, aber wir leben dort sehr bescheiden, inmitten von Müll und somit ohne jede Privatsphäre. Ja, unmöglich wäre es nicht. Es ist in einem alten Kühlschrank, dort habe ich das Geld, aber gut versteckt."
Olav nahm sein Handy aus der Hosentasche und suchte in seinen Anruflisten die Nummer des Kommissarios. „Aja, da ist sie ja", sprach er zu sich selbst und wartete bis er eine Verbindung hatte. Er hörte das Klingeln, aber es kam komischerweise nicht nur aus seinem Handy, sondern auch draußen vom Gang. Als die Türe plötzlich geöffnet wurde und Kommissario Constantin eintrat, erklärte es den Grund. „Kommissario Constantin, Sie schickt der Himmel", begrüßte Olav den Mann und fuhr fort: „Ich wollte Sie gerade anrufen, wir haben Neuigkeiten für Sie." Der Kommissario blickte auf seine Handy und erwiderte: „Ach ja, entschuldigen Sie bitte, aber ich hatte noch nicht auf das Display gesehen, aber jetzt bin ich ja ohnedies da. Also, was gibt es?" Olav erzählte ihm die äußerst interessante

Neuigkeit, die er eben von Akin erfahren hatte und setzte nach: „Das könnte doch meinen Angestellten entlasten, oder?"

„Ja, in der Tat, das klingt sehr vielversprechend, dieser Paki hätte tatsächlich ein plausibles Motiv für die Tat, was Ihrem Angestellten ja fehlt. Ach übrigens, Massini habe ich wieder aus der Haft entlassen, denn er hat ein wasserdichtes Alibi." Olav war froh, das zu hören, nicht weil er kaum einen gleichwertigen Arbeiter finden konnte, sondern weil Britt und er sich doch nicht so in dem Mann getäuscht hatten.

„Na, dann werden wir den Mann gleich zur Fahndung ausschreiben, hoffentlich ist er noch nicht über alle Berge", sprach der Kommissario wieder gutgelaunt und fragte zu Akin gerichtet: „Akin, weißt du wie viel Geld du aufbewahrt hast?" „Ja Sir, es müssten, ziemlich genau, zweitausend Euro sein und das Geld befindet sich in einem blauen Plastikbeutel." „Sehr gut Akin, das war auch der Grund meines Besuches, denn ich habe schon vermutet, dass dieser Paki irgendwie hinter der Tat stecken muss.

„Meine Herren, herzlichen Dank für den wichtigen Hinweis, Sie haben mir sehr geholfen und ich darf mich dann schon wieder empfehlen", fuhr er fort und verließ wieder das Krankenzimmer. Einen Augenblick später klopfte es erneut an der Türe und Dr. Albertini betrat mit zwei Schwestern, die ein Bett vor sich herschoben,

das Intensivzimmer. „Herr Svörensen, Akin", grüßte der Arzt freundlich und setzte mit einer ausladenden Handbewegung auf die vielen Geräte im Raum fort: „Akin, wir bringen Sie jetzt auf die Unfallstation. Das alles hier, ist für Sie jetzt nicht mehr notwendig. Herr Svörensen, ist es möglich Ihren Besuch ein andermal fortzusetzen, wir müssen danach noch ein paar Untersuchungen mit Akin machen?"
„Natürlich Doktor, können Sie schon sagen, wenn er entlassen wird?"
„Hmm, ja, wie es im Moment aussieht sollten ein paar Tage zur Beobachtung reichen, aber genaueres kann ich ihnen erst nach diesen Untersuchungen sagen."
„Dann rufen Sie mich an?"
„Ja Herr Svörensen, gerne, das mache ich", antwortete Albertini und wies die beiden Schwestern an, den Patienten in das bereitstehende Bett zu legen. Olav schüttelte Akin die Hand: „Akin, ich komme dich morgen wieder besuchen und dann bitte ich dich, mir deine Geschichte zu Ende zu erzählen. In Ordnung?"
„Ja, danke Mr. Svörensen, danke für alles", antwortete Akin, den die beiden kräftigen Schwestern gerade auf sein neues, mit weißem Laken bezogenes Bett betteten.

*

Olav Svörensen erzählte die Geschichte Akins und seines Dorfes in allen Einzelheiten beim Abendessen seiner Frau. Britt war schon immer eine sehr einfühlsame Frau. Dies war auch einer der Gründe, warum er sie damals geheiratet hatte und auch heute noch liebte. Sie war immer der ruhende Gegenpol zu ihm. Trotz dieser Feinfühligkeit war sie aber auch eine enorm starke und äußerst intelligente Frau. So war es nicht verwunderlich, dass Britt diese Geschichte, sehr nahe ging. Besonders das Schicksal der zurückgebliebenen Kinder, Frauen und Eltern und jener Männer, die bei ihrer Flucht nach Europa ihr Leben verloren hatten. Natürlich hatte sie auch von solchen Unglücken aus diversen Medien erfahren, aber hier bekam das Ganze einen konkreten Namen und das machte einen großen Unterschied. Es war so gegen zehn Uhr dreißig, beide hatten gerade beschlossen, Akin morgen gemeinsam in der Klinik zu besuchen, als ihr Handy klingelte. Der Anrufer war Jens, ihr gemeinsamer Sohn. „Hallo Jens, wie geht es dir, wo bist du?", fragte Britt freudig, nachdem sie das Gespräch entgegengenommen hatte und drückte auf die Lautsprechertaste, damit ihr Mann das Gespräch mitverfolgen konnte.

„Hallo Mutter, mir geht es gut. Wir, also Hartwig, unser Team und ich, warten gerade auf einen Anschlussflug, der anscheinend etwas Verspätung hat und so dachte ich mir: „Ruf doch mal deine alte Mutter an."
"Alte Mutter, ich werde dir schon geben, nein, aber im Ernst, wohin geht die Reise und vor allem, wann sehen wir uns wieder einmal? Du bist ja immerfort auf Achse, seid ihr aus der Akademie seid."
„Das kann ich noch nicht genau sagen, aber ich schätze in einem Monat sollten die Dreharbeiten abgeschlossen sein, dann habe ich bestimmt etwas Luft, um nach Schweden zu kommen."
„Was, einen ganzen Monat lang, was wird es für ein Film?", wollte Britt wissen und blickte zu ihrem Mann hoch, der neugierig das Gespräch verfolgte.
„Kann ich leider nicht sagen, top secret, eine ziemlich heiße Sache. Aber es wird kein Film, sondern eine dreiteilige Doku, mit der wir dann auch auf Festivals gehen wollen." „Aha, also ein heißes Eisen", sprach Britt in der Sprache ihre Sohnes, als ihr Olav mit einer

Handbewegung andeutete, dass er gerne Jens sprechen möchte.

„Jens, dein Vater möchte noch gerne mit dir sprechen", fuhr sie fort und gab Olav das Handy.

„Hallo Jens, hier ist dein Vater, ich wollte nur mal deine Stimme hören."

„Hallo Vater!"

„Es tut gut, dich zu hören und ich bin froh, dass er dir gut geht. Kann ich dir irgendwie behilflich sein?" Es herrschte einen Moment lang erdrückende Stille, ehe die Stimme seines Sohnes wieder über den Lautsprecher erklang: „Nein Vater, ich glaube nicht, dass du uns helfen kannst, aber trotzdem danke…." Der Ton aus dem Lautsprecher erstarb abrupt und klang nur mehr gedämpft, so als hielt Jens eine Hand vor das Mikrofon seines Handys. Olav und Britt versuchten, irgendetwas von dem Gemurmel aus dem Lautsprecher mitzubekommen und blickten sich, stirnrunzelnd und fragend an. Kurze Zeit später ertönte wieder die klare, dunkle Stimme ihres Sohnes aus dem Handy:

„Sorry Vater, Mutter ich muss leider zum Gate, der Flieger ist nun doch schon da. Also, haltet die Ohren steif, wir sehen uns dann, wenn ich wieder zurück bin."

„Ja dann mach es gut, mein…"

Das Tuten in der Leitung war ein untrügliches Zeichen, dass Jens bereits aufgelegt hatte und ihn die letzten Worte seines Vaters nicht mehr erreicht haben. Dennoch war es schön für Olav, die Stimme seines Sohnes, nach so langer Zeit wieder einmal gehört zu haben. Das spiegelte sich auch in seinem zufriedenen Gesichtsausdruck wider.

„Was denkst du?", wollte Britt von ihm wissen.

„Ach, weißt du Britt, manchmal haben uns die jungen Leute schon etwas voraus."

„Wie meinst du das?"

„Na ja, Jens ist doch bei weitem nicht so nachtragend, wie ich es bin, sonst hätte er wohl kaum überhaupt mit mir gesprochen, oder?"

„Nein bestimmt nicht, ganz im Gegenteil, Olav. Ich weiß, dass er dich, trotz allem was vorgefallen ist, noch immer liebt. Das hat er mir auch gesagt und das ist schon sehr erstaunlich."

„Ja, das ist erstaunlich" wiederholte Olav, nahm einen Schluck vom Martini und blickte nachdenklich in die fast herunter gebrannte Kerze am Tisch.

„So sind halt manche Menschen und zu denen gehöre auch ich", sprach er beinahe entschuldigend, blickte seiner Frau in die Augen und setzte fort: „Wenn sie etwas besitzen, egal ob es materieller Natur oder eine geschenkte Liebe oder Zuneigung ist, dann wird dies irgendwann zu einer Selbstverständlichkeit. Erst wenn der Tag kommt, an dem man es nicht mehr sein Eigen nennen kann, dann erkennt auch der Idiot den wahren Wert, und hier spreche ich nicht von materiellen

Gütern, sondern ausschließlich von Liebe, Zuneigung und Gemeinsamkeit.

Ich war einfach zu dumm und zu besessen, das, was wirklich wichtig ist, zu erkennen, aber vor allem es auch zu schätzen." Er nahm die Hand seiner Frau und sprach einfühlsam weiter: „Ich danke dir, dass du mir die Möglichkeit gegen hast, etwas von dem, was ich immer von dir bekommen habe, wieder zurückzugeben."
„Gerne Olav, aber ich glaube, dass es nicht zu spät ist auch Jens das zu geben, was ihm eigentlich gebühren würde. Er ist ein guter Junge, oder besser gesagt Mann. Junge würde er wohl nicht gerne hören", sprach sie schmunzelnd und setzte ernst fort: „Vielleicht nützt ihr die Gelegenheit, wenn er in einem Monat nach Schweden kommt und unternehmt irgendetwas gemeinsam. Vielleicht ergibt sich dann eine gute Gelegenheit über alles zu sprechen."
„Ja Britt, das machen wir bestimmt, schließlich habe ich jetzt ja jede Menge Zeit dafür."

Olbia, 19. September 2011

Die Fahndung nach Paki Lombardi, sofern dieser natürlich noch im Lande weilte, sollte kein allzu großes Problem werden. In der Datenbank der Quästur fand man ein brauchbares Foto des mutmaßlichen Täters. Zwar lag das Datum der Abbildung schon einige Jahre zurück, denn es entstand im Zuge einer Verhaftung wegen einer ausufernden Schlägerei in einer Bar, in die auch Paki Lombardi verwickelt war. Diese fünf Jahre sollten aber nicht allzu viel am Äußeren eines Menschen bewirkt haben. Außerdem konnte Constantin noch gestern Abend eine richterliche Verfügung zur Abhörung seines Handys erwirken. Während er und ein audivisioneller Techniker den Lauschangriff starteten, machten sich Kollegen aus der Hauptstadt Cagliari, noch vor Sonnenaufgang, auf den Weg zum Hauptquartier der Strandverkäufer. Die Ankunft der Staatsgewalt in Form von zehn vermummten Männern einer Spezialeinheit in den frühen Morgenstunden, löste bei den im Chaos, Müll und Dreck lebenden Strandverkäufern eine große Hysterie aus, die in einer wilden Flucht der selbigen endete.

Drei arme Kerle, allerdings, waren mit Schlaf dermaßen gesegnet, dass sie die herannahende Gefahr einfach nicht wahrnehmen konnten. So gelang es den Beamten wenigstens diese eingehend zu befragen. Jeder wurde, natürlich einzeln, und da die Zeit drängte, noch vor Ort befragt. Bei zweien stellte sich bald heraus, dass diese in keinerlei Hinsicht eine wertvolle Auskunft geben konnten oder wollten. Der dritte Mann war ein Volltreffer, denn dieser hatte allem Anschein nach noch eine Rechnung mit Paki Lombardi offen und war bereit zu reden. Ja, es schien beinahe so, als wäre dieser froh, dass endlich Licht in das mysteriöse Machwerk ihres Bosses gebracht wurde. Was der Kommissario aus Cagliari, der die Befragung an sich gerissen hatte, nun von dem jungen Mann zu hören bekam, überstieg sogar seine, von Berufswegen nicht gerade kindliche Vorstellung eines Verbrechers, der auf Kosten anderer exzellent lebte. Der Mann habe aber auch beste Kontakte und zwar nicht nur hier in Sardinien und das könnte die Fahndung äußerst schwierig machen. Während die Vernehmung des jungen Mannes nun zur Chefsache erkoren wurde, konnte in Olbia ein ausgehendes Gespräch Pakis abgehört werden.

Constantin und der Techniker saßen keine zehn Minuten vor der modernen Technik, ehe am Bildschirm eine rote Lampe Signallampe des Softwareprogramms aufblinkte und somit den Aufbau eines Gesprächs ankündete.

„Alitalia, meine Name ist Bianca Testa, was kann ich für Sie tun?"

„Mein Name ist Paki Lombardi, können Sie mir einen Flug mit der nächsten Maschine nach München buchen?"

„Ja, sehr gerne Herr Lombardi, einen Moment bitte!", ertönten die ersten Sätze der Gesprächspartnerin aus dem Lautsprecher des Computers. Die integrierte Audiosoftware zeichnete natürlich alles in Wave Form auf und die Ortung des Handys lief bereits auf Hochtouren, als sich die Dame wieder meldete: „Ich kann Ihnen einen Flug mit unserer Gesellschaft um fünfzehn Uhr anbieten."

„Hmm, fünfzehn Uhr, geht es nicht früher, es eilt!"

„Einen Moment bitte, ich schaue mal nach, ob sich bei einem Charterflug, der um zehn Uhr startet, noch etwas machen lässt", antwortete die freundliche Dame und der fortlaufende, blaue Balken der Grafik (für die Ortung) hatte gerade ein Drittel der Skala erreicht.

„Nein Herr Lombardi, es tut mir leid, die Maschine ist ausgebucht, wie gesagt für den fünfzehn Uhr Flug kann ich Ihnen gerne einen Platz reservieren."

„Gut, dann nehme ich diesen", entschied der Mann, und die Beamten in der Quästur, mit den überdimensionalen Kopfhörern auf ihren Ohren, konnten eine enorme Nervosität in seiner Stimme heraushören.

„Gerne Herr Lombardi, dann bräuchte ich noch ihre Pass - und Kreditkartennummer." Paki gab die gewünschten Daten durch und die Beamten notierten diese ebenfalls auf einem Zettel, bis die Dame abschließend sprach: „Herzlichen Dank Herr Lombardi, das Ticket ist am Informationsschalter der Alitalia für Sie hinterlegt. Ich wünsche Ihnen einen guten Flug." Ein Knacken in der Leitung war das untrügliche Signal, dass das Gespräch beendet wurde, doch der Ortungsbalken hatte gerade mal die Hälfte der Skala erreicht. Somit war diese nicht erfolgreich verlaufen.

„Kein Problem, wir haben den Mann", erklärte Kommissario Constantin, als der Techniker seufzend die Schultern hob. „Jetzt müssen wir nur noch herausfinden, von welchem Flughafen der Alitalia Flug um fünfzehn Uhr nach München abhebt, dann können wir in Ruhe unseren Mann festnageln", fuhr er fort.

„Das können Sie sich sparen Kommissario, einen Moment bitte", erwiderte der junge, etwas ungepflegte wirkende Techniker mit seiner schrecklich altmodischen Brille auf der Nase, und tippte ein paar Zahlen in ein weißes Feld einer Datenbank. Einen kurzen Augenblick später erschien schon das Ergebnis: „Es ist der

Flughafen Elmas, also Cagliari!", erklärte der über beide Ohren strahlende Mann.

„Wunderbar, gute Arbeit, dann darf ich mich empfehlen", erwiderte Kommissario Constantin freundlich, klopfte dem Mann gratulierend auf seine Schultern und verließ eiligst den Raum.

„Diese unvorsichtige Art, eine, wenn auch eilige Flucht, vorzubereiten, könnte durchaus mit der Razzia in Cagliari zusammenhängen. Sollte er sich bei den Strandverkäufern aufgehalten haben, dann kann er ja wohl eins und eins zusammen zählen. Oder wiegte sich dieser Mann, durch seine absurde Anschuldigung Massinis, doch tatsächlich in Sicherheit? Was aber, wenn er doch schlauer ist, als er im Moment annahm?", dachte er, als er gerade sein Büro im ersten Stock der Quästur betrat.

Was Kommissario Constantin nicht wissen konnte war der Umstand, dass Paki sehr wohl von der Razzia erfahren hatte, aber durch einen Anruf eines Strandverkäufers und nicht, weil er selbst an dem fürchterlichen Ort war.

Dieser Mann lebte nicht unter Brücken einer Großstadt und inmitten von Müll, Gerümpel gepaart mit elendem Gestank, sondern in einer durchaus annehmlichen

Wohnung, mit Blick auf das blaue Meer. Als Constantin sich auf seinen schäbigen Ledersessel - wenn man dieses Mobiliar überhaupt als solchen bezeichnen konnte - setzte, kam gerade ein Gespräch über die Hausleitung herein.

„Ja Constantin", nahm er das Gespräch entgegen. Es war der leitende Kommissario aus Cagliari, der sich mit dem Vernehmungsergebnis direkt aus dem Strandverkäufer Lager meldete. Es waren interessante Neuigkeiten, die Constantin zu hören bekam. Und mit Sicherheit würden einige Punkte aus den Anschuldigungen des Zeugen das Strafmaß, im Falle einer Verhaftung, deutlich nach oben drücken. Der maßgeblichste Punkt von allen war eindeutig die Ausübung einer organisierten Schlepperei.

Die Details, die sie von dem jungen Mann bekamen, dessen Frau bei der Flucht nach Europa in der Enge der Unterbringung im Laderaum, sprichwörtlich verreckt war, waren erschütternd. Für einen Europäer schlicht unvorstellbar. Aber vor allem wollte dieser Mann seine Anschuldigungen auch vor Gericht bestätigen, wenn man ihm den entsprechenden Schutz zusagen würde. Als der ihm persönlich unbekannte Kommissario aus Cagliari seinen Redefluss schließlich mit: „Das war es, was wir herausfinden konnten", beendete, dankte

Constantin herzlich und informierte ihn wiederum über das abgehörte Gespräch des Verdächtigen. Der Verhaftung stand nun nichts mehr im Wege und Constantin lehnte sich, nachdem er das interessante Gespräch beendet hatte, entspannt und mit sich selbst zufrieden, zurück. Er war, und zwar von Anfang an, von der Unschuld des Mechanikers überzeugt. Wieder einmal hatten ihn seine ausgeprägte Menschenkenntnis, aber auch Kommissario Zufall, enorm geholfen, die Ermittlungen in die richtige Richtung zu lenken. Auf einmal kam ihm ein anderer Gedanke in den Sinn: „Was aber, wenn das eben gehörte Gespräch ebenso fingiert war und einem ausgeklügeltes Ablenkungsmanöver diente. Konnte dieser Mann ahnen, dass er abgehört wurde und entzog er sich durch diese Ablenkung auf einen anderen, ihm unbekannten Weg, der Justiz?

„Er würde in jedem Fall auf Nummer sicher gehen!", dachte er und machte sich zuerst noch einmal auf den Weg zum audivisionellen Techniker, dann zum Quästor, der schon auf einen Bericht über den Stand der Ermittlungen, wartete.

Als Constantin noch eine wichtige Information vom Techniker in Erfahrung bringen konnte, klopfte er einige Minuten später an die Türe seines Chefs. Ein kräftiges und im tiefen Bass klingendes „Herein", ertönte durch die schwere Türe. Schon aus diesem einzigen Wort konnte man die diktatorische Kompetenz des Quästors heraushören.

Der zweiundsechzig jährige Mann war von stattlicher Figur und den Annehmlichkeiten des Lebens - in jeder Hinsicht - nicht abgeneigt, aber immer hart arbeitend. Immer, wenn Constantin sein großes, in dunkler Eiche gehaltenes Büro über den knarrenden Parkettboden betrat, schien der Mann außerordentlich beschäftigt zu sein. Was sein Chef nun wirklich den ganzen Tag lang machte, denn er verließ sein Büro nur zum Mittagessen und am Abend, das wusste eigentlich niemand so richtig, zumindest nicht in der Quästur von Olbia.
„Ah Kommissario Constantin, wie schön dass Sie sich einmal blicken lassen. Wie stehen die Ermittlungen im

Fall dieses....na, Sie wissen schon", sprach er, als er seinen Untergebenen ernst anblickte. Er deutete auf den Stuhl vor seinem Schreibtisch. Constantin setzte sich und berichtete über den bisher, eigentlich sehr erfreulichen Stand, und beendete den Vortrag mit einem großen „aber!" Der Quästor hob fragend seine Schultern. „Was aber, das klingt doch alles bestens!"
„Nun, ich kann nicht ganz ausschließen, dass dieses abgefangene Gespräch ein fiktives war." Sein Chef hob die linke Hand, legte den Daumen auf die Wange und massierte sich sein perfekt rasiertes Kinn einige Male, bevor er feststellte:
„Das wäre natürlich möglich, aber was können wir tun, um dem Mann jede Fluchtmöglichkeit abzuschneiden?" Natürlich hatte Constantin schon beim Techniker und auf dem Weg zu seinem Chef, einen Plan in seinem Kopf geschmiedet. Einen Besuch beim Quästor, ohne eine Lösung zu einem anstehenden Problem, konnte durchaus fatale Folgen haben, auch für den erfolgreichen Kommissario Constantin. Nachdem er, seinem interessierten und immerfort nickenden Chef, seine geplante Vorgangsweise in allen Einzelheiten erklärt hatte, nickte dieser abermals zustimmend und sprach: „Leiten Sie alles in die Wege, meine Zustimmung haben Sie."
„Danke Quästor", erwiderte Constantin und machte sich wieder auf den Weg in sein Büro.

„Ach Constantin"…, ertönte die Stimme des Quästors, als er gerade die Türe hinter sich schließen wollte.
"Ja?", erwiderte er und öffnete die Türe wieder einen Spalt breit.
„Gute Arbeit. Mein Kompliment!"
„Danke Quästor!", erwiderte er und fragte bei sich, wann er zum letzten Mal ein Lob aus dem Munde seines Chefs zu hören bekommen hatte. Freilich in der Quästur gab es auch eine Menge hart arbeitender Frauen und Männer die noch niemals ein Lob von ganz oben bekommen haben.
Diese kannten ihren Vorgesetzten nur durch Schimpftiraden und diese Anfälle konnte man durchaus als vernichtend bezeichnen.

*

Etwa zur selben Zeit machten sich Britt und Olav Svörensen, wie besprochen, auf den Weg ins Krankenhaus. Mit jeder Minute, die sie der Klinik näher brachte, stieg ihre innere Spannung auf das, was sie heute wohl zu hören bekamen. Wie war Akin die Flucht tatsächlich gelungen? Das war es, was er ihnen heute erzählen würde. Als sie schließlich das Zimmer auf der

Unfallstation, in dem noch vier weitere Patienten lagen betraten, war das Bett ihres Schützlings verweist. Olav dachte im ersten Moment an etwas Schreckliches, beruhigte sich aber bald mit der Tatsache, dass Akins Zustand gestern ja ausgesprochen gut gewesen war. Er wandte sich an einen jungen Mann, der im Nebenbett Akins lag um von ihm zu erfahren, wohin man Akin gebracht habe. Dieser wusste etwas von einer Untersuchung, zu der sie ihn vor etwa einer Stunde und im Rollstuhl gefahren hatten.

Olav war erleichtert und erfuhr dann von einem anderen Patienten, dass Akin eigentlich jeden Moment wieder hier sein sollte. Beide gingen wieder hinaus auf den Gang und im selben Moment rief schon jemand: „Mr. Svörensen, hier bin ich!" Es war Akin, dem sein strahlendes Lächeln vorauseilte.

„Hallo Akin", grüßten die Besucher ihn, als die Krankenschwester den Rollstuhl vor ihnen zum stehen brachte.

„Akin, das ist meine Frau Britt. Britt das ist Akin", stellte Olav die beiden einander vor und Akin schüttelte, hocherfreut und kräftig die zarte Hand von Britt, als er sprach: „Ms. Svörensen, danke dass Sie mich nicht liegen gelassen haben, dort am Strand, vielen Dank!"

„Ist schon gut, das ist doch selbstverständlich. Ich freue mich, dass es Ihnen wieder gut geht", erwiderte Britt und konnte durchaus eine gewisse Sympathie für das Wesen des dunkelhäutigen Mannes empfinden.

„Können wir uns vielleicht in dem Raum dort unterhalten?", wollte Olav von der Schwester wissen und deutete mit seiner Hand auf das leere Besucherzimmer.

„Ja ich denke schon, das war für heute die letzte Untersuchung und somit sollte es kein Problem sein, wenn er im Aufenthaltsraum ist.

Akin, aber pünktlich um elf Uhr ist Visite, da solltest du bitte wieder in deinem Zimmer sein", sprach die äußerst hübsche, schwarzhaarige und zu Akin hinunter gebückte Krankenschwester und übergab Olav den Rollstuhl. Olav stellte den Rollstuhl mit Akin so an den Tisch, dass er von der hellen Sonne nicht geblendet wurde und sie beide nahmen auf der gegenüber liegenden Seite Platz.

„Also Akin, wir beide sind schon sehr gespannt, wie du nun hierhergekommen bist", sprach Olav freundlich und machte es sich, in Erwartung einer längeren Geschichte auf einem hölzernen Stuhl - so gut es ging, bequem.

„Mr. Svörensen, ich glaube wir sind in Nouachkott stehen geblieben, oder irre ich?"

„Ja stimmt genau, dieser Paki war noch am selben Abend, als ihr dort angekommen seid wieder aufgebrochen, um deine Flucht vorzubereiten", antwortete Olav, dem die Erzählung vom Vortag noch in bester Erinnerung war.

„Ja also, es sollte einige Tage dauern, bis Paki endlich wieder auftauchte und zu meiner Erleichterung dann erklärte, dass beinahe alles schon vorbereitet sei. Ich kann mich noch sehr gut an diesen Moment erinnern, da ich trotz meiner Angst auch sehr glücklich war, meinem Ziel, nämlich meiner Familie ein Überleben zu ermöglichen, ein Stück näher gekommen war. Er nahm mich beiseite und schob mich vor sich in ein kleines Zimmer, wo wir beide ungestört waren, um mir dort seinen Plan im Detail zu erklären. Er würde dafür sorgen, dass ich eine Sicherheitslücke des Flughafens nützen könnte, um zu den Hinterreifen des großen Flugzeugs zu gelangen. Dabei handelt es sich lediglich um etwa hundert Meter, die ich schnell und unbemerkt laufen müsse. Passieren sollte dieser Teil der Flucht genau dann, wenn jene Crew, die die Maschine gelandet hatte, diese schließlich verlassen hatte. Die warme Kleidung, die normalerweise Extrembergsteiger tragen würden, so sagte er zu mir, müsste ich schon vorher zur Gänze überziehen, aber der notwendige Sauerstoff samt Maske würde sich dann im rechten Reifenschacht des Flugzeuges und in Form von vier Flaschen befinden. Die *rechte* Radkammer betonte er mehrmals, denn wenn ich das in der Eile, oder aus was für einem Grund auch immer verwechseln würde, wäre das fatal für mich. Als er mir, also den Begriff „Rechts" mehrmals und eindrücklich erklärt hatte, griff er in seine Tasche und zog ein Blatt Papier heraus. Als er es auf einem Tisch ausgebreitet hatte, erkannte ich, dass es sich um eine Art Anleitung handeln musste. Das erkannte ich an den detaillierten Zeichnungen.

Ich sollte Recht behalten, denn mit diesen Zeichnungen erläuterte er mir genauestens, wie ich die zweite, dritte, vierte Flasche Sauerstoff an die Maske montieren musste. Sollte ich das aus irgendeinem Grund nicht zustande bringen, würde das meinen sicheren Tot bedeuten. Nachdem ich den Wechselvorgang einigermaßen begriffen hatte, ließ er mich etwa eine halbe Stunde alleine, damit ich den Vorgang im Geiste weiterüben konnte. Als er schließlich wieder herein kam, verlor er kein Wort mehr über dieses Gerät, sondern erzählte genau, wie der Flug ablaufen wird. Das Flugzeug, benötigt etwa eine halbe Stunde, um auf seine Reiseflughöhe, die sich in etwa zehntausend Metern befindet, zu erreichen. In dieser Zeit müsste ich in jedem Fall auf den zusätzlichen Sauerstoff verzichten und dies sollte, da ich ja ausgeruht, warm angezogen und durchtrainiert war, kein Problem werden. Wenn das Flugzeug die Reiseflughöhe schließlich erreicht hatte, würde ich das durch die leiser werdenden Triebwerke, an den eisigen Temperaturen und nicht zuletzt durch den Sauerstoffmangel bemerken. Da die deponierte Menge des zusätzlichen Sauerstoffs nicht ausreichen würde, um den ganzen Flug lang, der etwa fünf Stunden dauern wird, zu atmen, sollte ich so lange wie nur möglich zuwarten."

Britt erinnerte sich, während Akin von den Vorbereitungen gesprochen hatte, plötzlich an einen Vorfall, der sich Mitte April letzten Jahres in der Schweiz zugetragen hatte.
Diesen schrecklichen Beitrag hatte sie in irgendeiner Nachrichtensendung gesehen und darin wurde berichtet, dass Frauen einen dunkelhäutigen toten Mann in einem Waldstück, nahe Weißlingen, aufgefunden hatten. Dieser lag offenbar schon seit einigen Wochen in dem Wald und wies Knochenbrüche von Kopf bis Fuß auf. Britt konnte sich noch gut an den graumelierten, charmanten und scheinbar mitfühlenden Staatsanwalt im Fernsehen erinnern, der dem Reporter erläuterte, dass der Mann mit ziemlicher Sicherheit als blinder Passagier in einem Reifenschacht eines Passagierflugzeuges erfroren sein dürfte. Bei der Landung, also zu dem Zeitpunkt, wo das Fahrwerk des Jets ausgefahren wurde, fiel er dann heraus. Britt

konnte nicht glauben, dass ihr nun ein Mann gegenüber saß, der ein solches Martyrium überleben konnte.

Wie groß muss die Liebe dieses Mannes zu seiner Familie sein, wenn er sein Leben für sie aufs Spiel setzte, fragte sie sich verwundert und konzentrierte sich wieder auf seine Erzählung.
„Wenn sich die Geräuschkulisse der Triebwerke nach etwa vier Stunden noch einmal verringern würde und ich im Magen etwas spüren würde, dann wäre ich meinem Ziel schon sehr nahe", sagte Paki, in diesem kleinen Zimmer zu mir in Cagliari wäre es dann bereits dunkle Nacht. Er kenne dort einen Mann, der bei der Gebäcks Abfertigung tätig sei und der ihm noch einen großen Gefallen schulde. Dieser habe ihm schon zugesichert, dass er den Flug am besagten Abend abfertigen werde. Somit wäre auch dieser Part meiner Flucht, wenn nichts Unvorhergesehenes dazwischen käme, zumindest perfekt geplant."
Olav bemerkte, dass Akins Stimme etwas rau klang und unterbrach ihn, damit er etwas zu trinken für ihn besorgen konnte. Während Olav eine Schwester um einen Tee für den Patienten bat, saßen sich Britt und Akin alleine gegenüber. „Akin, ich kann es nicht fassen, dass Sie so etwas überleben konnten!", sprach Britt und

sah den Glanz in seinen Augen als er antwortete: „Mam, das war die Hölle, das können Sie mir glauben."
„Das glaube ich Ihnen Akin, das glaube ich", antwortete Britt mitfühlend, als Olav bereits zurückkam und Akin ein Tasse mit heißem Tee, reichte.
„Das wäre dort oben das richtige gewesen", scherzte er lächelnd, während er die heiße Tasse in beiden Händen hielt und mit seinen Augen nach oben deutete. Er nahm mit Genuss einen Schluck, dachte an den Pfefferminztee zuhause und erzählte dann weiter: „Schließlich kam der große Tag. Paki führte mich an einen hohen Zaun, der den Flughafen absicherte und ich dachte bei mir, das war es dann, denn ich fand dort nirgendwo eine Lücke, durch die ich hindurch kriechen hätte können. Er deutete mit einem Finger und ohne Worte auf eine kleine Türe im Zaun und zeigte mir anschließend, wo das riesige Flugzeug stand."
„So eine Maschine hatte ich natürlich noch niemals in meinem Leben gesehen, noch dazu aus nächster Nähe. Während ich nun dieses Wunderwerk der Technik kurz betrachtete, vor allem aber suchte, wo sich nun mein Unterschlupf befinden würde, hatte sich Paki schon lautlos und ohne ein Wort des Abschieds von mir entfernt. Als ich dann so alleine da stand, kamen in mir wieder diese Zweifel hoch, ob es richtig war, was ich da jetzt vorhatte. Ich hatte furchtbare, unbeschreibliche

Angst, weil ich einfach nicht wusste, was mich erwarten würde.

Dann dachte ich an meinen Sohn Mabili, an meine schwangere Frau Malenga und an die lieben Kleinen und drückte wie selbstverständlich den Türdrücker an der kleinen Türe im Zaun. Diese öffnete sich tatsächlich und nach einem schnellen Sprint stand ich bereits wenige Sekunden später vor den mächtigen Reifen dieses Flugzeuges. Jeder einzelne war beinahe so groß wie ich selbst und in diesem Moment überkam mich eine Panik, denn ich hatte in der großen Aufregung ganz vergessen, jenen Zeitpunkt abzuwarten, an dem die Crew das Flugzeug bereits verlassen hatte. Außerdem haben Paki und ich nie darüber gesprochen, wie ich denn in den Schacht hinauf gelangen konnte. Ich vergewisserte mich, dass es das rechte, hintere Fahrwerk war, vor dem ich nun stand und entdeckte im selben Moment die metallene Aufhängung des Reifens, die schräg nach unten, aus dem dunklen Schacht über mir, hinunterragte. So schnell ich konnte, kletterte ich auf den Reifen und an dieser Metallaufhängung hoch. Als ich den Schacht erreicht und mir eine gute Standposition gesucht hatte, blickte ich mich schnell, mit rasendem Puls und schwer atmend um, ob die Sauerstoffflaschen, wie versprochen, auch wirklich da waren. Zu meiner Erleichterung sah ich diese gleich neben mir, an der Wand hängen und sie stimmten genau mit der Beschreibung, die ich schon hunderte Male im Geiste durchgegangen war überein. Eine der Flaschen war mit einer Atemmaske ausgerüstet und dieses graue Ding baumelte etwas im Wind, der von unten in den Schacht blies. An dieser Maske prangte ein schmales, graues Gummiband, das zur Befestigung am Kopf des Trägers dient. Ich kann mich noch genau daran erinnern, wie ich nun so da stand und nach unten blickte und mir dieser furchtbare Gedanke in den Sinn kam. Wie beim Segeln auf dem Meer, wenn ein Blitz vom Himmel zuckt, gegen den du keine Chance hättest, sollte er dich treffen. Welche Position in diesem Schacht müsste ich schließlich einnehmen, um nicht von dem mächtigen Fahrwerk des Flugzeuges zerquetscht zu werden, wenn dieses nach dem Start eingefahren wird. Ich versuchte im Geiste jene Bahn zu zeichnen, die ich von der hydraulischen Bewegung der Aufhängung annahm und platzierte mich genau so, dass ich mich genau zwischen den beiden Reifen befinden müsste. Aus dieser Position stellte ich mir dann diese mächtigen, mannshohen Reifen im Schacht vor und ob ich, wenn sie dann eingefahren waren, auch noch die Flaschen mit dem Sauerstoff erreichen könnte. Das war für mich, ohne dass ich die Reifen im Inneren sehen konnte, einfach nicht abzuschätzen."

So musste ich es, wohl oder übel, dem Zufall überlassen und betete, bis das Flugzeug dann schließlich zu rollen begann zu Allah, dass er mir gnädig sein möge, in dem was nun vor mir lag. Akin stoppte die Erzählung plötzlich und für Olav und Britt schien es, als suche er gedanklich nach irgendetwas, das ihm aber nicht einfallen wollte.

„Nein, dann kam der Mann, ja der Pilot, das hätte ich jetzt beinahe vergessen. Als ich mich, mit meinen angstvollen Gedanken an Allah wandte, vernahm ich plötzlich eine Männerstimme, direkt unter mir und sah von oben auf einen Mann mit einer Mütze, der wohl der, na, wie sagt man? Ja genau, der Chef dieses Flugzeuges gewesen sein musste. Jedenfalls inspizierte dieser genauestens das gesamte Fahrwerk und die Reifen. Hätte er nur einmal nach oben geblickt, wäre meine Reise nach Europa in diesem Augenblick zu Ende gewesen. Dem war aber nicht so und das Flugzeug rollte nach etwa einer halben Stunde an. Ich kann ihnen sagen, dass ich schon bei dieser Geschwindigkeit Mühe hatte mich zu halten. Also musste ich meine Position in diesem Schacht nochmals überdenken und mir schleunigst einen besseren Halt suchen, der es mir ermöglichen würde, den Start bis zum Einfahren des Fahrwerks unbeschadet zu überstehen.

Dann aber ging alles so rasend schnell und als die Triebwerke der Maschine aufheulten, war ich noch immer in derselben Position. Zu meinem großen Glück drückte mich die ungeheure Kraft nun so an die Blechwand, dass ich mich keinen Millimeter mehr rühren konnte. Als ich in meinem Magen spürte, dass das Flugzeug abgehoben sein musste, denn nach unten konnten ich blicken, wusste ich, dass es nun kein Zurück mehr für mich gab. Die Bilder meiner Familie huschten in Gedanken an mir vorbei und dann übertönte schon ein knarrendes Geräusch den Wind im Schacht und dieses große Fahrwerk, mit den vier Reifen, kam in wenigen Sekunden direkt auf mich zu. Diesen Augenblick werde ich wohl niemals vergessen können, denn noch lange Zeit nach meiner Flucht hatte ich immer wieder denselben Alptraum davon. In diesem, wache ich, nachdem mich die Räder zerquetschten hatten, schweißgebadet auf."
Akin war den Tränen nahe und Britt konnte eine ungeheure Angst in seinem Gesicht erkennen.
„Akin, sollen wir eine Pause machen?", fragte Olav, der den zerknirschten Zustand Akins als beginnende Panik interpretierte.
„Nein Mr. Svörensen, es geht schon. Es ist nur…wenn ich daran denke, dann…habe ich immer den Tod vor meinen Augen."

„Ja Akin, das ist nur zu verständlich, also lass uns eine Pause machen, das wäre bestimmt besser für dich", redete ihm nun Britt gut zu und hatte ihn unbewusst persönlich angeredet, während sie seine zittrige Hand in die ihre nahm, um ihn zu beruhigen. Akin griff, etwas verlegen mit seiner freien Hand nach der Teetasse und trank ungeschickt einen Schluck, als Britt schließlich ihre Hand von seiner löste, erzählte er etwas gefasster und mit festerer Stimme weiter:

„Zum Glück war es dann aber nicht wie in meinen späteren Alpträumen und meine geistige Berechnung sollte sich als richtig erweisen. Hätte diese nicht gestimmt, wäre keine Zeit geblieben, um eine andere Position einzunehmen. Das wurde mir in jenem Moment bewusst, als ich zwischen dem vorderen und hinteren Reifen beengt, in dieser lauten Maschine stand. Als ich mich, einigermaßen an diese Enge gewöhnt hatte, versuchte ich die erste Sauerstoffflasche, die mit der Maske, an mich zu nehmen und es gelang mir auf Anhieb. In diesem Moment war ich sehr erleichtert und etwas Zuversicht mischte sich in meine triste Situation, ehe ich merkte, dass es bereits immer kälter wurde. Sofort zog ich die Wollmütze über und darüber streifte ich noch, die am Anorak befindliche Haube um diese am Kinn dann fest zu verschnüren.

Ich hatte keinerlei Zeitgefühl und konnte nicht ahnen, wie hoch das Flugzeug nun schon fliegen würde. Zu diesem Zeitpunkt stand ich ganz still und konnte noch recht gut atmen, aber mit der Zeit merkte ich, wie mich immer stärker Schwindelgefühle übermannten und die Kälte an mir zu nagen begann. Während ich die erste Sauerstoffflasche an mich nahm und die Gummimaske über den Kopf streifte, bemerkte ich, dass die Geräusche der Triebwerke leiser wurden. Auch mein Bauch sage mir, dass wir die Reiseflughöhe erreicht haben mussten und zu meinem Erstaunen war die Kälte durchaus zu ertragen. Aber diese immer stärker werdenden Schwindelgefühle und auch ein komisches, irritierend und verwirrendes Gefühl, zwangen mich schließlich einige Atemzüge aus der Flasche zu machen. Sofort merkte ich die guttuende Wirkung und nahm dann die Maske wieder ab. Der erste Atemzug ohne Sauerstoff war ein so beklemmendes Gefühl, das ich mit Worten kaum beschreiben kann. Ja vielleicht so: Man liegt am Boden und ein äußerst kräftiger Mann drückt mit all seiner Kraft gegen deinen Brustkorb, du aber solltest atmen, denn dein Puls rast wie bei einem schnellen Sprint. Jedenfalls versuchte ich, so tief wie nur möglich, zu amten, aber nach nur wenigen beklemmenden Atemzügen, übermannte mich abermals dieses unbeschreibliche Schwindelgefühl.

Ja und so ging es dann Stunde für Stunde. Einige Atemzüge aus der Flasche, dann wieder ohne Sauerstoff bis hin zur drohenden Ohnmacht. Obwohl mir die beißende Kälte, wohl durch diese enorm gute und warme Kleidung erträglich erschien, konnte ich, nach einiger Zeit meine Füße und Hände nicht mehr spüren. Schmerzen hatte ich aber nie wahrgenommen, vielleicht auch, weil ich mit dem Atmen dermaßen beschäftigt war und es auch irgendwie schaffte, eine leere mit einer vollen Sauerstoffflasche zu tauschen. Mehrmals drohte ich, während ich bereits die letzte Flasche in Gebrauch hatte, in Ohnmacht zu fallen und entschloss mich aus diesem Grund, etwas öfter über die Maske zu atmen. Als ich mir gerade wieder einige Atemzüge mit Sauerstoff genehmigte, klärte sich meine Aufmerksamkeit und ich hörte plötzlich das Treibwerk des Flugzeuges kaum mehr. Bald darauf verspürte ich dieses wunderbare Gefühl in meinem Bauch, das mir sagte: Akin, das Flugzeug befindet sich endlich im Sinkflug.

Jetzt galt es durchzuhalten und diese wunderbare Glückseligkeit in mir half mir enorm auch diese letzte halbe Stunde noch durchzustehen."

Akin trank den letzten Rest seines Tees, aus der mit bunten Blumen bemalenden Tasse, blickte zu seinen Gönnern und erzählte weiter:

„Da ich mittlerweile schon einige Zeit von dieser letzten Flasche geatmet hatte, war mir klar dass es nur mehr eine Frage der Zeit sein würde, bis diese ebenfalls leer sein würde. Als das zischende Geräusch des Sauerstoffs schließlich, wie bei den anderen drei zuvor abrupt endete, nahm ich die Maske ab, hielt die Luft an und traute mich kaum einen Atemzug, ohne diesen überlebensnotwendigen Stoff zu machen. Dann dachte ich mir, wenn ich spüre, dass die Temperatur schon wieder deutlich zugenommen hatte, dann müsste auch der Sauerstoff in der Luft wieder zur Atmung reichen. So war es dann auch. Als ich ausatmete und gerade den ersten Versuch machte wieder frei zu atmen, erfüllte aber plötzlich ein unglaublich lautes Geräusch den Schacht und ich sah gerade noch rechtzeitig, wie sich die Luke öffnete. Ich versuchte mich krampfhaft an die Nieten der Blechwand zu klammern und hoffte inständig, dass ich nicht aus dieser Maschine, jetzt so kurz vor meinem Ziel, fallen würde. Es ging gut, aber in diesem Moment, wo ich das realisiert hatte, spürte ich fürchterliche und stechende Schmerzen am ganzen Körper. Ich zwang mich mit all meiner Kraft an die Blechwand und widerstand so diesem ungeheuerlichen Drang in mir, mich zu bewegen.

Dann ging es sehr schnell, die Maschine neigte sich etwas und setzte, scheinbar im selben Moment und ganz sachte, auf der Landebahn auf. Das Abbremsmanöver sollte meine letzte noch verbliebene Kraft rauben und als das Flugzeug schließlich nur mehr langsam rollte, sank ich vollkommen entkräftet auf das Bodenblech und weinte vor Erschöpfung."

Britt und Olav saßen fassungslos Akin gegenüber und konnten nicht glauben, was sie eben gehört hatten. Es war einfach unbegreiflich, dass ein Mensch so etwas auf sich nahm und mehr noch, eine solche Odyssee überleben konnte. Am anderen Ende des Tisches jedoch saß der lebende Beweis. Dieser Mann war zweifelsohne eine außergewöhnliche Persönlichkeit und Olav war froh, dass er ihm seine Hilfe nicht verweigert hatte, denn durch seine Geschichte konnte er noch vieles lernen, soviel stand in diesem Moment für ihn fest, als er ihn fragte: „Akin, wie bist du dann aus dieser Maschine raus gekommen und wie ist es dir hier in Sardinien ergangen?"
„Ich hatte gar nicht bemerkt, dass es mittlerweile schon dunkel geworden war, ist ja keine Wunder, oder?", sagte Akin schmunzelnd, lachte und fuhr fort: „Es dauerte eine Weile bis ich schließlich aus der Maschine steigen konnte.
In dieser Zeit verhielt ich mich ganz still, lauschte jedem Geräusch und nutzte diese Zeit, um mich wieder einigermaßen zu erholen. Nur die stechenden Schmerzen in meinen Händen und Füßen wollten nicht aufhören bis ich plötzlich abgelenkt wurde und jemanden unter mir wahrnahm."

„Ich nahm an, dass es der gekaufte Mann von Paki war, der nun zu mir hochblickte, spöttisch lachte und dann zu mir deutete, ich könnte jetzt herunterkommen. Er führte mich zu seinem Gepäckwagen, den er ganz nahe am Flieger geparkt hatte, und platzierte mich grob zwischen einigen Gepäcksstücken. Dann legte er noch einige mehr über mich und schließlich fuhren wir davon. Leider konnte ich nicht sehen, wohin meine nächste Reise gehen würde, aber er muss wohl einige Zeit mit mir gefahren sein, bevor er anhielt, mich wiederum etwas grob zwischen den Koffern herauszerrte und sprach: *Lauf schnell diesen Gang entlang und verschwinde dann schleunigst!* Zumindest nahm ich an, dass er so etwas in der Art gesprochen haben musste, denn verstehen konnte ich seine Sprache leider nicht. Also folgte ich seiner Anweisung, die er auch mit seinem rechten Arm andeutete und floh so schnell ich konnte aus dem Gebäude ins Freie.

Als ich nun so auf einer Straße stand, überkam mich ein unbeschreibliches Gefühl von Freiheit und ich kann mich noch genau erinnern, wie glücklich ich mich auf den Gehsteig niederließ. Ich verspürte zwar noch die Nachwirkungen der Kälte, einen ungeheuren Hunger und war unsagbar müde, aber ich hatte es geschafft. Ich war in Europa! *Malenga, ich habe es geschafft, jetzt wird alles gut,* ja ich glaube, das war es was ich in diesem

Moment und voll Zuversicht leise vor mich hin gesprochen hatte. Eine Menge geschäftiger Menschen ging an mir vorbei, scheinbar ohne irgendeine Notiz von meiner Anwesenheit zu nehmen. Nach etwa einer Stunde tauchte Paki im Schein einer Straßenlampe auf. Als er mich erkannt hatte, kam er auf mich zu und lächelte spöttisch, als er fragte: Und Akin, wie war *dein* Flug? In diesem Moment war ich schlichtweg fassungslos, aber was konnte ich machen? Ich war abhängig von diesem Mann und wie sie ja wissen, sollte dies noch lange Zeit so bleiben."

*

Kommissario Constantin konnte die Großfahndung in weniger als einer halben Stunde auf die Beine stellen und war im Moment, mit insgesamt zehn zivilen Beamten der Quästur Olbia, unterwegs zum Flughafen von Olbia. In Sichtweite des Flughafens erreichte ihn ein Anruf eines anderen Kollegen, der kurz zuvor die Wohnung von Paki Lombardi mit zwei seiner Männer gestürmt hatte. „Ja hier Constantin, wie sieht es aus bei euch?", fragte er gespannt, als er den Anruf entgegen nahm.

„Nein, leider Kommissario, wir fanden nur seine verschreckte Frau vor und die scheint in der Tat, von nichts eine Ahnung zu haben."

„Und was ist mit seinen Habseligkeiten, Kleidung?"

„Negativ, der Mann ist definitiv auf der Flucht, das zumindest hat auch seine Frau bestätigt, wenn diese auch von einer längeren Reise, zu der ihr Mann heute Morgen aufgebrochen war, sprach."

Ja eine längere Reise, das würde es wohl werden, aber nicht dahin, wo sich dieser Bastard wünscht, dachte Kommissario Constantin als er fragte: „Hmm, heute Morgen, sagst du? Sehr gut, dann dürfte ich richtig liegen." Constantin verabschiedete sich mit einem schlichten, „danke", um sich wieder der Situation am Flughafen Olbias zuzuwenden.

Alle im Einsatz befindlichen Männer und Frauen hatten genaueste Anweisungen und sollten in diesen Minuten alle drei Flughäfen Sardiniens überwachen. Den Seeweg schloss Constantin, wohl oder übel auch gezwungener Maßen aus, denn eine zusätzliche Überwachung aller Häfen, wäre mit den verfügbaren Leuten unmöglich zu bewerkstelligen gewesen. Trotz dieser, nicht abzuschätzenden Lücke, sollte sich Constantins Spürsinn am heutigen Tag als richtig erweisen und die

Großfahndung würde seine Rechtfertigung, in Form der Verhaftung Paki Lombardis erfahren. Die abgehörte, scheinbar etwas naive Buchung eines Flugtickets über dessen Mobiltelefon, war tatsächlich eine Finte und hatte ausschließlich als Ablenkungsmanöver gedient. Ein dunkelhäutiger, rundlicher und aus Afrika stammender Mann, der noch dazu äußerst elegant gekleidet war, war eine nicht gerade alltägliche Erscheinung im Flughafengebäude von Alghero im Westen Sardiniens. Um Punkt zehn Uhr dreißig wurde das Boarding für den Flug Nummer OS829 nach Wien aufgerufen. Sofort kam Bewegung in die sonnengebräunten Urlauber, deren Zeit hier im Paradies mit dem Gang durch die Schleuse ihres Gates, zu Ende gegangen war.

Inmitten von verliebten jungen Pärchen, Familien mit Kindern und auch älteren Damen und Herren erblickte ein junger Carabinieri den gesuchten Mann. Wäre diese Fahndung nur einige Minuten später zustande gekommen, dann hätte Kommissario Constantin wohl niemals Paki Lombardi, oder wie immer dieser Mann auch heißen mag, im Verhörraum der Quästur Olbias, begrüßen dürfen. Ein Flugticket, ausgestellt auf den Namen Paki Lombardi, existierte natürlich nur an einem Schalter.

Und zwar an jenem Schalter, der Alitalia im Flughafen Cagliari, wo im Moment ebenfalls zahlreiche

Sicherheitskräfte in Zivil die gesamte Abflugs Halle observierten. Dann ging alles schnell. Der junge Beamte informierte seine Kollegen mit leiser Stimme: „Ich habe den Mann, dort drüben am Gate Nummer drei unter den ganzen Urlaubern, direkt am Fenster", seine Kollegen. Als diese den Mann ebenfalls erkannt hatten und das Ok in Form eines Zeichens gaben, stürmten die fünf Männer auf den vermeintlichen Täter los. Sie machten ihre Arbeit ausgesprochen schnell und umsichtig. Ohne irgendjemand zu gefährden, überraschten sie den ahnungslosen dicken Mann mit Hut und Sonnenbrille und ehe sich Paki versah, lag er bereits auf dem Rücken am Boden, wo ihm der junge Carabinieri die Handschellen mit den Worten:
„Paki Lombardi, Sie sind verhaftet, wegen des Verdachts des versuchten Mordes an den Strandverkäufer Akin und zahlreichen weiteren Verbrechen", anlegte. Der am Boden liegende Mann, war ein von Geld und Gier zerfressenes Individuum, dem auch ein Menschenleben nicht zu schade war, wenn es um seinen Profit und den damit verbunden verschwenderischen Lebensstil ging. Aber er wusste auch, wann er verloren hatte und machte daher keinerlei Anstalten sich gegen die Männer zu wehren.
Die Urlauber, denen diese schnelle Aktion der italienischen Staatsgewalt naturgemäß nicht verborgen geblieben war, standen sichtlich schockiert und wie

angenagelt da, als der Mann in Handschellen schließlich abgeführt wurde. Alle sahen dem Geschehen hinterher und blickten sich, mit gegenseitigem staunendem Schulterzucken an.

„Mein Gott, gar nicht vorzustellen, wenn dieser Mann mit uns im Flugzeug gesessen hätte", brach schließlich eine junge Mutter das ratlose Schweigen und nahm ihre beiden zauberhaften Kinder zu sich, um sie fest an sich zu drücken. Andere schüttelten ihren Kopf und schließlich machten sich alle wieder daran in die Warteschlange der Abfertigungskontrolle einzureihen.

Dem jungen Mann, der den Mann erkannt hatte, oblag es natürlich den ermittelnden Kommissario Constantin über ihren Erfolg in Alghero zu informieren und das machte er mit großer Freude, als er, nachdem sich Constantin am Handy meldete, sprach: „Kommissario Constantin, wir haben Ihren Mann, ich und meine Kollegen haben keinerlei Zweifel, es ist Paki Lombardi, der Mann auf dem Fahndungsfoto."

Für Constantin war diese Meldung wie ein Hauptgewinn in einem lohnenden Lotteriespiel, denn wäre diese Fahndung nicht erfolgreich verlaufen, konnte er sich die vernichtenden Beschuldigungen des Quästors bildhaft vorstellen. „Ausgezeichnet, ausgezeichnet!", schrie er förmlich ins Telefon und fragte dann etwas gefasster: „Wie ist Ihr Name und wer hat Paki entdeckt?"

„Ah Kommissario, mein Name ist Julian Arneri und ja ich habe den Mann erkannt."

„Sehr gut Julian, meinen herzlichen Dank für die ausgezeichnete Arbeit. Können Sie bitte alles in die Wege leiten, damit der Mann unverzüglich zu uns überstellt wird, ja?"

„Natürlich Kommissario, sonst noch etwas?"

„Ja, lassen sie auch sein gesamtes Gebäck beschlagnahmen und überstellen sie es ebenfalls zu uns in die Quästur Olbia."

„Ja Kommissario machen wir, ich schätze, dass wir ungefähr in einer Stunde in Olbia sein dürften."

„Wunderbar Julian, also nochmals herzlichen Dank, aber ich denke wir sehen uns ja dann noch in Olbia."

„Ja natürlich, also bis dann", sprach der junge Mann zum Abschied und Constantin wählte, nachdem er das erfreuliche Gespräch beendete hatte, bereits die nächste Nummer.

Akin war gerade im Begriff den Svörensen von der Zeit hier auf Sardinien zu berichten, als plötzlich Olavs Handy klingelte. Er blickte auf das aufleuchtende Display und entschuldigte sich bei Akin für die Unterbrechung, denn diese Nummer kannte er, sie gehörte Kommissario Constantin. „Hallo Kommissario Constantin, gibt es was Neues?", nahm er das Gespräch interessiert entgegen.

„Ja Herr Svörensen, das kann man wohl sagen. Wir haben Paki Lombardi am Flughafen Alghero verhaftet!"

„Das sind gute Nachrichten, meine herzliche Gratulation Kommissario, ich werde es sofort Akin berichten, er sitzt mir gerade gegenüber."

„Ja, machen Sie das, ich wollte es Ihnen gerne persönlich mitteilen, schließlich sind Sie in den Fall involviert und der Tatort liegt auf ihrem Grund und

Boden. Herr Svörensen, ich muss jetzt sofort die restlichen Männer der Aktion zurück pfeifen und melde mich dann nach dem Verhör wieder. Dann müssen wir auch über die Abschiebung, oder sagen wir besser Heimreise von Akin sprechen, in Ordnung?"
„Geht in Ordnung und nochmals meine Gratulation zum Fahndungserfolg Kommissario", beendete Olav das Gespräch und drückte die rote Taste der Tastatur, um Akin die guten Neuigkeiten mitzuteilen.
Dieser schien schon gespannt zu warten, warum sein Name im Gespräch eben gefallen war. „Gute Nachrichten, sie haben Paki am Flughafen von Alghero verhaftet." Akin fiel sichtlich ein Stein vom Herzen, das erkannte Olav in seinem erlösten Gesichtsausdruck, als er fortsetzte: „Akin, der Mann wird für das, was er getan hat, seine gerechte Strafe bekommen, dessen kannst du dir sicher sein. Wir aber, müssen, oder besser gesagt sollten, nun in die Zukunft blicken. Britt und ich haben schon darüber gesprochen und sind uns einig, dass wir dich nach Hause zu deiner Familie bringen werden, sobald du vollkommen genesen bist." Als Olav diese Worte sprach, erstrahlte in den Augen Akins ein unbeschreiblicher Glanz und im selben Augenblick begann er überglücklich zu weinen. Britt musste all ihre Kraft zusammen nehmen, um nicht einfach mitzuweinen. Nach dieser furchtbaren Geschichte, die Akin erzählt hatte und die wohl jeden Menschen

berührte, kam auch ihr dieser Augenblick wie eine Erlösung vor.

„Akin, siehst du, alles wird gut werden, du musst jetzt nur schnell wieder ganz gesund werden", ermunterte sie ihn schließlich und blickte darauf dankbar zu ihrem Mann. Jenem Mann, den sie wieder so lieben konnte, wie damals, als sie sich am Gymnasium kennen lernten.

„Danke Misses und Mister Svörensen, brachte schließlich Akin, mit brüchiger Stimme, heraus und Olav reichte ihm eine Papierserviette, die am Tresen lag.

„Akin, du kannst uns gerne auch beim Vornamen anreden, ich finde es redet sich doch etwas angenehmer?"

„Ja, Mister Svörensen, danke, mach ich", antwortete er mit einem dankbaren Lächeln, während er mit der Papierserviette seine Tränen abwischte.

„Also, wie ist es dir dann ergangen, nachdem ihr den Flughafen von Cagliari verlassen hattet, wohin hat dich dieser Mann dann gebracht?", fragte Olav nach einigen Augenblicken, und Akin erzählte seinen Besuchern, wie er als Strandverkäufer hier in Sardinien begonnen hatte.

„Wir fuhren mit seinem Auto direkt zu den anderen Strandverkäufern Sardiniens, die unter diesen mächtigen Autobahnbrücken der Hauptstadt wohnten. Im ersten Moment war ich schockiert über die unhygienische Lebensweise inmitten von Gerümpel und Müll, denn ihr müsst wissen, dass wir in

Noumghar zwar nicht im Luxus leben, aber die Sauberkeit hatte auch bei uns und schon immer einen hohen Stellenwert. Aber auch eine große Freude erfüllte mich an jenem Abend, als ich die Männer aus meinem Heimatdorf wieder traf.

Ihr müsst wissen, ihnen verdanke ich sehr viel und ohne sie hätte ich mich hier auch nicht so schnell zurechtgefunden. Jedenfalls, bereits am nächsten Tag kam Paki sehr früh ins Lager und fragte mich, was ich von seinen Mustern an Waren, die er vor mir ausbreitete, denn am besten verkaufen könnte. Ich entschied mich für die kleine Trommel im Sortiment, denn diese erinnerte mich, in ihrer Bauart, an Zuhause. Zuerst schien er über meine Wahl nicht gerade glücklich zu sein und willigte nur ungern ein, als er zu mir sagte, dass ich genau eine Woche Zeit hätte um alle fünfzig, die er im Moment in seinem fahrbaren Lager hat, zu verkaufen. Ansonsten würde er die Ware aussuchen, die ich zu verkaufen hätte. Als dann schließlich die Sommersaison an den Stränden begann, zog ich los, ausgerüstet mit zwanzig dieser wunderbaren Instrumente, um den weißen Menschen am Strand eben diese anzubieten. Der erste Tag war nicht gerade leicht und ich hatte schon ein wenig Angst, da ich ja nicht wusste, wie diese europäischen Menschen eigentlich sind. Dann fiel mir wieder mein Großvater ein, was er mich als kleiner Junge lehrte und ich ging offen, aber mit Respekt auf diese Menschen zu. Zuerst schien sich das Interesse für meine Trommeln in Grenzen zu halten und sie wiesen mich, beinahe immer freundlich, ab.

Dazu kam natürlich auch eine im Moment unüberwindliche Barriere der sprachlichen Verständigung. In den kommenden Monaten aber sollte ich viel, vor allem von meinen Brüdern, aber auch von den weißen Menschen am Strand, lernen. Wie gesagt, nachdem das Interesse im ersten Moment nicht so war, wie ich es erhofft hatte, nahm ich eine Trommel zur Hand und vertiefte mich in einen Rhythmus aus meiner Heimat.

Zuerst bemerkte ich gar nicht das aufkommende Interesse einiger weißer Menschen, da ich unweigerlich in Gedanken mit meiner Heimat verbunden war. Erst als mir ein Mitbruder auf die Schulter klopfte und spöttisch fragte, ob ich den winkenden Menschen nicht meine Trommeln anbieten wolle, erkannte auch ich die geweckte Begierde nach meiner Ware. Der Sonne nach muss es so um die Mittagszeit gewesen sein, als ich schließlich keine mehr zu verkaufen hatte. Ich ging zum rollenden Lager auf dem Lastkraftwagen, um mir weitere zu besorgen. Dieses ungläubige Gesicht Pakis habe ich noch in guter Erinnerung, denn er wollte zuerst das Geld der verkauften Trommeln sehen, ehe er mir weitere aushändigen würde. So kam es, dass ich bereits am ersten Tag meines Strandverkäuferlebens, bis auf eine einzige Trommel alle anderen verkaufen konnte.

Natürlich dauerte es nicht lange, bis das rollende Lager Pakis wieder mit Hunderten von Trommeln nachgefüllt war. Wäre da nicht meine unstillbare Sehnsucht nach Zuhause, nach meiner Familie gewesen, hätte ich mich über das neue Leben hier in Europa eigentlich nicht beschweren dürfen. Wir bekamen genug zu essen und an ein Leben im Lager kann man sich durchaus gewöhnen. Der tägliche Kontakt mit den weißen Menschen am Strand, machte mir immer mehr Spaß. Wohl auch, weil ich die Landessprache, aber auch eine bisschen deutsch und englisch bald beherrschte."

„Akin, wie waren die Menschen an den Stränden zu dir, waren sie freundlich?", wollte Britt von ihm wissen.

„Nun, natürlich gab es nette und auch weniger nette Menschen, aber ich ging, wie schon gesagt, auf jeden mit derselben positiven Einstellung zu. Blieb auch immerfort freundlich, auch wenn dieser nichts kaufen wollte, denn irgendwann würden auch dieser einmal von mir kaufen und so war es dann auch."

„Wie war das mit dem Geld, das hat wahrscheinlich dieser Paki verwaltet", brachte Olav eine Vermutung ein.

„Ja, das wurde jeden Abend von ihm eingesammelt, denn er würde es auf eine Bank bringen, damit es Kinder bekommen konnte, so sagte er zu uns."
„Und du musstest diese, vor der Flucht vereinbarte Hälfte deines Gewinnes, an ihn abliefern?"
„Ja, abgerechnet wurde jeweils nach der Saison im Herbst. Paki rechnete, für jeden Strandverkäufer seinen Gewinn aus, zog seinen Anteil, die Kosten für die Verpflegung, Kleidung und andere tägliche Dinge des Lebens ab und übergab uns dann den Rest. Wir konnten dann entscheiden, wie viel wir davon an unsere Familien zu Hause, durch ihn, schicken wollten."
„Und dafür hat er wiederum Geld verlangt?", fragte Olav.
„Ja, zehn Prozent und tausend Ouguiyas für jeden überbrachten Brief. Dieses Geld diente, so sagte er zu uns, um seine Spesen und auch Mühen zu begleichen. Uns blieb ohnedies keine andere Wahl, denn es war nun mal der sicherste Weg Geld nach Hause zu senden, aber vor allem quittierten die Frauen, die von Paki übergebene Summe, auf ihren Briefen."
„Somit konnten wir sicher sein, dass unsere Lieben zuhause, für die nächste Zeit gut versorgt waren. Ihr müsst auch wissen, dass er nicht jedes Jahr nach Mauretanien fahren konnte, jedes Jahr kam ein anderes Land an die Reihe und daher konnte es Jahre dauern,

bis wir eine Nachricht aus unserer Heimat durch ihm bekamen."

Akin blickte zu Olav und dann zu Britt, als er schließlich lächelnd weitersprach: „Dies waren die wundervollsten Momente im Lager, wenn Paki mit Briefen unserer Familien ins Lager zurückkehrte und diese an die Männer verteilte. In jenen Augenblicken wurden wir alle wieder zu Kindern, die ein Geschenk bekommen würden, aber es nicht erwarten konnten, bis wir es endlich in den Händen halten konnten. Jeder, der in diesem Jahr einen erhalten hatte, suchte sich einen ruhigen Ort, inmitten der Berge von Müll, um die Neuigkeiten aus seiner Heimat zuerst alleine und mit Sicherheit, hunderte Male zu lesen. Erst nach einiger Zeit, im Rausch unbeschreiblicher Gefühle und den Gedanken an die Heimat, sprachen wir auch miteinander über die Neuigkeiten aus den Briefen unserer Frauen. An einem dieser freudigen Tage, für mich war in diesem Jahr leider kein Brief dabei, geschah aber etwas Merkwürdiges. Sein Name war Nkosi. Er war ein Jahr nach mir im Lager angekommen und war ein stets freundlicher, hilfsbereiter, aber auch sehr nachdenklicher Mann, etwa dreißig Jahre alt. Er bekam an diesem Tag einen Brief aus seiner Heimat und zog sich, wie all die anderen glücklichen zurück, um den Inhalt zu erfahren. Das war das letzte Mal, dass wir ihn

gesehen haben. Das geschah vor vier Jahren und bis heute weiß niemand, was aus ihm geworden ist."
Akin nahm nachdenklich seine Tasse Tee in die Hand und wollte einen Schluck zu trinken, bemerkte aber, dass die Tasse bereits leer war.
„Soll ich dir noch einen Tee besorgen", wollte Britt von Akin wissen, aber dieser verneinte kopfschüttelnd ihre Frage und fuhr fort: „Ja und so wurde ich zum besten Strandverkäufer auf Sardinien und konnte meine Familie in Noumghar, zweimal mit ausreichend Geld versorgen. Natürlich war mir auch klar, dass das meiste Geld in der Tasche von Paki landete und da dieser vorhatte, erst in zwei Jahren wieder nach Mauretanien zu fahren, reifte in mir der Gedanke, die Heimreise selbst zu versuchen. Auch die immer stärker werdenden Finanzkontrollen an den Stränden machten mir Sorgen. Heuer verging kein Tag, an dem wir nicht vor den Männern flüchten mussten. Was, wenn ich nächsten Jahr nichts mehr verkaufen würde, weil die Menschen am Strand Angst vor der Finanz hatten und uns nichts mehr abkaufen wollten, dachte ich mir in diesem Sommer mehrmals. Immerhin hatte ich, von den Auszahlungen der letzten Jahre, eine große Menge Geld, das mir und meiner Familie über Jahre hinweg ein gutes Überleben ermöglichen würde und vielleicht hat sich auch die Situation in Noumghar in den letzten Jahren verbessert.

Aber der eigentliche Grund war dieses unsagbare Brennen in mir, nach meiner Familie, nach meinem Sohn, den ich noch niemals gesehen habe, das mich wiederum zwang zu handeln."

„Jetzt weiß ich natürlich, dass es naiv von mir war, mit meinem Anliegen zu Paki zu gehen. Ich dachte mir eigentlich, dass er für Geld alles machen würde, aber da hatte mich gründlich getäuscht. Er hätte mich niemals gehen lassen, ich war sozusagen sein bestes Pferd im Stall."

*

Kommissario Constantin betrat den Vernehmungsraum im Keller der Quästur und breitete, ohne seinen unfreiwilligen Gast eines Blickes zu würdigen, die Unterlagen auf dem Tisch aus. Anschließend drückte er auf den Aufnahmeknopf des Rekorders und sprach deutlich in das Mikrofon: „Quästur Olbia, achtzehn Uhr und dreißig Minuten. Vernehmung von Paki Lombardi, beschuldigt des versuchten Mordes an Akin, Nachname des Opfers, der aus Noumghar in Mauretanien stammt, ist nicht bekannt."

Paki Lombardi wurde etwas verspätet, gegen halb zwölf Uhr, in der Quästur von Olbia eingeliefert und sofort in Sicherheitsverwahrung genommen. Sein Reisegepäck wurde ins Labor zur Untersuchung gebracht und tatsächlich, der Mann war also doch nicht so ausgeklügelt, wie es Constantin immer vermutete, denn sie fanden Blutspuren auf einem weißen Hemd. Zwar wurde es gewaschen, sodass der Fleck nicht mehr sichtbar war, aber die moderne Forensik, vermag heute wieder vieles an die Oberfläche zu bringen, was im Verborgenen lag.

Das Blut stimmte mit der Tatwaffe und dem Opfer überein und dann war da noch die wertvolle Aussage

eines Strandverkäufers, die den Mann mit anderen Verbrechen stark belastete. Kommissario Constantin hatte also zwei heiße Eisen im Feuer, von denen sein Gegenüber nichts ahnen konnte und das genoss er, als er ihm schließlich in die Augen blickte. Er sah einen ungewöhnlich nervös wirkenden, dunkelhäutigen und rundlichen Mann vor sich. Die kleinen, zuckenden Bewegungen seiner Lippen, verbunden mit dem schnellen blinzeln seiner Augenlieder und dazu das Spiel seiner Hände, verrieten alles. Constantin hatte genug gesehen und blickte wieder auf seine Unterlagen am Tisch, als er sprach: „Paki Lombardi, sie haben die Anschuldigungen mitgehört, wo waren Sie am fünfzehnten September dieses Jahres, um achtzehn Uhr?"
Der Mann schien tatsächlich nachzudenken, denn es dauerte eine ganze Weile, ehe er antwortete: „Ich war auf einer Klippe, im Anwesen dieses reichen Europäers. Dort habe ich den versuchten Mord an Akin beobachtet, aber genau das habe ich ja schon diesem, na wie heißt er noch mal?…gesagt!"
„Svörensen", half ihm Constantin.
„Ja genau, diesem Svörensen habe ich es am Telefon gesagt."
„Falsche Antwort!"
„Wie, falsche Antwort?"

„Genauso, wie ich es gesagt habe. Falsche Antwort. Soll *ich* Ihnen sagen, was dort wirklich geschehen ist?"
„Ja, wenn das die falsche Antwort war, dann sagen Sie es mir doch, wenn Sie es anscheinend besser wissen!", antwortete er zynisch.
„Aber gerne! Am besagten Tag, zu besagter Zeit, befanden Sie sich tatsächlich auf diesem privaten Grundstück, auf jener Klippe. Akin saß, mit dem Rücken zu Ihnen am Abgrund der Klippen und spielte auf seiner Trommel. Bevor es aber so weit war, beobachteten Sie ihn schon längere Zeit und folgten ihm schließlich durch das Privatgrundstück."
„Als Sie zufällig am Weg ein Messer, das von dem Mechaniker des Anwesens liegengelassen wurde, sahen, kam ihnen dieser Gegenstand, den Sie schließlich mit Handschuhen, oder vielleicht auch mit einem Stofftuch aufhoben, sehr gelegen. Den Mord hatten Sie schon seit einigen Tagen geplant, denn Sie befürchteten, dass Akin aus dem Strandverkäuferlager flüchten, aber vor allem Ihren Menschenschmuggel auffliegen lassen könnte. Er verfügte zweifellos über alle notwendigen Informationen, die Sie belasten würden.

So war natürlich dieses Messer, bestückt mit den Fingerabdrücken seines rechtmäßigen Besitzers, schließlich der Auslöser zur Tat. Sie konnten sich, bedingt durch den Lärm des Trommelns, unbemerkt an

Akin heranschleichen, um ihm zuerst das Messer in die linke Schulter zu rammen und anschließend noch, wohl zur Sicherheit, von den Klippen zu stoßen!"
„Das ist doch lächerlich, so etwas hätte ich niemals getan. Akin war einer meiner besten Männer, warum sollte ich ihn umbringen. Um eine Einnahmequelle weniger zu haben? Das ist doch absurd Kommissario, es war dieser Gärtner, oder was auch immer der Mann bei den Svörensen war!"
„Wie erklären Sie sich dann, dass dieser Mechaniker ein unumstößliches Alibi hat?"
Schon die erste, und noch unbedeutende kleine Bombe des Kommissario, hatte voll eingeschlagen und sein Gegenüber wetzte äußerst nervös auf seinem Stuhl hin und her. Jetzt musste er nachlegen, die Zeit dafür schien Constantin reif zu sein, als er fortfuhr: „Kennen Sie die Locard`sche Regel?"
Lombardi blickte erstaunt, so als zweifle er, ob diese Frage ernst gemeint war: „Was soll die Frage, machen wir hier ein Quizspiel?"
„Nein, aber es ist diese Regel, die dich für lange Zeit in den Bau gehen lässt, also immer noch keine Ahnung. Ich darf doch du sagen, nicht wahr?"
Paki saß schweigend und mit verschränkten Armen da, Constantin kannte diese Geste nur zu gut, Rückhaltung, Distanz, Abschottung und er wusste auch, dass er ab jetzt keine Antwort mehr von seinem Gegenüber

bekommen würde, als er weiter sprach: „Dann werde ich es dir erklären. Diese Regel besagt, dass kein Kontakt zwischen zwei Objekten vollzogen werden kann, ohne dass diese wechselseitige Spuren hinterlassen, na dämmert es jetzt?"
Wieder keine Antwort.
„In deinem Fall ist es ein weißes Hemd, das wir in deinem Reisekoffer gefunden haben und was wir auf diesem nachweisen konnten wird diese Regel einmal mehr bestätigen. Was ich nun genau damit meine, sind Spuren vom Blut Akins, dazu kommt ein, für jeden Richter dieser Welt, nachvollziehbares Motiv. Blöd gelaufen, hättest du das Hemd verbrannt, dann wäre deine Lage im Moment ein wenig besser, aber...", Constantin verstummte, um seine Folgerung etwas wirken zu lassen, ehe er wiederum fortsetzte: „Diese Beweismittel für den Mordanschlag alleine genügen mir nicht.

Auch einer deiner Strandverkäufer hat ausgepackt und wird vor Gericht und unter Eid seine Anschuldigungen wiederholen, was deine Tätigkeiten als Schlepper betrifft."

„Nun, in Summe denke ich, wird dein Leben wohl hinter Gittern enden, denn was Menschenschmuggel betrifft sind unserer Richter nicht gerade zimperlich. Zumindest wird die Anklageschrift des Staatsanwaltes mit Bestimmtheit eine solch hohe Strafe fordern. Es sei denn, du bist klug und legst auf der Stelle ein klares und umfassendes Geständnis aller Taten ab."

Constantins Gegenüber sank gekrümmt in den Sessel und hielt seine Hände vors Gesicht. Die Raubkatze hat die Maus gefangen, aber warum nur, hat sich dieser Mann durch seine Information an Svörensen selbst ins Spiel gebracht? Den Grund würde er wohl niemals erfahren. Dennoch, innerlich jubelte Constantin. Er hatte den Mann überführt und würde in den nächsten Minuten ein Geständnis zu hören bekommen.

Olbia, 23. September 2010

Akin, mittlerweile durch zahlreiche Pressemeldungen, wohl der bekannteste Strandverkäufer Sardiniens, wurde am Vormittag aus dem Krankenhaus, in die häusliche Pflege der Familie Svörensen entlassen. Er saß vorne, im offenen Mercedes Cabrio, neben seinem Gönner Olav Svörensen, als sich das eiserne Tor zum Anwesen öffnete. Jenes wunderbare Anwesen, durch das er vor einigen Tagen, auf der Flucht vor seinem Verfolger, gelaufen war, bevor ihn das Böse ereilte. Wie hatte sich sein Leben, wiederum, in so kurzer Zeit, aber diesmal zum Guten verändert. Er war unglaublich glücklich, als ihm Olav noch im Krankenhaus von einem Flug nach Mauretanien, der schon morgen Früh sein würde, erzählt hatte. Olav Svörensen selbst bekam von Kommissario Constantin am Morgen, nach der Vernehmung Paki Lombardis, einen Anruf, in dem er ihm alle Einzelheiten über das Geständnis des Täters mitteilte. In diesem Gespräch ging es aber auch um die Frage der Abschiebung Akins, und Constantin sprach wörtlich zu Svörensen: „Die Quästur und der Staat Italien wären sehr erfreut, wenn Akin im Privatjet der Familie Svörensen Sardinien in Richtung Mauretanien verlassen würde.

Zum einen, spare sich der Staat damit Geld, und zum anderen wäre in Sardinien ein illegaler Einwanderer, auch wenn dessen Schicksal noch so traumatisch war, weniger. Für eine Aussage als Zeuge vor Gericht würde man Akin nicht benötigen, denn die umfassenden Geständnisse des Täters genügten und diese sprachen Bände. Somit konnte Olav alles Notwendige in die Wege leiten, um am morgigen Tag, mit seinem Schützling Akin, nach Mauretanien in das kleine Dorf Noumghar zu reisen.

Nachdem Akin in einem verdunkelten Zimmer der Svörensen Villa etwas geschlafen hatte, betrat er am frühen Nachmittag den herrlichen Garten am kleinen Pool und sog ausgeruht die würzige Luft in sich auf.
„Akin, komm zu uns an den Tisch!", rief ihm Britt zu, als sie ihn an der Terrassentüre stehen sah. Akin gesellte sich, wie immer lächelnd, zu Britt und Olav, die ihr Mittagessen beendet hatten und im Moment sämtliche Zeitungen des Landes studierten.
„Akin, du bist jetzt ein bekannter Mann, überall liest man von dir", scherzte Olav, als sich Akin zu ihnen setzte. Natürlich fiel auch sein Name hin und wieder, aber das Hauptaugenmerk in den zahlreichen Artikeln, lag eindeutig auf dem Täter Paki Lombardi.
Sämtliche Blätter berichteten über das umfassende Geständnis, das ihm Kommissario Constantin entlocken konnte. Olav reichte Akin eine Zeitung, auf dessen Titelblatt ein gelungenes Foto von ihm abgebildet war. Neben seinem, einem Foto des Kommissars und des Täters, wurde im Detail auf Seite zwei und drei, dessen umfassendes Netzwerk beleuchtet. Dieses erstreckte sich tatsächlich über mehrere Länder und war unterm Strich, eine ausgesprochen lohnende Angelegenheit. Konten in der Schweiz und Lichtenstein kamen zum Vorschein und wie der in die enge getriebene Mann schließlich zugab, stammten die nicht unerheblichen

Summen darauf, ausschließlich aus dem Menschenschmuggel.

Also von jenen Menschen, die manchmal mit ihren gesamten Besitz bezahlt hatten, dass sie in enge Frachträume großer Frachter eingepfercht, vielleicht lebend Europa erreichen würden. Die Überlebenschance lag in den Anfangsjahren immerhin bei neunzig Prozent, aber fiel von Jahr zu Jahr, denn immer mehr Menschen, darunter auch Frauen und Kinder, wurden in immer engere Räume gepfercht, aus reiner Profitgier einiger Menschen. Das Modell der Strandverkäufer hingegen, mit dem er seine unglaubliche Karriere, vor zwanzig Jahren begonnen hatte und an dem er all die Jahre sehr gut verdient hatte, war seiner Meinung nach dem Untergang geweiht. Der Grund lag in der immer stärker werdenden Präsents der italienischen Finanz an den Stränden, die früher oder später dafür sorgen würde, dass wohl auch aus Angst vor den Organen schließlich niemand mehr etwas kaufen würde. Dieser Grund hielt ihn aber nicht davon ab, auch das mühsam ersparte Geld der Strandverkäufer unter der Brücke Cagliaris aus den jeweiligen Verstecken zu rauben und in seinem Handgepäck, sozusagen als Starthilfe für seine Flucht zu benutzen. Das Geld auf den Schweizer und Liechtensteiner Konten war im Moment nicht greifbar und war dort ohnedies als Altersvorsorge deponiert, für den Moment in dem er schließlich einem sicheren Hafen erreicht hätte. Oder ordinär gesprochen, wenn Gras über die Sache gewachsen war. Seine unglaublichste Protokollaussage, die jeweils in dicken Lettern gedruckt wurde, war aber jene, die sein Mordmotiv gegen den Mann aus Mauretanien betraf. Es lag nicht, wie Kommissario Constantin vermutete, in Akins Wissen über die Tätigkeit seiner gewerblichen Schlepperei. Vielmehr habe er seine Flucht - in die wohlverdiente Pension - ohnedies für den kommenden Herbst in Erwägung gezogen.

Es war, die für ihn erdrückende Undankbarkeit dieses Mannes aus Mauretanien, die ihn zu dieser Tat, aus dem Affekt heraus (wie er es sah), verleitet habe. Schließlich hätte dieser undankbare Mann, ohne seine Hilfe, Europa niemals lebend erreicht. Laut Stellungnahme des ermittelnden Kommissario in einer anderen Zeitung, sah er in dieser Rechtfertigung nicht das wahre Motiv, denn es war kein Mordversuch aus dem Affekt heraus und das sei durch Spuren und die Handlung des Täters eindeutig bewiesen. Für eine Tat aus dem Affekt heraus, würde ein Täter niemals ein Messer verwenden, das er über beinahe zwei Kilometer mit sich geführt hatte, um dann schließlich den Mordanschlag auszuführen. Das wahre Motiv würde wohl niemals restlos geklärt werden können. Auch über die doch etwas kuriose und missglückte Anschuldigung Roberto Massinis, war dem ansonsten redseligen Täter, kein Wort zu entlocken gewesen. Für Akin spielte dies alles keine Rolle mehr, denn morgen, vielleicht schon am späten Nachmittag, würde er nach so langer Zeit seine Familie wieder sehen.

Nouakchott, 24. September 2011

Akin war nervös, sehr nervös, als der Jet nach einem etwas turbulenten und viereinhalb Stunden dauernden Flug, auf der Landebahn aufsetzte. Olav hatte ihm zwar mehrmals versichert, dass alles vorbereitet und genehmigt sei, und er deshalb keinerlei Bedenken vor seiner Einreise in seine Heimat haben müsse. Aber trotzdem, da war dieses Gefühl im Bauch, schon den ganzen Flug lang. Niemals im Leben wollte er wieder in eine solche Maschine steigen, das hatte er sich damals geschworen, aber die Umstände, unter denen er dieses Mal auf eine Reise ging, waren unvergleichbar angenehmer und vor allem äußerst sicher. Auch war er diesmal nicht allein. Britt, Olav, Herbert der Butler und er waren die Fluggäste, die am Morgen dieses Tages am Flughafen Olbia in die kleine Maschine gestiegen waren. Ein junger Carabinieri, den Kommissar Constantin abstellte, überprüfte die Abreise Akins und dieser verließ das Flughafengelände erst, als der Privatjet abgehoben war. Nach dem Start bemerkten Britt und Olav die Unruhe ihres Gastes und versuchten alles, um Akin die Reise so angenehm wie möglich zu machen.

Auch die beiden Piloten im Cockpit wussten vom Schicksal ihres prominenten Passagiers aus den zahlreichen Zeitungsartikeln. Kapitän Paulsen ließ es sich nicht nehmen, als sie auf Reiseflughöhe waren, den Mann in das Cockpit zu bitten, um einen kurzen persönlichen Bericht über seine unglaubliche Reise zu ergattern. Danach erklärte er Akin ein wenig die Funktionsweise eines Passagierjets und machte ihm klar, wie viel Glück er hatte, dass er seine letzte große Reise überleben konnte. Um dreizehn Uhr zehn rollte der schnittige Jet im angewiesenen Hangar, im östlichen Teil des Flughafens, ein. Für die Weiterreise hatte Olav einen großen Camper mit Allradantrieb gebucht, da ihm ein Hubschrauber in diesem Land als nicht unbedingt sicher erschien. Obwohl Akin seinen Gönnern mehrmals seine Gastfreundschaft angeboten hatte, war auch die Nächtigungsmöglichkeit, Hygiene und Verpflegung ein Argument für Olav, sich für einen

Camper zu entscheiden. Die Abwicklung am Zoll ging ohne Probleme vonstatten und bereits eine halbe Stunde später, saßen alle vier im bequemen Auto. Dieses Fahrzeug spielte alle Stücke und war mit allem ausgestattet, was notwendig war, um bequem mehrere Wochen in der Wildnis zu verbringen.

Nachdem sie, nach einer Stunde Fahrt das unbeschreibliche Verkehrschaos der Hauptstatt Nouakchott hinter sich gelassen hatten, fuhren sie zunächst auf der gut ausgebauten und asphaltierten Hauptstraße in Richtung Landesinnere. Herbert beherrschte das Ungetüm eines Fahrzeuges gekonnt, denn immer wieder war die Straße durch Sand bedeckt, der von den Dünen über den Asphalt geweht wurde. Nach einer weiteren Stunde Fahrt verließen sie die Hauptstraße in Richtung Küste, und die Fahrt ging (auf unasphaltierter Straße) weiter. Zwischen ausgedehnten Sanddünen ging es nur mehr langsam voran. Akin saß, sichtlich aufgeregt, hinten an der rechten Fensterseite. In der Mitte Olav und daneben Britt.
Nachdem Sie nun in Richtung Küste fuhren, verspürte Akin zwar eine gewisse Vorfreude, aber die Sorge, wie es seiner Familie ging, dämpfte dieses Gefühl und sollte ihn noch bis zum Abend begleiten. Erst wenn er gewiss war, dass alle wohl auf sind, könnte er sich wirklich entspannen und wohl auch vollkommen glücklich sein.

An jeder für Akin bekannten Stelle, zählte er im Gedanken die noch verbleibende Fahrtzeit, die Sie noch benötigen würden, ehe er endlich in sein Heimatdorf Noumghar zurückkehren würde. Akin versuchte sich abzulenken, indem er den Svörensen von seinem Land erzählte.

Das war ganz im Sinne von Olav, denn er interessierte sich vor allem für die traditionelle Fischerei, wie sie schon seit Urzeiten hier praktiziert wird und wollte auch jedes noch so kleine Detail von ihm wissen. Eines war Olav klar: Dass seine Aufgabe, mit der Heimreise Akins nicht zu Ende war.

Als Akin gerade von seiner wunderbaren Begegnung mit den Delphinen erzählte, bremste Herbert das Fahrzeug abrupt ab, um eine kleine Kamelherde und deren Treiber passieren zu lassen. Akin beugte sich nach vorne und blickte hinaus, sein Puls schlug ihm bis zum Hals, denn er kannte diese Stelle sehr gut. Sie lag etwa drei Kilometer von seinem Heimatdorf entfernt.

„Herbert jetzt musst du dich rechts halten, wir sind bald...." Akin verstummte. Jetzt war es um ihn geschehen. Wie vor so langer Zeit, als er nach Europa flüchten musste, brachen die Emotionen, wie ein Wasserfall über ihn herein. Er begrub sein Gesicht in beiden Händen und weinte laut vor Glück. Auch als er sich einige Minuten später wieder einigermaßen gefangen hatte, traute er sich nicht, seine Hände vom

Gesicht zu nehmen. *Was war aus seinem Dorf geworden, gab es die Segelboote noch? Der letzte Brief von Malenga, lag immerhin schon mehr als fünf Jahre zurück und in dieser Zeit konnte viel geschehen sein. Wie würde sein jüngster Sohn aussehen?*
Glich er Malenga, wie sein ältester Sohn Mabili oder doch mehr ihm, seinem Vater. Und Mabili, hatte er schon eine Frau erwählt und war er gar schon Vater geworden. So schossen ihm die Fragen durch den Kopf. Zwar waren es dieselben, die er sich in den letzten zwölf Jahren beinahe jeden Tag gestellt hatte, aber jetzt, da er seinem Ziel so nahe war, brannten sie um ein vielfaches mehr. Er war so in Gedanken versunken, dass er nicht einmal bemerkte, dass das Fahrzeug bereits angehalten hatte. Olav rüttelte Akin mehrmals an seiner Schulter, aber es dauerte einige Sekunden, bis Akin seine zittrigen Hände schließlich langsam von seinem Gesicht nahm. Olav hatte in seinem ganzen Leben noch niemals eine solche Freude, ein solches Glück, ja eine solche Zufriedenheit im Gesicht eines Mannes gesehen, als in jenem Moment, als Akin, mit tränennassem Gesicht, sprach: „Ich bin zuhause, bei meiner Familie!" Er starrte einige Zeit scheinbar ungläubig auf die schlichten Häuser vor ihm, die er durch die Windschutzscheibe des Campers sah und drehte sich schließlich zu Olav, umarmte ihn und die beiden verblieben einige Zeit in der innigen Umarmung zweier Freunde.

„Akin, willst du jetzt nicht zu deiner Familie gehen?", fragte Olav schließlich und auch er war sichtlich gerührt, als Akin sich von ihm löste um Britt und dann auch Herbert zu danken.
Lächelnd öffnete er die Türe, und mit der Geschmeidigkeit einer Katze sprang er aus dem Wagen und entfernte sich von seinen europäischen Freunden. Die Ankunft eines fremden Fahrzeuges, noch dazu in einer derart luxuriösen Ausführung, blieb den Einwohnern Noumghars nicht verborgen und eine solche Neuigkeit machte schnell seine Runde. Es dauerte keine halbe Stunde, bis das Fahrzeug von den Einwohnern Noumghars umstellt war.

Als Akin sich seiner Hütte näherte, bemerkte er, dass etwas Rauch aus einem Spalt in der Eingangstür ins Freie entwich. Diese Feststellung nährte in ihm die Hoffnung, dass Malenga sich im Haus aufhalten müsste. Sein Herz drohte im jetzt aus der Brust zu springen, denn noch niemals, bei keinem noch so schnellen Sprint, pochte es so stark wie in diesem Moment, als er die Türe langsam öffnete und in den dunklen Raum trat. Er erblickte sie an der offenen

Feuerstelle stehend, wo sie in einem eisernen Topf langsam rührte.

Malenga hatte ihn noch nicht bemerkt und die züngelnden Flammen des Feuers zauberten golden farbiges Licht auf ihre makellosen Gesichtszüge und doch, sie war älter geworden, denn er erkannte zwei Grübchen neben ihren Augenlidern, die sie vor zwölf Jahren noch nicht hatte. Malenga nahm den Topf von der Feuerstelle und erschrak als sie den Besucher an der Türe erblickte. Der schwere Topf fiel ihre aus der Hand, als sie ungläubig fragte: „Akin, bist du es? Kann es sein, dass Allah meine Gebete wirklich erhört hat?" Nach einigen Augenblicken lächelte sie und es war dasselbe geblieben, wie damals am Brunnen, als er sie das erste Mal angesprochen hatte. Akin trat auf Malenga zu und die beiden verloren sich in vollkommener Glückseligkeit. Keiner der beiden nahm eine Notiz davon, dass sich das Wasser über den sandigen Boden unter ihren Füssen ergoss.
„Ja, ich bin es Melanga, und ich bin so glücklich, ich kann es nicht beschreiben!"
„Ich auch Akin, ich auch. Oh, ich lasse dich nie wieder gehen."

*

Herbert hatte inzwischen alle Hände voll zu tun, um die neugierig herumspringenden Kindern des Dorfes, vom Fahrzeug etwas fernzuhalten. Es war ein herrliches Schauspiel, an dem sich Britt und Olav köstlich amüsierten. Der steife, immer von einer gewissen Etikette gezwungene, dürre Mann. Um ihn herum, die vor Lebenslust sprühenden Kinder, die ihn bis zur Weißglut trieben. Einer davon schien Akins jüngster Sohn zu sein. Obwohl sich Britt schwer tat, was die Gesichtszüge dunkelhäutiger Menschen betraf, so glaubte sie jedenfalls in jenem Jungen, eindeutig Merkmale Akins zu erkennen. Als dieser nach einer weiteren Runde um das Fahrzeug plötzlich und direkt vor ihr zu stehen kam, fragte sie ihn: „Akin?"
Der Junge erschrak, riss seine Augen weit auf und nickte dann so heftig er konnte und nahm Britt ohne jede Scheu an ihrer Hand, um sie scheinbar irgendwohin führen zu wollen.
„Olav, kommst du mit?", rief sie ihrem Mann zu, der noch immer über Herbert lachte. Der Junge führte sie zu jener Hütte, in der er aufgewachsen war. Akin hatte nicht übertrieben, als er ihnen davon erzählte, dass die Leute in Noumghar zwar nicht im Luxus lebten, aber sehr viel von Sauberkeit und Hygiene hielten. Rund um

die einfachen, sehr ähnlich gebauten Hütten, war alles sehr sauber.

Beinahe wie in Europa, dachte Britt, als sie durch eine kleine Gasse zwischen den Gebäuden in Richtung Strand gingen. Einige alte Einwohner, die scheinbar gerade auf dem Weg zu ihrem Camper waren, grüßten sie freundlich und nach etwa zwei Minuten erreichten sie den Strand und das Haus von Akin. Der Junge zog Britt weiterhin an der Hand und wollte ihr damit andeuten, dass sie ruhig in sein Zuhause eintreten darf. Als die drei schließlich in dem kleinen, vom nebelerfüllten Raum standen, löste sich Akin, der sie über die Schulter seiner Frau erblickt hatte, von ihr. Malenga nickte ihm glücklich zu, als auch sie erkannte, wer gekommen war und Akin ging einen Schritt auf den Jungen zu. Der kleine Elimo war tatsächlich seinem Vater wie aus dem Gesicht geschnitten, und er war darüber überglücklich. Aber vor allem, sah er seinen jüngsten Sohn das erste Mal.

„Elimo, ich bin Akin, dein Vater", erklärte er herzlich dem Kleinen die Situation, aber es dauerte eine Weile, ehe der Junge sich schließlich mit aller Kraft an die Füße seines Vaters klammerte. Akin hob ihn zu sich hoch, um in seine Augen zu blicken: „Elimo, ich werde nie wieder von euch gehen, das verspreche ich dir heute!" Er drehte sich zu den Svörensen und setzte in seiner

Muttersprache fort: „Und Ihnen beiden verdanke ich alles.
Das sind Britt und Olav Svörensen, ohne ihre Hilfe würde ich heute nicht mehr leben." Britt und Olav konnte ahnen, was er zu seiner Frau gesprochen hatte und beide gingen auf Malenga zu. Aber keiner wusste so richtig, wie man sich in diesem Kulturkreis überhaupt begrüßte. Britt entschied sich, es wie gewohnt, mit einem Händeschütteln zu versuchen und Malenga erwiderte ihre Geste mit einem herzlichen Lächeln. Nachdem sich auch Olav vorgestellt hatte, sprach er zu Akin:
„Akin, wir lassen euch jetzt alleine, ihr habt euch bestimmt eine Menge zu erzählen und wir müssen uns noch für die Nacht im Camper einrichten. Wir sehen uns dann morgen."
Akin kam nicht dazu ihm zu antworten, denn Malenga redete bereits, in der für die Svörensen unverständlichen und harten Sprache, zu ihrem Mann.
„Meine Frau besteht darauf, sofort mit den Vorbereitungen für ein Festmahl zu beginnen. Und ihr beide und natürlich auch Herbert, seid heute Abend unsere Ehrengäste", übersetzte Akin und fuhr fort.
„Natürlich nehmen wir das Mahl am Strand ein, denn in diesem Raum wäre es wohl etwas zu eng für uns alle. Ich schicke Elimo zu Ihnen, wenn es so weit ist. Sie kommen doch?"

Eigentlich war es ihnen gar nicht recht, denn sie wussten ja schließlich, wie es um diese Menschen hier bestellt war. Aber sie wollten die beiden auch nicht beleidigen und so antwortete schließlich Olav: „Ja gerne Akin, wir freuen uns sehr über die Einladung und vor allem deine ganze Familie kennen zu lernen, aber wir nehmen die Einladung nur an, wenn wir uns morgen Abend revanchieren können." Akin übersetzte die Worte Olavs und als Malenga, mit einem freundlichen Nicken bejahte, verabschiedeten sie sich. Auf dem kurzen Weg, sprach keiner der beiden ein Wort. Beide waren versunken in den wunderbaren Ereignissen dieses Tages. Eine solche Fülle an Emotionen war heute über sie hereingebrochen, die alles, was sie für Akin getan hatten, tausendmal rechtfertigten.

Malenga zauberte mit viel Liebe, aus den spärlichen Zutaten die ihr im Moment zur Verfügung standen, ein wohlschmeckendes Mahl für ihre Familie und die Ehrengäste. Natürlich konnte es niemals die ganze Fülle der mauretanischen Küche beinhalten, aber zumindest einen Eindruck davon wollte sie ihren Gästen vermitteln. Als Britt, Olav, Herbert und der kleine Elimo sich auf den Weg zum Strand machten, wo Akins Familie gerade fertig geworden war, eine provisorische Tafel aufzubauen, war es bereits dunkel geworden. Mehrere Fackeln rund um die Tafel wurden von den Kindern Akins im Sand verankert und spendeten ein warmes, romantisches Licht. Die leichte Brise vom Atlantik, ermöglichte es auch einem Nordeuropäer, die immer noch hohe Temperatur, als äußerst angenehm zu empfinden.

„Ich dachte immer in Afrika ist es überall heiß", scherzte Britt gutgelaunt, als sie bereits in Sichtweite der romantischen Szenerie zum Strand kamen. Akins ganze Familie erwartete in strammer Haltung die Ehrengäste, und nach einer herzlichen Begrüßung trug Malenga, gemeinsam mit ihrer Tochter Seika, das liebevoll zubereitete Mahl auf. Akin konnte sich niemals an ein solch wunderbares Essen erinnern. Vielleicht war es auch einfach sein Gefühlzustand, der diesen Abend und alles andere in goldenem Glanz erscheinen ließ.

Auch seinen Gästen schien das Essen Malengas außerordentlich zu munden, denn außer dem dürren

Butler Herbert, der anscheinend niemals viel aß, wollten alle eine zweite, Olav sogar eine dritte Portion.
Während der Mahlzeit, erzählte Akin seinen Kindern von der Flucht und der Zeit in Europa. Bis zu jenem Tag, an dem der schreckliche Anschlag geschah. Da Akin in seiner Muttersprache berichtete, konnten die Gäste seine Worte nicht verstehen, aber an seinen Gesten und den unterschiedlichsten Reaktionen der Kinder, die an seinen Lippen zu kleben schienen, konnten sie ahnen, an welchem Teil der Geschichte Akin gerade angelangt sein müsse. Aber noch etwas beobachteten alle Gäste, insbesondere aber Olav, an diesem Abend. In Akins Familie herrschte eine Vertrautheit und ein derartig liebevoller Umgang miteinander, dass man sich gar nicht vorstellen konnte, dass dieser Mann zwölf Jahre lang von seiner Familie getrennt leben musste. Der kleine Uzoma schien seinen Vater förmlich anzuhimmeln, obwohl er ihn nur aus den Erzählungen seiner Mutter kannte. Und Mabili, dem ältesten, bereits zum Mann gereiften Sohn, war der Stolz auf seinen Vater ins Gesicht geschrieben.

In Olav löste diese Familienidylle, trotz seiner Freude für Akin, auch ein bedrückendes Gefühl aus. Dieser Mann besaß einen Schatz, den er niemals haben würde. Er war niemals fähig gewesen, wenigstens seiner kleinen Familie ein solcher Vater zu sein, wie Akin einer ist. Und heute? Ja, heute war es dafür zu spät. Immer wieder musste er an Jens denken. Wie schön wäre es gewesen, wenn er Zeuge dieses wunderbaren Ereignisses, an seiner Seite, gewesen wäre. Vielleicht würde er dann auch etwas besser über seinen Vater denken. Aber er wollte auf jeden Fall, jede noch so kleine Möglichkeit, die sich die Zukunft, oder sein Sohn ihm bieten würde nützen, um sich mit Jens auszusöhnen. Nachdem Essen servierte Malenga einen kalten, würzigen Pfefferminztee. So war es Brauch in Noumghar, denn Alkohol gab es keinen. Nachdem die Schalen gefüllt waren, setzte sie sich zu ihren Gästen und begann, auf den Wunsch Akins hin, von den Geschehnissen in Noumghar zu berichten. Akin übersetzte die Worte seiner Frau für seine Gäste.

„Akin, als du damals von uns fort gingst, fiel ich und alle anderen in unserer Familie in ein großes Loch. Mabili, unser Ältester, war damals ja noch beinahe ein Junge, aber die widrigen Lebensumstände mit denen wir zu kämpfen hatten, machten ihn sehr bald zu einem richtigen Mann.

Er hatte keine andere Wahl. Er musste es irgendwie schaffen, dem Meer viele Fische abzuringen, damit wir überleben konnten. Wir hatten damals ja beinahe keine anderen Lebensmittel mehr in den Speichern. In den ersten Monaten konnte ich ihn dabei noch unterstützen, aber als dann Elimo geboren wurde, war er ganz auf sich alleine gestellt und für die Versorgung unserer ganzen Familie verantwortlich. Wie ich dir in meinem ersten Brief geschrieben habe, hätte ich nicht gewusst, wie es ohne seine enorme Willenskraft und Lebensfreude gekommen wäre. So kämpften wir uns durch, bis zu jenem Tag als dieser korpulente Mann hier ankam, um uns Geld und Nachricht von dir zu übergeben. Ich kann euch gar nicht sagen wie glücklich uns alle diese Nachricht, dass du gesund und am Leben bist, gemacht hat.

Das viele Geld wiederum, setzten wir, also Mabili und ich, ganz gezielt und sparsam ein, denn wir wussten ja nicht, wann wir deine nächste Nachricht erwarten konnten. Allah sie Dank dafür, dass die Ernte im Landesinneren bereits im kommenden Jahr, nach deiner Flucht, wieder ertragreich war und somit die Lebensmittel für uns deutlich leistbarer machte. So kam es schließlich, dass uns deine zweite Botschaft aus der Ferne – mit noch mehr Geld - bereits erreichte, als vom ersten noch etwas übrig war.

Damit änderte sich unsere Situation an diesem Tag schlagartig und es bestand nun die Möglichkeit, meiner Familie und auch einigen alten Menschen, die kaum mehr etwas zu essen hatten, zu helfen. Akin, du musst wissen, dass mein Vater zu diesem Zeitpunkt schwer erkrankt und kaum mehr in der Lage war, sich auf den

Beinen zu halten, geschweige denn auf die See hinaus zu fahren. Adik und viele alte Menschen unseres Dorfes, verdanken dir, dass sie heute noch leben und nicht verhungert sind."

Malenga machte eine Pause, um ihre Worte wirken zu lassen, nahm einen Schluck vom köstlichen Tee, wartete die Übersetzung Akins für seine Gäste ab und fuhr dann wieder fort: „Eines Tages, ich glaube es war vor drei Jahren, stimmt das Mabili?"

„Was meinst du Mutter?"

„Ja, als diese Männer ins Dorf kamen."

„Aber ja natürlich, das war im Mai vor drei Jahren, das werde ich niemals vergessen!", beantwortete Mabili die Frage seiner Mutter und Malenga fuhr fort: "Ja, wie gesagt, da kamen zwei Männer von der Regierung in unser Dorf. Sie hatten eine Nachricht mit sich, dass von den europäischen Staaten Geld zur Verfügung stehe und ob die Fischer von Noumghar einen Teil dieser Förderung in Anspruch nehmen wollen.

Diese Männer, *unserer Regierung*, hatten nicht die leiseste Ahnung, dass es in Noumghar beinahe keine Fischer mehr gab. Als wir ihnen den Ursprung unserer lebensbedrohlichen Situation erklären wollten, konnten sie nicht verstehen, wie diese Trawler, die doch so weit entfernt vor der Küste kreuzen, unsere Fangquoten gefährden konnten. Laut ihren Informationen waren die kleinen Fischer doch niemals imstande, soweit hinaus in den Atlantik zu gelangen, um Fische zu fangen. Somit war es für die mauretanische Regierung eine klare „win – win" Situation. Die ansässigen Kleinfischer sollten, wie eh und je, vor der Küste ihr Auslangen finden. Die mächtigen europäischen Trawler machten dasselbe, wenn auch im größeren Stil, aber weit draußen vor der Küste und gegen bares Geld für den Staat. Noch viel schlimmer aber waren die Bedingungen an dieses Fördergeld zu kommen, denn dieses war ausschließlich als Subvention für die Fischerei gedacht. Also durften mit dem Geld nur Gebrauchsgegenstände für die Fischerei angekauft werden. Aber keine, von vielen unseres Dorfes dringend benötigten Nahrungsmittel."

Olav schüttelte den Kopf, als Akin ihm die Worte Malengas übersetzte hatte, denn er kannte die Brüsseler Bürokratie nur zu gut und was die Zukunft von Noumghar betraf, machte er sich keine Illusionen.

Es würde eine äußerst schwierige Angelegenheit werden, allen Bewohnern eine Zukunftsperspektive zu geben. Als Akin die Übersetzung beendete, nickte dieser zu Malenga und sie erzählte weiter: „Als unser Mabili die Männer daraufhin fragte, was uns neue Fischernetze oder Segelboote nützen sollen, wenn das Meer doch kaum mehr welche Fische hergab, hatten diese Männer auch darauf keine wirklich befriedigende Antwort. Sie betonten dafür immer wieder, dass sie sich an die Anweisungen der Regierung und den Vorgaben der europäischen Union zu richten hätten. Der Wortführer der beiden Beamten erklärte schließlich und schon sichtlich genervt: „Entweder die Bewohner Noumghars akzeptierten diese Bedingungen und bekämen darauf kostenlose Gerätschaften von der Regierung Mauretaniens geliefert, oder es würde mit Bestimmtheit das nächste Dorf, entlang der Küste, dieses Angebot in Anspruch nehmen."

Als keiner, der noch im Dorf verbliebenen Männer, sein Begehren an diese Förderung geltend machen wollte, verschwanden die beiden Beamten, wie sie gekommen waren. „Und wie sieht es mit den Fangquoten im Moment aus, hat sich der Fischbestand wieder etwas erholt?", wollte Olav zu Mabili gerichtet wissen, als Akin seine Übersetzung für ihn beendet hatte.

„Nein, ein Tag gleicht dem anderen. Ich bin aber viel zu jung, um zu wissen, wie das Fischen früher einmal gewesen sein mag. Ich kann nur sagen, dass wir, seit Vater von uns weggegangen war, auch die kleinsten Fische als Fang behalten haben, denn ansonsten wären wir verhungert. Mir ist durchaus auch klar, dass wir so auch unsere Zukunft untergraben, aber was sollen wir sonst machen?"

Olav lag mit seiner Vermutung, die genau in diese Richtung deutete, vollkommen richtig. Aber er hatte, schon vor der Abreise aus Sardinien, einen Plan ersonnen, wie er den Menschen hier vielleicht auch langfristig helfen könnte. Dieser beinhaltete zunächst einmal eine nicht unerhebliche finanzielle Unterstützung seinerseits, um die Zeit bis zum Greifen weiterer Maßnahmen, zu überbrücken und das wollte er Akin nun mitteilen. Er bat ihn die Worte seiner Familie zu übersetzen und sprach zu ihm: „Akin, ich werde deine Familie und euer Dorf zur Überbrückung zunächst einmal finanziell unterstützen. Außerdem habe ich ausgezeichnete Kontakte zu unseren Regierungsbeamten und zu Beamten der europäischen Union. Diese werde ich nutzen, um euer Anliegen auf höchster Ebene publik zu machen. Ich kann euch nicht versprechen, dass es so, wie es hier einmal war, wieder werden kann, aber ich bin guter Dinge, dass wir es gemeinsam schaffen können, dass ihr hier im Dorf bleiben könnt. Ihr werdet euch bestimmt schon gefragt haben, warum ich das alles mache?"

Olav blickte, nachdem Akin alles übersetzt hatte, jeden einzelnen an, aber er sah in ihren Gesichtern, nur Hoffnung und Dankbarkeit. Dies machte ihm seine Beichte nicht gerade leichter, als er fort fuhr: „Ich selbst habe eine Mitschuld an dem, was aus eurem Dorf geworden ist, denn meine Firma hat jene europäischen Fischkutter gebaut, die schließlich eure Lebensgrundlage raubten."

Olav verstummte, um Akin übersetzten zu lassen. Aber vor allem, um die Reaktionen auf seine Worte, aus den

Gesichtern zu lesen und er bekam durchaus erstaunte Blicke zu sehen, vor allem von Mabili. Keiner wollte scheinbar etwas entgegnen und so fuhr er fort: „Es soll keine Rechtfertigung für das sein, was ich mit meinem Tun bewirkt habe. Aber diese Konsequenzen, die aus meinen Geschäften resultierten, hätte ich niemals voraussehen können. Ich muss, zu meiner eigenen Schande, aber auch eingestehen, dass es mir, in jenen Jahren auch vollkommen egal gewesen wäre, was tausende Kilometer weit weg von mir geschieht. Damals war ich ein anderer Mann. Diesen Olav Svörensen gibt es nicht mehr.

Auch müsst ihr wissen, dass viele Menschen bei mir Arbeit bekommen haben und auch sie, wie ihr alle hier, haben eine Familie die sie ernähren müssen. Und natürlich habe ich meine Entscheidungen stets im Hinblick auf die finanzielle Situation der einzelnen Familien getroffen."

Akin legte seine Hand auf Olavs Schulter und sprach zu ihm: „Olav, was auch immer du getan hast, spielt heute keine Rolle mehr. Wenn Allah es nicht gewollt hätte, dass du es tust, hättest du es bestimmt nicht getan. Schau, wir alle hier auf Erden, sind nur ein kleines Rädchen, in jenem mächtigen Universum und der Grund warum manches eben zu unserem Leid geschehen ist, wird uns eines Tages mit Sicherheit ganz klar werden, dessen bin ich mir sicher. Ich weiß nur eines, du bist ein guter Mensch, ansonsten hättest du mich am Strand liegen gelassen. Alles andere zählt für mich - und ich glaube ich spreche auch im Namen meiner ganzen Familie - nicht mehr im Geringsten."

Solch beschwichtigende Worte erstaunten nicht nur Olav, sondern alle Gäste des Abends. Für die Mentalität des Europäers war es schon erstaunlich, mit welch gelassener Haltung dieser Mann auf sein Schicksal blickte. Olav wusste schon seit seinem ersten Gespräch mit Akin, dass er von ihm einiges lernen konnte.

Aber diese, seine letzten Worte, übertrafen alles, was er jemals an Nächstenliebe für möglich gehalten hätte.

Während sich der gemütliche Abend am Strand von Noumghar, mit ungebrochener Wiedersehensfreude, langsam seinem Ende zu neigte, bereiteten sich im dreihundertfünfzig Kilometer entfernten Nouadhibou vier Männer und eine Frau vor, um zu einem kleinen Fischerdorf zu reisen. Nouadhibou ist die zweitgrößte Stadt Mauretaniens, die auf einer Halbinsel, etwa fünfhundert Kilometer nördlich von Nouachkott, der Hauptstadt liegt. Nouadhibou verfügt sowohl über einen Flughafen als auch über einen Industriehafen. Diese Voraussetzungen waren der Grund, warum Jens und sein Filmteam Nouadhibou als ersten Drehort für ihre dreiteilige Dokumentation wählten. Sie waren am frühen Morgen des achtzehnten September direkt in

Nouadhibou gelandet. Sämtliche Vorbereitungen wurden von Deutschland aus abgewickelt. Auch die notwendigen Drehgenehmigungen hatte Angelina eingeholt und ein mauretanischer Beamter erwartete sie pünktlich am Gate ihres Fluges.

Offiziell diente er dem Team als Übersetzer und Ortskundiger, aber Jens wusste nur zu gut, dass die Aufgabe dieses Mannes wohl mehr darin bestand, ihre Arbeit hier zu kontrollieren.

„Hütet euch vor vermeintlichen Hilfestellungen einer Regierung - durch welche Art auch immer - denn meistens sind diese keine Hilfe zu einer objektiven Geschichte über ein Land!" Dies waren die Sätze ihres Lehrers und Mentors an der Filmakademie, die sich ihm nachhaltig eingeprägt hatten und an die er sofort dachte, als er erfuhr, dass ihnen die mauretanische Regierung einen Mann zur Seite stellen würde. Weigern konnten sie sich dagegen nicht, denn ansonsten hätten sie mit ziemlicher Sicherheit keine Drehgenehmigung bekommen. Die Alternative war eine Einreise als getarnter Tourist, ausgestattet mit einer kleinen Handycam, aber das war weder für Jens noch für Hartwig eine echte Alternative. So wurden sie von ihrem aufgezwungenen Weggefährten am Flughafen von Nouadhibou äußerst freundlich begrüßt.

Anschließend ging die Fahrt, in den zwei gemieteten Geländewagen, zu ihrem Hotel. Die Unterbringung in

solchen Ländern verlangte einem Europäer einiges ab, denn der Hygienestandart, aber vor allem das Essen, barg so manch tückische Krankheitserreger. Jens machte sich über mögliche Gefahren in fernen Ländern keine großartigen Gedanken. Ausgerechnet Hartwig, der harte Tiroler Bergler, war aber in solchen Dingen anscheinend äußerst sensibel und natürlich hatte es genau ihn am gestrigen Tag voll erwischt.
Etwa zwei Stunden nach dem Mittagessen, das sie in einem scheinbar sauberen Lokal zu sich nahmen, klagte er zuerst über Schmerzen in der Bauchgegend. Hart, wie das Bergvolk der Tiroler eben ist, wollte er trotz der Schmerzen bei den Dreharbeiten am Nachmittag unbedingt dabei sein. Am Abend, als alle nach Drehschluss wieder ihre Schüsseln beladen mit Allerlei vor sich hatten, verabschiedete er sich mit blassem Gesicht und seiner Hand vor den Mund von ihnen. Seitdem tauschte er sein angenehmes Nachtlager mit einer stinkenden Toilette und kotzte sich so richtig aus. Es war schon nach Mitternacht, als alle Vorbereitungen für die morgige Abreise erledigt waren und Jens nützte die Zeit, um seinen kranken Freund zu besuchen. Er trug eine Arznei gegen die maßlos unangenehmen Beschwerden mit sich und hoffte, dass Hartwig morgen fit genug sein wird, für eine beschwerliche Reise nach R`gueiba im Süden Mauretaniens. Als Jens an der Türe seines Zimmers ankam, klopfte er eher alibimäßig auf

das ausgebleichte Holz, trat aber sofort ein, da er eigentlich schon ahnte, wo sich sein Freund seit gestern aufhielt. Hartwig lag im Bett und nicht wie vermutet auf der Toilette, als er schließlich eintrat. Aber sein Anblick schockierte ihn und er hatte alle Mühe, sich das nicht anmerken zu lassen, als er sprach:
„Na Alter, wie geht's dir?"
Sein Freund wollte antworten, aber es entwich kein Laut aus seiner trockenen Kehle. Jens tat er wahrlich leid und er füllte hastig ein Glas mit Mineralwasser, um es ihm zu reichen. Es dauert einen Moment, ehe Hartwig schließlich und mit rauer, schwacher Stimme antwortete: „Na, wie soll es mir schon gehen, schau mich an. Ich liege jetzt genau seit zehn Minuten in diesem Bett, die Zeit seit gestern Abend, na du weißt ja…." „Komm, das wird schon wieder, ich hab dir etwas Gutes mitgebracht. Schluck jetzt eine davon, aber vor allem, du musst viel trinken!", ermutigte und ermahnte ihn Jens und gab ihm die Schachtel mit dem Medikament. Sein Freund nahm zittrig eine Tablette aus der Verpackung, legte sie in seinen ausgedörrten Mund und schluckte sie mit einem großen Schluck Wasser hinunter. Als das lauwarme Wasser, mit gurgelnden Geräuschen, scheinbar in seinem Magen angekommen war, sprach er: „Das wird schon wieder, aber sag, steht die Abreise morgen Früh noch?"

„Das kommt auf dich an, aber wir können die Abreise auch ein paar Tage verschieben, damit du dich erholen kannst."

„Nein, das kommt nicht in Frage! Wir müssen unseren Zeitplan einhalten, das wird schon irgendwie gehen. Vielleicht kann ich auf der Fahrt im Jeep sogar etwas Schlaf nachholen", antwortete Hartwig und rang sich ein schwaches Lächeln ab.

„Typisch für diese Alpenbewohner, bevor die nicht ihren Kopf unter den Achseln tragen, ist alles halb so schlimm", dachte Jens als er ihm die morgige Tour noch einmal vor Augen führte. „Du weißt aber schon, dass wir auf dieser Strecke, im Falle einer Verschlechterung, auf keine ärztliche Versorgung hoffen können. Wir fahren an der Küste entlang und soweit ich informiert bin, sind dort kaum Ortschaften, bis zu unserem Ziel und das sind immerhin fast vierhundert Kilometer."

„Ich weiß Jens und danke dir für deine Fürsorge, aber ich denke, es wird schon gut gehen, also lass mich jetzt allein, vielleicht kann ich noch etwas schlafen."

„Ok Hartwig, dann treffen wir uns um fünf in der Eingangshalle. Schlaf gut, bis dann", sprach Jens und drückte seinem Freund einen freundschaftlichen Kuss auf die heiße Stirn.

„Mann, wie meine Mutter!", war dessen Reaktion auf seine Geste und er wischte sich mit der Hand über die geküsste Stirn.

*

Hartwigs Zustand hatte sich weder verschlechtert noch gebessert, als er sichtbar gezeichnet vom Schlafmangel, die schlichte Rezeption des Hotels am Morgen betrat. Jens, Angelina und Skina, der Regierungsbeamte, waren reisebereit und die drei hatten ihn bereits erwartet. Nachdem auch Skina noch einmal, und zwar eindringlich, versuchte, Hartwig umzustimmen, stiegen sie auf seinen ausdrücklichen Wunsch hin in die beiden Jeeps. Vor ihnen lag eine mörderische Strecke entlang der Küste, bis zu ihrem Ziel, dem Fischerdorf R`gueiba im Süden Mauretaniens. Angelina, die Jens und Hartwig in der Akademie kennen gelernt hatten, saß neben Jens im Jeep. Ihre maßgebliche Aufgabe war es, sämtliche Recherchen im Vorfeld anzugehen und das machte sie mit ausgesprochener Professionalität und Genauigkeit. Eine gute Dokumentation lebt ja schließlich von diesem, schon in der Vorbereitung, erworbenem Wissen über Gegebenheiten, Geschichten oder deren Abläufe. Wenn man von einer Tatsache keine Information besitzt, dann konnte man dieser während der Dreharbeiten auch nicht nachgehen.

Das wusste auch Jens. Darum hatte er Angelina, laut Vertrag auf ein Jahr befristet, in seiner Firma „Global Power Produktion" eingestellt.

Aber das war nicht der einzige Grund. Neben ihrer professionellen Art, einem Thema auf die Spur zu kommen, war sie auch ausgesprochen hübsch, intelligent und nicht zuletzt mit einem umwerfend freundlichen Charakter ausgestattet. Kurz gesagt: Er hatte sich in sie verliebt. Keiner wusste davon. Jens glaubte jedenfalls, dass auch Angelina nichts davon ahnte. Sie saß neben ihm und klammerte sich gerade mit aller Kraft an den Haltebügel der Beifahrertüre, um durch die heftigen Stöße der holprigen Straße nicht an die Decke geschmissen zu werden. Jens war in Liebesdingen, trotz seiner sechsundzwanzig Jahre und seinem ausgesprochen gutem Aussehen, ein blutiger Anfänger.

Zwar gab es in den Sommerferien seiner Jugendzeit durchaus vielversprechende Begegnungen mit netten Mädchen und auch den einen oder anderen Kuss. Aber jedes Mal wenn es ans Eingemachte ging, war schon wieder der Herbst ins Land gezogen. Und mit ihm begann auch das nächste Schuljahr im Schweizer Internat für Jungs. Später, an der Münchner Filmakademie, war sein tägliches Arbeits- und Lernpensum derart hoch, dass es seiner ganzen

Aufmerksamkeit bedurfte und kein Gedanke an eine feste Bindung verloren ging.
Auch wenn er sich in Angelina verliebt hatte, reichte ihm im Moment einfach nur ihre Nähe. Auch wollte er nicht ihre wunderbare Freundschaft durch unüberlegtes Vorpreschen in Gefahr bringen. Er genoss es mit ihr zu arbeiten, zu diskutieren und liebte auch ihre Weltanschauung, die sich in beinahe allen Punkte mit seiner deckte. Alles andere würde sich von ganz alleine ergeben, wenn auch sie, so wie er fühlte. Jens hatte alle Hände voll zu tun, um den kraftvollen Allradjeep auf der Straße zu halten. Eigentlich war es gar keine Straße, wo sie im Moment entlangfuhren, nach beinahe fünf Stunden Fahrt. Sie rasten direkt am Strand entlang und immer wieder galt es, der unterspülenden Brandung des Atlantiks gekonnt auszuweichen. Trotz der schwierigen Bedingungen, lag das Team genau im Zeitplan. Hartwigs Zustand, der im anderen Jeep seit etwa zwei Stunden schlief, könnte darauf hindeuten, dass sich seine Kurve wieder nach oben bewegte. So waren im Moment alle guter Dinge und sie hofften bereits morgen, gegen Vormittag, ihr Ziel zu erreichen. Trotz der anstrengenden Fahrt, war Jens und Angelinas fortdauerndes Gespräch gerade beim heißen Thema „Trawler Dreh" angelangt. Trotz intensivster Bemühungen, auch seitens des Senders, bekamen sie keine offizielle Drehgenehmigung, um auf einem

solchen Schiffkutter aktuelle Aufnahmen zu machen. Angelina erläuterte ihm auch die weiteren Schwierigkeiten der Recherche über diese schwimmenden Fischfabriken.

„Weißt du Jens, ich bin mir einfach nicht sicher, ob die Informationen über die Fangquoten, die ich aus Deutschland erhalten habe, auch tatsächlich stimmen. Oder besser gesagt, welche davon stimmen. Hier bräuchten wir unbedingt einen Fachmann, und zwar einen unabhängigen. Ich bin mir sicher, dass uns dieser ganz andere Zahlen nennen würde."

„Das heißt, dass die einen die Zahlen nach unten und die anderen die Zahlen nach oben hin angeben, ganz nach Belieben?"

„Ja genau, aber von der goldenen Mitte sollten wir nicht unbedingt ausgehen, denn wenn man die realen Fangquoten eines einzigen Schiffes, auf sagen wir mal zehn Jahre zurück hochrechnet, kommen enorme Unterschiede heraus."

Jens drehte sich zu Angelina und schmunzelte, als er sprach:

„Nun, ich wüsste schon einen Mann, der zu diesem Thema zweifellos sämtliche Kompetenzen besitzen würde, um beim Zuseher auch noch aussagekräftig wirken würde. Aber ich glaube nicht, dass er unabhängig und vor allem für ein Interview bereit wäre."

Jens konzentrierte sich wieder auf den nassen Strand vor sich und dachte dabei an das Gesicht seines Vaters, wenn er mit seinem Team im Frankfurter Büro aufkreuzen würde, um ihn über die wahren Fangquoten eines modernen Trawlers zu interviewen.
„Was ist so lustig?", wollte Angelina von ihm wissen, als sie sein Schmunzeln im Gesicht sah.
„Ach nichts, ich hab nur…. Jens brach den Satz ab, da der vordere Jeep abrupt abgebremst hatte und setzte fort als auch ihr Jeep zum Stehen kam: „Was ist jetzt los?"
Skina stieg vorne aus und kam im Laufschritt zu ihnen. Als Jens die Scheibe von Hand herunter gekurbelt hatte, sprach dieser aufgeregt:
„Jetzt haben wir ein Problem!"
„Was ist los?", wollte Jens von dem kleinen Mann wissen.
„Euer Freund Hartwig ist gerade aufgewacht und klagt über unsägliche Schmerzen in der Bauchgegend. Ehrlich gesagt, sein Zustand gefällt mir gar nicht!"
Wenn sich Hartwig über Schmerzen beklagt, dann ist Feuer am Dach. Das wusste Jens, denn er kannte seinen besten Freund nur zu gut.
„Was können wir tun?",
wollte Angelina wissen, die gestern auch immer wieder darauf gedrängt hatte, die anstrengende Reise, im Sinne

von Hartwigs Genesung, zu verschieben, jetzt fühlte sie sich bestätigt.

„Ich schlage vor, wir versuchen so schnell wie möglich das nächste Dorf zu erreichen."

„Wie du meinst, aber gibt es dort auch eine ärztliche Versorgung für ihn?", fragte Jens.

„Nein, nicht wie ihr sie kennt, aber die Menschen, ich meine damit im Speziellen die Alten in den Dörfern, verstehen sich sehr wohl auf sämtliche Krankheitsbilder, doch heilen tun sie auf ihre Art."

Jens kannte diese Art von Medizin nur aus Erzählungen oder Büchern. Für ihn war alles, was nicht der westlichen Medizin entsprach, als nicht vertrauenswürdig eingestuft. Er kraulte sich am Kinn, als er schließlich fragte:

„Wie weit ist das nächste Dorf entfernt, sind wir nicht schneller, wenn wir wieder umkehren?"

„Nein, umkehren macht jetzt keinen Sinn mehr. Wenn wir sofort die Küstenstraße verlassen, gelangen wir durch die Dünen auf die asphaltierte Hauptstraße, die nach Nouachkott führt. Auf dieser kommen wir wesentlich schneller voran und könnten das Fischerdorf Noumghar noch vor dem Einbruch der Nacht erreichen."

Noumghar, dieser Name sagte Angelina irgendetwas. Sie hatte vor kurzem einen Bericht gelesen, in dem etwas über dieses Dorf geschrieben stand, aber sie konnte sich im Moment nicht erinnern, um was es in dem Artikel gegangen ist.

„Ok Skina, dann lass uns Hartwig so schnell wie möglich in das Dorf bringen!", entschied Jens und nach wenigen Sekunden verließen die beiden Jeeps den Strand, um auf dem schnellsten Weg nach Noumghar zu gelangen.

Nach etwa einer halben Stunde Fahrt erspähte Angelina, zwischen zwei Dünen, über die der Wind heftig den Sand blies, eine Gruppe großer Vögel. Sie vermutete es könnten Kondore sein. Plötzlich fiel ihr wieder der Artikel über dieses Dorf ein: „Jetzt weiß ich es wieder!"

„Was weißt du wieder", fragte Jens, der gerade große Mühe hatte, den Jeep der sich in einer gefährlichen Schräglage auf einer Düne befand, zu bändigen.

„Na das mit dem Dorf, in das wir jetzt fahren!"

„Was ist mit dem Dorf?"

Angelina drehte sich zu Jens als sie weitersprach: „Hör mal Jens, ich weiß nicht. wie ich das vergessen konnte. Ich hatte doch vor, dir diese unglaubliche Geschichte zu erzählen."

„Ist ja egal, nun aber raus mit der Sprache, was für eine Geschichte!", entgegnete Jens, der gerade den Wagen wieder unter seine Kontrolle bringen konnte.

„In der Rezeption unserer Hotels lag eine Zeitung. Keine Ahnung, was das für ein Blatt war. Jedenfalls blätterte ich dieser….ja doch genau, es war ein italienisches Blatt!"

„Angelina, nun mach's nicht so spannend, ist doch egal, was das für ein Käseblatt war!", scherzte Olav. Es war ein Markenzeichen ihrer wunderbaren Freundschaft, dass sich die beiden ständig irgendwie neckten.

„Also, ich blätterte so durch die Seiten und kam zu einer unglaublichen Überschrift. Da stand in dicken Lettern: *„Dunkelhäutiger Mann überlebte Flug im Reifenschacht einer Passagiermaschine."*

„Gibt's nicht, das haben schon einige von den armen Hunden versucht, aber keiner hat überlebt.", unterbrach Jens wiederum Angelina.

Diese widersprach ihm heftig: „Doch, ich glaube schon. Das was in dem Artikel geschrieben stand, klang für mich durchaus plausibel."

„Und Angelina, wie soll der Mann in so eisiger Höhe überlebt haben, stand das auch in dem Artikel?"

„Ja, das stand da auch. Anscheinend wurde er von einem Schlepper mit Bergsteigerausrüstung ausgestattet und in dem Radkasten, oder wie man das Ding nennt, standen ihm vier Sauerstoffflaschen zur Verfügung."

Mit ihrem letzten Satz, hatte sie die volle Aufmerksamkeit ihres Freundes gewonnen und die beiden diskutierten über alle Wenn und Aber eines solchen Fluchtversuchs. Nach weiteren anstrengenden Stunden, die nur ihre angeregte Diskussion einigermaßen erträglich gemacht hatte, setzte langsam die Dämmerung ein. Ein wunderbares Farbenspiel vollzog sich vor den beiden am Horizont. Auf den, jetzt niederer gewordenen Sandhügeln, zwischen denen sie entlang fuhren, verabschiedete sich in diesem Moment das letzte rote Licht dieses Tages mit unbeschreiblicher Intensität. Sie hatten nur getrunken und keine Pause gemacht, damit sie Hartwig so schnell wie möglich Hilfe verschaffen konnten, aber jetzt meldete sich der Magen Jens mit einem lauten Knurren, als Zeichen seines Hilfeschreis nach Nahrung.

„Mann, hab ich einen Kohldampf, hoffentlich sind wir bald da und dunkel wird es auch langsam", jammerte er und seine Freundin erblickte im selben Augenblick einige kleine Lichter am Horizont: „Schau mal Jens, ich glaube wir sind da. Dort vorne, die Lichter!"

„Ja, das muss das Dorf sein. Gott sein Dank!", rief Jens und drückte kräftig auf das Gaspedal, um zum vorderen Jeep aufzuschließen. Als sie in Sichtweite des Dorfes kamen, war es Jens, der einen Camper am Dorfeingang erblickte und Angelina fragte:

„Angelina, siehst du auch, was ich sehe?"

„Ja, du meinst den Camper."

„Ja genau."

„Hmm, eigenartig, die Leute hier sind doch einfache Fischer. Ich kann mir nicht vorstellen dass sich einer von ihnen ein solches Gefährt leisten kann."

Jens und Skina parkten einige Minuten später die beiden Jeeps parallel zu dem Camper. Jens und Angelina sprangen sofort aus dem Wagen, um nach Hartwig zu sehen. Als Jens die hintere Türe des Jeeps öffnete, erschrak er, denn sein Freund schien bewusstlos zu sein. Als er ihn sachte rüttelte, hörte er wie jemand nach ihm rief:

„Jens, bist du das?"

Er glaubte, eben die Stimme seiner Mutter gehört zu haben, doch das konnte unmöglich sein. Er streckte seinen Kopf wieder aus dem Wagen und drehte sich um, in jene Richtung aus der er den Ruf vermutete. Tatsächlich, es war seine Mutter, die lachend und mit ausgebreiteten Armen auf ihn zukam.

„Ja, das gibt's doch nicht! Mutter, was um Gottes Willen, machst du denn hier!?", rief er Freudestrahlend zu ihr und die beiden fielen sich in die Arme. Angelina, Skina und auch Hartwig, der sich mühsam mit der Hilfe der beiden aus dem Jeep quälte, staunten nicht schlecht über die Anwesenheit von Jens Mutter in diesem einsamen Fischerdorf Mauretaniens.

„Jens, wir sollten uns jetzt um Hartwig kümmern", unterbrach Angelina schließlich und nur ungern die Wiedersehensfreude der beiden.

„Ja natürlich, bitte entschuldigt, aber das kann doch gar nicht…"

„Schon gut, das versteh ich doch. Hallo Frau Svörensen, wie geht's so?", unterbrach Hartwig, der wieder zu sich gekommen war, Jens. Aber ohne die Hilfe seiner Freunde konnte er nicht mehr stehen.

„Um Gottes Willen Hartwig, was ist denn mit dir los? Bist du krank?", fragte Britt, als sie den Zustand des Freundes ihres Sohnes erkannte.

„Ja Mutter, wir müssen dringend jemanden im Dorf finden, der ihm helfen kann. Weißt du vielleicht, wohin wir uns wenden könnten?"

„Ja natürlich! Kommt mit", antwortete Britt und machte sich auf den Weg zu Akins Haus.

Jens und Skina hatten je einen Arm von Hartwig um ihre Schulter gelegt, um ihn zu stützen und gingen hinter den beiden Frauen her.

Nach einigen Schritten trafen sie schon auf die ersten Dorfbewohner, die die Ankunft weiterer weißer Menschen beobachtet haben mussten und sie freundlich grüßten. Schließlich zeigte Britt zu Jens gerichtet auf eine kleine Hütte direkt vor ihnen und erklärte: „Hier wohnt Akin. Er ist ein Freund von uns und wird sicher wissen, wer hier im Dorf für Hartwigs Genesung etwas tun kann."

„Ein Freund, ich glaubs nicht. Mutter hat einen Freund in einem Fischerdorf Mauretaniens. Auf die Geschichte bin ich aber gespannt", murmelte Jens vor sich hin, als Britt gerade die Türe der Hütte öffnete und hineinrief: „Akin, bist du da?"

Es verging einige Zeit, aber es kam keine Antwort. Schließlich trat eine Frau ins Freie.

„Hallo Malenga, Akin?", fragte Britt erneut.

„Akin….", sprach die Frau und schüttelte verneinend ihren Kopf. Schließlich zeigte sie in eine Richtung, in der Akin wohl zu finden sein musste.

„Danke Malenga!", antwortete Britt, die mit dieser Information mehr anzufangen wusste, als die anderen.

„Er wird mit Olav und Herbert bei den Segelbooten dort drüben sein", klärte Britt die Darstellung Malengas für alle auf und brachte ihren Sohn nun ganz aus der Fassung.

„Was sagst du Mutter? Vater und Herbert sind auch hier?", schrie Jens zu seiner Mutter, die nur einige Schritte vor ihm ging. Durch das Geräusch der starken Brandung war er gezwungen zu schreien, aber seine Mutter hatte ihn trotzdem nicht gehört und gab keine Antwort. Freilich, diese erübrigte sich ohnedies, da sie jetzt auf eine Gruppe Menschen zu- gingen. Es waren alles Männer des Dorfes und inmitten dieser Menschen sein Vater und dessen Butler Herbert. Die Wiedersehensfreude war im Grunde dieselbe wie zuvor. Auch wenn diese zuerst etwas zaghafter begann, so lagen sich Vater und Sohn schließlich eine ganze Weile in den Armen. Keiner, auch nicht Hartwig, der sich bei Gott elend fühlte, wollte dieses Ereignis stören. Britt war überglücklich, die beiden so zu sehen und suchte mit Tränen in ihren Augen nach Akin. Als sie ihn neben Mabili entdeckte, sprach sie: „Akin, das ist unser Sohn Jens und seine Freunde. Aber Hartwig, einer von ihnen, ist erkrankt. Weißt du, wer im Dorf ihm helfen könnte?"

„Aber ja. Komm Mabili, lass uns den Mann schnell zu Enkori bringen."

Die beiden nahmen Hartwig sachte in ihre Mitte und machten sich auf den Weg zur nördlichsten Hütte des Dorfes.

Enkori, war jener Mann, der vor langer Zeit die Entscheidung des ältesten Rates an die um den Brunnen versammelten Männer des Dorfes, mitgeteilt hatte. Als Akin von Malenga heute Morgen erfahren hatte, dass der alte Enkori noch leben würde, konnte er es zuerst nicht glauben. Dieser Mann musste dann beinahe hundert Jahre alt sein. So ganz genau wusste das natürlich niemand im Dorf. Aber, er war schon damals, vor zweiundzwanzig Jahren, ein uralter Mann, wie war so ein biblisches Alter nur möglich?

Akin hatte sich auch vorgenommen, den alten Enkori so schnell wie möglich zu besuchen. Nun ging es aber doch schneller, als er es noch morgens dachte. Sie betraten die Hütte und sofort erblickte er den alten Mann, der am Boden saß. Tatsächlich, Enkori hatte sich in all den Jahren scheinbar kaum verändert, wäre da nicht dieser Blick aus seinen trübe gewordenen Augen, der Akin scheinbar genau traf: „Wer ist gekommen?", fragte der alte Mann mit schwacher Stimme.

„Ich bin es, Akin und Mabili, mein Ältester." Erst jetzt wurde ihm klar, dass der alte Mann blind sein muss, denn dieser suchte, aber fand keinen Halt für seine müden Augen.

„Akin, der Sohn Uzomas. Ja ich habe davon erfahren, dass du zurückgekehrt bist. Das ist gut so. Es ist gut für uns alle im Dorf, wenn der Obmann wieder bei uns ist. Du bist aber nicht nur mit deinem Sohn alleine gekommen?"

„Nein Enkori, denn mein Besuch hat einen dringenden Grund. Wir haben jemand mitgebracht, der dringend deiner Hilfe bedarf. Er ist ein Freund eines Freundes aus Europa und er ist in unserem Land schwer erkrankt."

„Ja die Europäer, legen sich in die pralle Sonne und werden krank", spöttelte der Alte. Setzte aber sogleich ernsthaft fort: „Legt ihn da hin, neben mich."

Akin und Mabili legten Hartwig, der noch immer zwischen Bewusstsein und Bewusstlosigkeit schwankte, auf den Boden, der mit wunderbar gewebten, geschmeidigen Teppichen ausgelegt war. Dann setzten auch sie sich am Eingang der Hütte nieder und überließen es dem weisen und erfahren Mann zu handeln. Enkori machte Anstalten den Körper Hartwigs abzutasten, als er jedoch seine Kleidung bemerkte, bat er die Männer, den Patienten zu entkleiden. Hartwig öffnete für einen Moment seine Augen, als Akin und Mabili sich an seiner Kleidung zu schaffen machten, aber er war zu schwach um dagegen zu protestieren.

Es dauerte eine ganze Weile, in der sich Enkori mit seinen Händen tastend, über den gut gebauten, weißen Körper des Mannes, vom Kopf herunter fortbewegte. Als er die Bauchdecke erreichte, verblieb er längere Zeit und kreiste sanft, drückte und ertastete scheinbar alle möglichen Stellen in der seine Krankheit ihren Ausdruck zu haben schien. Schließlich sprach er zu Akin und Mabili, die gespannt und ruhig am Eingang der Hütte saßen:

„Lasst den Mann bei mir. Er hat einiges mitgemacht, aber ich glaube, dass ich ihm helfen kann. Bevor ihr aber geht, holt mir bitte zwei Kannen frisches Wasser

vom Brunnen und dann lasst uns alleine. Was der Mann benötigt, ist vor allem Ruhe, sehr viel Ruhe. Sagt seinen Freunden, sie sollten sich keine großen Sorgen machen. Er ist noch jung und stark. In ein paar Tagen, so Allah es will, wird er wieder ganz gesund sein."
So geschah es, wie der Alte Enkori es angeordnet hatte und die beiden holten mit zwei Krügen frisches Wasser aus dem Brunnen, brachten es und überließen den Kranken in der Obhut ihres Dorfältesten.

Als Akin und Mabili bei den Fahrzeugen ihrer Freunde eintrafen, war es bereits dunkel geworden und alle saßen im Kreis eines großen Feuers zusammen. Heute Abend waren es noch mehr Gäste, als ursprünglich angenommen, die Herbert und Britt zu bewirten hatten. So waren die beiden froh über die angebotene Unterstützung von Malenga und ihrer Tochter. Schon den ganzen Tag lang hatte Britt sich Gedanken gemacht, mit welchem Essen sie sich bei Akins Familie revanchieren könnte. Schweinefleisch schied aus Glaubensgründen aus, so entschieden Herbert und Britt, dass sie zartes Rindfleisch und Hammel am offenen Grill einer Feuerstelle braten werden. Dazu reichten sie gekochte Kartoffeln mit Sauerrahmsoße, verfeinert mit feinsten Kräutern, und einen Salat bestehend aus Tomaten, Gurken und Karotten. Britt wusste nicht allzu viel über muslimische Essgewohnheiten, daher wollte sie sich am Vormittag bei Akin rückversichern, ob diese Speisen für seine Familie in Ordnung sein würden. Obwohl Jens einen ungeheuren Hunger verspürte, nahm er, das von Seika angebotene Teller zwar dankend zu sich, stellte es aber sogleich wieder ab. Er war gerade vertieft in ein Gespräch mit seinem Vater und seinem Freund Akin.

Bevor er nicht die ganze Geschichte gehört und erläutert bekommen hatte, konnte er ohnedies nichts essen. Und die beiden Freunde hatten eine Menge zu erzählen. Je mehr er über das Kuriosum, warum seine Mutter und sein Vater hier waren, erfuhr, umso mehr konnte er nur noch staunen. Hätte noch gestern jemand zu ihm gesagt, dass so etwas durchaus möglich sein kann, hätte er denjenigen mit Sicherheit als Baron Münchhausen gestraft. Aber schon jetzt gab es keinen Zweifel mehr daran, wie sich das Leben seines Vaters, in scheinbar wenigen Tagen, tatsächlich geändert hatte. Nichts von der Person, die jetzt neben ihm saß und ihm, mit Hilfe seines dunkelhäutigen Freundes, erzählte, erinnerte ihn an den Vater aus seiner Kindheit. Jens hatte es irgendwann in seinem Leben aufgeben, die Beziehung zu seinem Vater gekünstelt aufrechterhalten zu wollen. Er litt, vor allem in seiner Kindheit, an dieser eigentlich nicht existenten Vater – Sohn Beziehung. Warum also, sollte er die treibende Kraft sein. Oder sich mit aller Kraft an seinen Vater heften, damit er endlich jene Zuneigung von ihm bekam, derer er bedurfte, oder die er vielleicht ja auch verdient hätte. Er hatte gelernt die Dinge, wie sie nun mal waren, zu akzeptieren und das Beste aus allem zu machen.

Und jetzt saß sein Vater neben ihm. Sein Vater, eine Bierflasche in der Hand. Gekleidet in kurzer Hose und dazu noch dieses ziemlich verschmutzte T-Shirt, schlampig hineingestopft in die Hose und an einem Lagerfeuer am Rand eines Fischerdorfes Mauretaniens.
„Hörst du Jens, na was hab ich gesagt!", rief Angelina, die auf der anderen Seite des Feuers saß, zu ihm rüber und holte ihn aus seinen Gedanken.
„Was meinst du?"
„Na, schläfst du schon? Hast du das nicht gehört, was Akin gerade erzählt hat?"
„Nein, entschuldigt bitte, ich war gerade in Gedanken woanders.", sprach er verlegen lächelnd in die Runde.
Akin lächelte ebenfalls und begann nochmals mit seiner Erzählung über die Flucht nach Europa.

Akin und Olav hatten beschlossen dem Filmteam die ganzen Erlebnisse, von der Gegenwart beginnend zu erzählen, und nun war Akin am Wort. Was würde das für eine Story geben, mit der die Filmemacher nicht im Geringsten gerechnet hatten. Wenn sie es irgendwie schaffen würden, diese Flucht in der Reifenkanzel einer Passagiermaschine, mit einem Schauspieler nachzustellen und diese Spielszenen in der Dokumentation einbauen, sollte diese wohl auch den Rechtest gesinnten, zumindest zum Nachdenken bringen. Dessen war sich Jens sicher, als er die möglichen Bilder in seinem Kopf visualisierte. Sie hatten es Hartwig zu verdanken, dass sie das Schicksal hier in dieses Dorf verschlagen hat. Wäre er nicht erkrankt, hätten sie niemals vom Untergang, der sich hier abgespielt hatte, erfahren. Hier und von diesen Menschen, bekamen sie genau das Material, das sie benötigen würden, um Menschen in Europa wachzurütteln. Es gab aber noch einen wichtigen Punkt und der machte Jens immer noch großes Kopfzerbrechen. Wie könnte es ihnen gelingen, eigene Aufnahmen auf einem Trawler zu drehen. Es gab zwar im Archiv der Fernsehstation einiges Material dazu, aber das wäre eben nicht dasselbe. Sollte er versuchen mit seinem Vater darüber zu sprechen?

Als Akin seine Erzählung schließlich beendet hatte, war es schon weit nach Mitternacht. Nach und nach, verabschiedete man sich müde vom Lagerfeuer. Die hochfliegenden und schnell ziehenden Schäfchenwolken, die tagsüber zu sehen waren, hatten sich aufgelöst und die Sterne standen hell am Nachthimmel. Sie funkelten in einer Klarheit, wie man sie, im Licht überflutetem Europa, niemals zu sehen bekommt. Beide blickte nach oben, als Olav schließlich nachdenklich sprach: „Weißt du Jens, so etwas Herrliches, hätte ich niemals erleben können."
„Was meinst du Vater?"
„Na das alles hier. Diese Ruhe, diesen wunderbaren Abend mit Freunden, den wunderbaren Sternenhimmel, aber vor allem dich einfach an meiner Seite zu haben. Das ist von allem das Schönste. Und all das wäre nicht geschehen, wenn du nicht deinen eigenen Weg gegangen wärst."
„Vater du sprichst immer noch in Rätseln."

„Schau Jens, Akin erzählte gestern beim Abendessen, dass Allah, Gott oder wie auch immer diese höhere Macht heißen mag, niemals etwas geschehen lassen würde, wenn er es nicht guthieß. Als du mir damals in der Schweiz von deinen Zukunftsplänen erzählt hast, brach für mich eine Welt zusammen."
„Ich weiß Vater", sprach Jens kleinlaut.
„Nein das ist schon in Ordnung. Es war gut so. Gut, dass du deinen eigenen Weg gegangen bist und nicht versucht hast meinem Druck nachzugeben um meinen Willen zu erfüllen. Auch wenn ich es, in jenem Moment, nicht so gesehen habe, so weiß ich heute, dass es für deine Zukunft nur diesen, eben deinen Weg gibt. Es war dir scheinbar schon in die Wiege gelegt, Filmemacher zu werden und damit etwas Wichtiges zu bewirken."
„Ich bin mir vollkommen sicher, dass du es, gemeinsam mit deinen wunderbaren Freunden, auch schaffen wirst. So wie ihr euer Studium gemeistert habt, trotz der widrigen Umstände, an denen ich die volle Schuld trage. Jens, es tut mir alles so leid, was ich dir angetan habe. Kannst du mir verzeihen, oder ist es dafür zu spät?"
Jens staunte über die wundersame Wandlung seines Vaters schon den ganzen Abend lang. Aber die letzten Worte, hätte er niemals im Leben für möglich gehalten. Er nahm immer an, dass vorher die Sonne verglühen

würde, ehe sich sein Vater einen Fehler eingestehen konnte, oder gar ihn um Verzeihung bitten würde. Aber er hatte sich in seinem Vater getäuscht. Jens war überglücklich, als er sprach:

„Natürlich kann ich dir verzeihen. Wie könnte ich dir das vorenthalten, wo du es doch vorhin schon gesagt hast. Nichts was im Universum geschieht, hat nicht auch einen tieferen Sinn."
Jens blickte Olav tief in seine blauen Augen, als er fortsetzte: „Vater, aus dem was geschehen ist, mussten wir beide lernen. Aber es bedeutet mir sehr viel, dass du das, was ich jetzt mache wirklich schätzt. Noch mehr aber freue ich mich darüber, dass du ein neuer Mensch geworden bist. Ein Mensch, der sich an scheinbar banalen Dingen, wie diesem heutigen Abend hier, erfreuen kann. Ich sag es dir jetzt ganz ehrlich, ich hätte dies nie für möglich gehalten. Auch dafür dass du Akin geholfen hast, zolle ich dir meinen größten Respekt und…" Jens umarmte seinen Vater, als er fortfuhr: „Ich bin stolz auf dich. Stolz auf das, was du getan hast und stolz dein Sohn zu sein!"

Als die Morgendämmerung eingesetzte, saßen sie noch immer, um das bereits abgebrannte Lagerfeuer. Beide hatten sich in eine warme Wolldecke gehüllt, um nicht zu frieren und unterhielten sich angeregt über die Zukunft Noumghars. Olav sprach, ohne sichtbare Müdigkeit in seinen Gesichtszügen: „Weißt du Jens, ich hab mir folgendes überlegt und ich habe darüber auch schon mit Akin und anderen Fischern gesprochen. Sie haben meinen Vorschlag als gut befunden, aber mich würde deine Meinung dazu sehr interessieren, denn du hast dich bestimmt intensiv mit den Ursachen und Perspektiven zu diesem Dilemma der Fischer befasst. Die erste Überbrückung, bis weitere Maßnahmen greifen können, ist wohl der leichteste Teil meiner Mission, denn diese Zeit ist mit Geld für das Dorf leicht zu bewerkstelligen. Aber sie ist nicht nachhaltig und betrifft auch nur dieses Fischerdorf. Daher müssen wir es zuerst schaffen, alle kleinen Fischer der Küste in ein Boot zu bekommen, damit ihre Stimme gewichtiger wird. Das Langzeitziel wäre dann, dass wir eine nachhaltige, küstennahe Fischerei wieder aufbauen können und mit Fördergeldern der europäischen Union könnte auch die Infrastruktur in der Fischverarbeitung verbessert werden.

Das wiederum, würde weitere Arbeitsplätze schaffen und wäre besonders für die Frauen in den Dörfern enorm wichtig. Wie du ja sicherlich weißt, war es immer die Arbeit der Frauen, den Fisch zu verarbeiten."

Jens nickte mehrmals zustimmend, während sein Vater seine Vision erklärte, denn er konnte diesen Lösungsansätzen durchaus etwas abgewinnen. Aber es werden weiterhin die legalen Fangflotten aus Europa und die illegalen aus den asiatischen Staaten vor der Küste kreuzen. Diese Tatsache war für ihn, nach wie vor, das größte Problem für die kleinen Fischer: „Das klingt alles ausgesprochen gut und ist natürlich auch nachhaltig. Aber was nützt es den Menschen, wenn die Infrastruktur verbessert wird, aber sie weiterhin kaum Fische fangen?"

„Natürlich nichts. Aber das ist ja genau der springende Punkt, den auch ich nicht lösen kann. Daher schlage ich dir jetzt etwas vor."

„Ja?", fragte Jens erstaunt.

„Ich hoffe, die Zeit ist reif, dass wir beide etwas gemeinsam in Angriff nehmen können. Ich denke da an gemeinsame Synergien, die wir so nutzen könnten. Deine, oder besser gesagt: Eure Stärke liegt in der Gestaltung von beeindruckenden Dokumentationen.

Die Botschaft, die von solch einem Film ausgehen kann, habe ich damals ja selbst in der Schweiz erfahren.
Wenn du möchtest, kann ich euch dabei unterstützen, alle notwendigen Kontakte zu bekommen. Damit meine ich, sämtliche Regierungsbeamte, Mittelsmänner, Lobbyisten, EU – Beamte und so weiter."
„Kannst du uns auch eine Drehgenehmigung auf einem Trawler besorgen?"
„Hmm, das ist zwar eine delikate Angelegenheit. Aber ich denke, dass ich da etwas machen kann."
„Gut. Nein ausgezeichnet! Aber die großen Schiffe dort draußen, du weißt ja… Was können wir gegen diese unternehmen?"
„Was die asiatischen Länder anbelangt sind wir, einfach gesagt, machtlos. Aber ich denke, dass eine Koexistenz zumindest mit der Europäischen Union durchaus möglich sein kann. Aber mit klaren Regeln!"
„Was meinst du mit klaren Regeln?"
„Mein Lösungsansatz betrifft nicht nur diese Fischgründe vor Mauretanien, sondern auch jene in den europäischen Gewässern. Man wird nicht umhin kommen, sich mit Experten zusammen zu setzen, um auf deren Erkenntnissen aufbauend, eine nachhaltige Fischerei, sowohl in den europäischen, als auch in den internationalen Gewässern, festzulegen."

„Du meinst mit Quoten, die auf jeweilige Fischarten, von der Wissenschaft, als nachhaltig festgelegt wurden", warf Jens ein.

„Ganz genau. Weil mit diesen, wäre dann auch eine gesunde Nachzucht möglich, sodass sich alle Gewässer wieder langsam erholen könnten."

„Das macht aber nur Sinn, wenn diese Quoten auch kontrolliert werden", warf Jens erneut ein.

„Das wird wohl der schwierigste Teil von allen, denn es liegt in den Händen der politisch Verantwortlichen. Wir können ungeachtet dessen, die Öffentlichkeit Europas aufklären und damit enormen Druck auf die Politik erzeugen."

„Unter dem Druck der Öffentlichkeit sind schließlich auch Politiker gezwungen zu handeln. Also bist du dabei, wollen wir die Sache gemeinsam angehen?"

„Ja Vater, ich denke dass meine Freunde auf solch eine Chance nur gewartet haben. Und was mich angeht, ich bin ebenfalls dabei."

*

Zwei Tage später besuchten Jens und Angelina, gemeinsam mit Akin, ihren kranken Freund in Enkoris Hütte. Als sie frühmorgens die Hütte betraten, schien ihr Freund zu schlafen, aber der Blick des alten Mannes zeigte ihnen unmissverständlich, dass er über ihren Besuch nicht erfreut war. Akin übersetzte seine strengen Worte, die lauteten: „Gönnt ihr eurem Freund nicht einmal ein paar Tage Ruhe? Wollt ihr denn nicht, dass er bald wieder ganz gesund wird?" Akin beruhigte die beiden verstörten Besucher damit, dass der alte Enkori zwar ein sehr direkter Mann sei, aber er habe auch ein enormes Wissen über die traditionelle Heilkunst. Daher könnten sie Hartwig, mit gutem Gewissen, Enkori auch für die kommenden Tage überlassen. Nach diesem etwas missglückten Krankenbesuch beschlossen die beiden, auch im Sinne ihres erkrankten Freundes, mit den Interviews der Einwohner, insbesondere aber mit Akin und seiner Geschichte, zu beginnen. Da ihnen Hartwig fehlte, mussten sie irgendwie improvisieren. Jens, der normalerweise die Interviews führte, übernahm die Arbeit hinter der Kamera. Angelina übernahm den Part ihres Chefs und dessen Vater hielt die Ton Angel bei den Interviews.

Den beiden Filmemachern war die Freude an ihrer Arbeit anzusehen. Und diesen Enthusiasmus verdankten sie nicht zuletzt, jener zufälligen, berührenden und wahren Geschichte eines Fischers, namens Akin. Welche, wenn nicht seine Geschichte, würde vielen Europäern die Augen öffnen. Ja, Einfühlungsvermögen erwecken für ein Volk, das jahrhundertelang im Frieden miteinander vom Fischfang gelebt hatte, aber durch die Habgier reicher Länder ihrer Lebensgrundlage beraubt wurde.

*

Die nächsten Tage vergingen wie im Flug. Nach einer Woche in den Händen des Alten, schien auch Hartwig wieder soweit genesen zu sein, dass er seine wertvolle Arbeit wieder im Team einbringen konnte. Über seine Zeit bei Enkori konnte ihm niemand auch nur ein Sterbenswörtchen entlocken. Aber alle spürten, dass er großen Respekt vor diesem alten Mann gewonnen hatte, denn er besuchte den alten Enkori auch, als er wieder vollkommen gesund war, jeden Abend in seiner Hütte. Heute Abend aber, so hatte es ihnen Akin angekündigt, sollte sich am Strand von Noumghar etwas Einzigartiges ereignen. Dazu waren alle herzlich eingeladen und er bestand auch darauf, dass sie ihre Filmgeräte aufbauten, um alles für die Nachwelt festzuhalten. Akin hingegen saß schon kurz vor Sonnenaufgang am Strand, um seine Brautgabe an Malenga zu vollenden. So vieles war geschehen, seit er damals, als junger Mann, sein Messer das erste Mal in den rohen Elfenbeinblock gestemmt hatte, um seiner Geliebten einen Delphin zu schnitzen. Als er zum Horizont blickte, erreichte ihn der erste Sonnenstrahl des Tages, der sich den Weg über die Dünen im Landesinneren gebahnt hatte und nun sanft seine Haut wärmte. Das Meer war ausgesprochen ruhig, keine Brandung, keine Welle war zu sehen.

Ja, das Meer war eigentlich gespenstisch ruhig. Wie damals, an jenem verhängnisvollen Tag, als alles begonnen hatte. Er drehte das geschnitzte Tier mehrmals im sanften, roten Licht und fand, dass ihm der Delphin ganz gut gelungen war. Aber die Zeit, bis zur Hochzeit wollte einfach nicht ausreichen, um auch ihre beiden Namen in den Sockel zu schnitzen. Immer wieder wollte er sein Geschenk fertigstellen, doch jedes Mal kam irgendetwas dazwischen. So, als wollte Allah nicht, dass er es vollendete. Ja, Akin glaubte fest daran, dass dieses Geschenk einen Teil seines Schicksals in sich barg. Elimo, sein Großvater, hatte es Malenga prophezeit, dass der Tag kommen würde, an dem er seine Morgengabe krönen würde. Er blickte vom Delphin zum Horizont und wusste, dass sich diese Weissagung, als er ein kleiner Junge war, heute Abend erfüllen wird. „Ich fühle mich wunderbar und heute ist ein guter Tag", sprach er leise vor sich hin. In jenem Moment, verspürt er dies auch tief in seiner Seele.

Anmerkungen des Autors:

Das kleine Dorf Noumghar, der Mittelpunkt meiner Geschichte über den Fischer Namens Akin, finden sie auf jeder Landkarte und natürlich auch an der Westküste Mauretaniens. Auch alle anderen Orte dieses Romans existieren ebenfalls in der Realität. Was mich jedes Jahr aufs Neue sehr traurig macht, ist die Tatsache, dass auch die zahlreichen Versuche verzweifelter Menschen, in das gelobte Land Europa zu gelangen, keine Erfindung von mir, sondern äußerst real sind. Auch die Geschichte jenes Mannes, der in der Schweiz aus einem Reifenschacht einer Passagiermaschine kurz vor der Landung und erfroren in einen Wald gefallen war, ist leider genauso geschehen und auch kein Einzelfall. Wenn ich meinem Helden auch eine geglückte Flucht in einem Passagierflugzeug angedichtet habe, so ist diese keinesfalls wissenschaftlich untermauert und der im Roman beschriebene Ablauf entspringt meiner Fantasie. Ich warne daher eindringlich vor einer Nachahmung, dieser im Roman beschriebenen Technik, denn eine Reise in so großer Höhe kann ein Mensch niemals überleben!

Dieser Fall aus der Schweiz, die zahlreichen Medienberichte über ertrunkene Flüchtlinge und nicht zuletzt meine persönlichen Erlebnisse mit Strandverkäufern auf Sardinien, gaben den Anlass, mich mit diesem Thema auseinander zu setzen, diesem menschenunwürdigen Geschehnissen einen Namen zu geben:

Akin, der Fischer

Weitere Romane des Autors:

Der geheime Tunnel
Inquisition im Tiroler Oberland

ISBN 978-3850932660

Bei der Renovierung der Burgruine Kronburg bei Zams im Tiroler Oberland macht man 1987 einen rätselhaften Fund in der Turmwand: ein Bündel Briefe. Der Inhalt kündet von einer unerfüllten Liebe und von einem geheimen Tunnel. Als der tatsächlich gefunden wird, steht der renommierte Historiker Georg Strobl vor einem unlösbaren Rätsel. Alle Spuren führen in das Jahr 1507, in die Zeit der Inquisition, in der im Oberland der fanatische Dominikaner Jakob Magnus Beweise sammelt – Beweise für Blasphemie, Ketzertum, Zauberei und Hexerei. Dabei stößt der Inquisitor auf einen Mann, der niemals in die Welt von 1507 gehören kann.

Amazon Rezension: 10. März 2014

Super spannendes Buch

Es ist eine Freude dieses Buch zu lesen. Wie eine Geschichte mit der Wahrheitvermengt worden ist, ist einfach genial und erinnert mich an die Schreibweise des Bestseller Autors Ken Follett.

Das Ende trägt dazu bei darüber nachzudenken in welch rasanter Zeit wir leben und dass wir jeden Augenblick genießen sollten.

Die genaue Recherché und Hingabe des Autors für diese Zeitepoche spürt man in jeder Zeile des Buches. Tolles Buch das unter die Haut geht und wir hoffen bald wieder was von Christoph Wachter lesen zu dürfen.

Danke Ewald u. Silvia

F. W., Salzburg, 07.07.2013

Ein durch alle 160 Seiten spannender Roman. Die Geschichte beginnt in der Zukunft und spannt seinen Bogen (der sich immer um die grausamen Machenschaften der Inquisition dreht), von der Zukunft bis zum ereignisreichen Jahr 1507. Dort spielt der Hauptteil der tragischen Geschichte rund um die Köchen der Kronburg, deren Schicksal ebenso ergreifend ist, wie die Liebesgeschichte zwischen den beiden Adeligen, Christoph und Sybille. Der Schluss ist für meinen Geschmack etwas zu kurz geraten, aber dennoch überraschend! Fazit: Herrliches und kurzweiliges Vergnügen, nicht nur für historisch fachkundige Leser!

Rezension auf Lesecloud:

Meine Meinung

Der Einstieg in das Buch ist ein Brief. Jana bekam ihn von ihrem Vater zum zwanzigsten Geburtstag, weil es der Großvater so wollte.

Es geht um eine geheimnisvolle Eisentruhe auf Schloß Landeck,gefüllt mit Reliquien aus vergangene Tagen.

Jana möchte diese Truhe bergen und holt sich die Erlaubnis von Museumsdirektor Richard Seeburger.
So nimmt die Geschichte ihren Lauf.

Schrittweise führt der Autor den Leser zurück in die Vergangenheit, bis in die Zeit der Inquisition.

In eine Zeit der Hexenverbrennung und der jungen Liebe zwischen Sybille und Christoph.

Doch Sybille soll den Grafen Kukelbrecht heiraten, um das Reich von Graf Georg (Sybilles Bruder) finanziell abzusichern.

Die geheimnisvolle Geschichte des Musicus Walter aus dem Jahre 1507,der Sybiile noch von dem Tunnel erzählt und sie dazu bringt ihn auch zu benutzen.

Sybille und Christoph fliehen durch den Tunnel und müssen sich in einer anderen Zeit zurecht finden,mit Hilfe von Walter gelingt ihnen das aber recht gut.

Fazit

Die Geschichte ist von der ersten bis zur letzten Seite spannend und atemberaubend,manchmal aber auch traurig.

Eine gute Recherche rundet den Roman ab.

Insgesamt ist der Roman flüssig geschrieben und leicht zu lesen und auch für nicht historisch interessierte Leser ein kurzweiliges Vergnügen.

Zu bemängeln wäre nur die Länge,denn 152 sind einfach zu wenig bei diesem spannenden Thema.Darum auch "nur" 4 Pralinen.

Bewertung: 4/5 Pralinen

Mittelalterdrama, 18. Dezember 2013

Von dodo

Von Amazon bestätigter Kauf(Was ist das?)

Rezension bezieht sich auf: Der geheime Tunnel: Inquisition im Oberland (Broschiert)

Ich fand das Buch angenehm zu lesen.

Eine Geschichte der Region aus der Vergangenheit mit Gruselfaktor!!!

Hier wird einem erst wieder bewußt, in welch schönem Jahrhundert wir weilen :-)

Spannung pur!, 10. Juli 2013

Von Nadine

Von Amazon bestätigter Kauf(Was ist das?)

Rezension bezieht sich auf: Der geheime Tunnel: Inquisition im Oberland (Broschiert)

Ein angenehm zu lesender, flüssig geschriebener Roman, der seine Spannung durch die gesamte fiktive Geschichte beibehält. Vollkommen überraschend ist der Schluss, den find ich genial, weil im Text eine große Portion Weisheit mitschwingt. Also Spannung von der ersten bis zur letzten Seite ist hier garantiert. Einziger Minuspunkt, (darum meine Bewertung mit 4 Sternen) sind die 152 Seiten, es hätten ruhig ein wenig mehr sein können. In diesem Sinne hoffe ich auf eine Fortsetzung!

Meine Meinung :

Als ich das Buch bekommen habe, war ich schon neugierig auf den Inhalt und begann sofort los zu lesen. Und ich muß sagen, ich bin beeindruckt. Von der ersten Seite an fesselte mich „Der geheime Tunnel". Der Autor hat es verstanden, mich sofort in seinem Bann zu ziehen. Das Buch ist von der ersten Seite bis zur letzten Seite spannend und interessant.

Die detaillierten Beschreibungen von Orten und Personen ist dem Autor sehr gut gelungen. Man konnte sich alles sehr gut vorstellen und in die Geschehnisse eintauchen. Der Schreibstil ist einfach und flüssig und nicht so geschwollen, wie in anderen historischen Romanen.

Für alle, die historische Romane lieben, eine unbedingte Leseempfehlung.

Kerstin (Lesen mit verboten gut!)

Kriegerin:

Die Handlung spielt im finsteren Mittelalter, zu einer Zeit als Hexenverbrennungen und arrangierte Ehen an der Tagesordnung standen. Sybille soll eine solche arrangierte Ehe eingehen um ihren finanziell ruinierten Bruder zu retten. Allerdings gehört ihre Liebe Christoph, der ihr das Leben rettet als sie zu ihrem Bruder auf die Burg reist.

Mehr kann ich an dieser Stelle nicht schreiben um nichts von der Handlung zu verraten.

So viel sei noch gesagt:

Leider ist das Buch mit 150 Seiten viel zu kurz und ich hoffe, dass es noch mehr davon geben wird.

Der Schreibstil Christoph Wachters ist unterhaltsam, kurzweilig und flüssig zu lesen. Auch die Sprünge zwischen den Zeiten irritieren nicht im geringsten.

Das Layout des Buches – gemeint ist damit der Zeilenabstand, der Rand usw. – ist nicht ganz so glücklich gewählt, aber nach einiger Zeit gewöhnt man sich daran.

Lesekätzchen:

Ein sehr gut recherchiertes Buch, das den Leser mit auf eine Zeitreise nimmt, ohne dabei zu langweilen. Auch Geschichtsmuffel wie ich kommen auf ihre Kosten und lernen allerhand dazu. Der Schreibstil ist mitreisend, genau wie die Geschichte selbst. Das liegt auch daran, dass der Autor Platz für eigene Ideen lässt und eben nicht alle kleinen Teile der Geschichte vorkaut.

Fazit

Ein durch und durch lesenswertes Buch, das ruhig ein paar Seiten hätte länger sein dürfen :-)

Aftersunblau

1987 werden bei Renovierungsarbeiten an der Burgruine Kronburg, versteckt unter einem losen Stein, vier Briefe gefunden, die aus dem Jahr 1507 stammen und von einer unerfüllten Liebe berichten. Die Briefe geben dem Historiker Georg Strobl Rätsel auf. Walter erinnert sich daran dass er als Kind in eine Felsspalte geraten ist und sich dort ein Tunnel befunden hat.

Seine Neugier lässt ihn nicht los und er macht sich auf den Weg dorthin. Am Ende des Tunnel landet er im Jahr 1507, mitten in der Zeit er Hexenverfolgungen.

In dieser Zeit lernt er auch Sybille kennen, die von ihrem Bruder an einen Widerling versprochen wurde, die sich aber auf ihrer Anreise unsterblich in Christoph verliebt hat.

Zum Glück hat Walter eine Idee, wie er den beiden helfen kann……

Walter hatte immer viel Fantasie und deshalb glaubt ihm niemand dass er wirklich eine Zeitreise unternommen hat. Nach seinem Tod erhält Jana, sein Enkelin, ein Brief von ihm, indem er ihr schriebt wie er seine Zeitreise beweisen kann. Die Beweisstücke sollen sich in einer Eisentruhe befinden.

Fazit

Anfangs hatte ich ein wenig Schwierigkeiten in die Geschichte zu kommen, da mich die vielen Namen verwirrt haben, das hat sich dann aber schnell gelegt. Der Schreibstil und der Aufbau des Buches haben mir gut gefallen. Die Geschichte um Sybille und Christoph fand ich ganz interessant, richtig spannend wurde es aber erst nach etwa der Hälfte des Buches als es um die Hexenverfolgung ging.

Diesen Teil fand ich dann auch gut recherchiert und ich hätte gerne noch mehr davon gelesen, das Buch ist aber mit 146 Seiten leider sehr kurz. Das Ende hat mich dann verwirrt zurückgelassen. Da ich das Buch in einer Leserunde mit Autorenbegleitung lesen durfte, konnte dies aufgeklärt werden. Die Antwort konnte mich aber nicht überzeugen, da ich den Ausgang unlogisch finde. Dennoch habe ich mich gut unterhalten gefühlt und vergebe vier Sterne.

Susanne, Hohenems, 03.07.2013

Ein hervorragender, äußerst spannender Roman, gekonnt verpackt in eine fiktive, traurige Geschichte. Zu Anfang, hatte ich ein wenig Mühe, dem schnellen Schreibstil von Christoph Wachter zu folgen, aber das hat sich dann bald ergeben. Die Geschichte aber, ist von Anfang an spannend und das bleibt sie bis zuletzt, denn der unvorhersehbare Schluss, hat mir ausgezeichnet gefallen. Eine ungewöhnliche Überraschung, die auch einiges offen lässt. Fazit: Unbedingt lesenswert, auch für nicht historisch interessierte. Einzig Schade sind die 152 Seiten, ich hätte gern noch mehr gelesen!

Herbert B., Innsbruck, 22.05.2013

Ein außergewöhnlicher Roman! Zuerst war ich etwas erstaunt, über einen Roman mit nur knapp 160 Seiten. Um nicht zu sagen, etwas enttäuscht. Aber dann, habe ich - den gut recherchierten Stoff in einer Nacht regelrecht verschlungen. Beeindruckend ist, die fiktive Geschichte des Musicus Walter, die bis zur letzten Seite spannend bleibt und mit unvorhersehbaren Überraschungen überzeugen konnte. Eine Geschichte, die wunderschön aber zugleich atemberaubend grausam ist und in einem philosophischen Teil mündet. Fazit: Ein rasant geschriebener, kurzweiliger Roman, der nicht nur für historisch interessierte Leser zu empfehlen ist.